是的，我们去了巴基斯坦

Journey to Pakistan

杨晓 / 文
李英武 / 摄影

中信出版集团 | 北京

图书在版编目（CIP）数据

是的，我们去了巴基斯坦 / 杨晓文；李英武摄影. -- 北京：中信出版社，2020.12
ISBN 978-7-5217-2370-0

Ⅰ.①是… Ⅱ.①杨…②李… Ⅲ.①游记—作品集—巴基斯坦—现代 Ⅳ.①I561.65

中国版本图书馆 CIP 数据核字（2020）第 206328 号

是的，我们去了巴基斯坦

著　　者：杨　晓
摄　　影：李英武
出版发行：中信出版集团股份有限公司
　　　　　（北京市朝阳区惠新东街甲 4 号富盛大厦 2 座　邮编　100029）
承 印 者：中国电影出版社印刷厂

开　　本：880mm×1230mm　1/32　　印　　张：12.75　　字　　数：268 千字
版　　次：2020 年 12 月第 1 版　　　　印　　次：2020 年 12 月第 1 次印刷
书　　号：ISBN 978-7-5217-2370-0
定　　价：78.00 元

版权所有·侵权必究
如有印刷、装订问题，本公司负责调换。
服务热线：400-600-8099
投稿邮箱：author@citicpub.com

旅行的意义就是用现实约束想象
不是去想事情会是怎样的
而是去看它们实际上是怎样的

目录

推荐序 走进巴基斯坦 V

缘 起 探究「巴铁」有多铁 XI

第 1 站 لاہور
伊斯兰堡
文明延续2000年的新城
001

第 2 站 ایبٹ آباد
阿伯塔巴德
我们被怀疑是间谍
053

第 3 站 پشاور
白沙瓦
传统的普什图族人要发展
085

第 4 站 لاہور
拉合尔
莫卧儿帝国的荣耀
141

کراچی

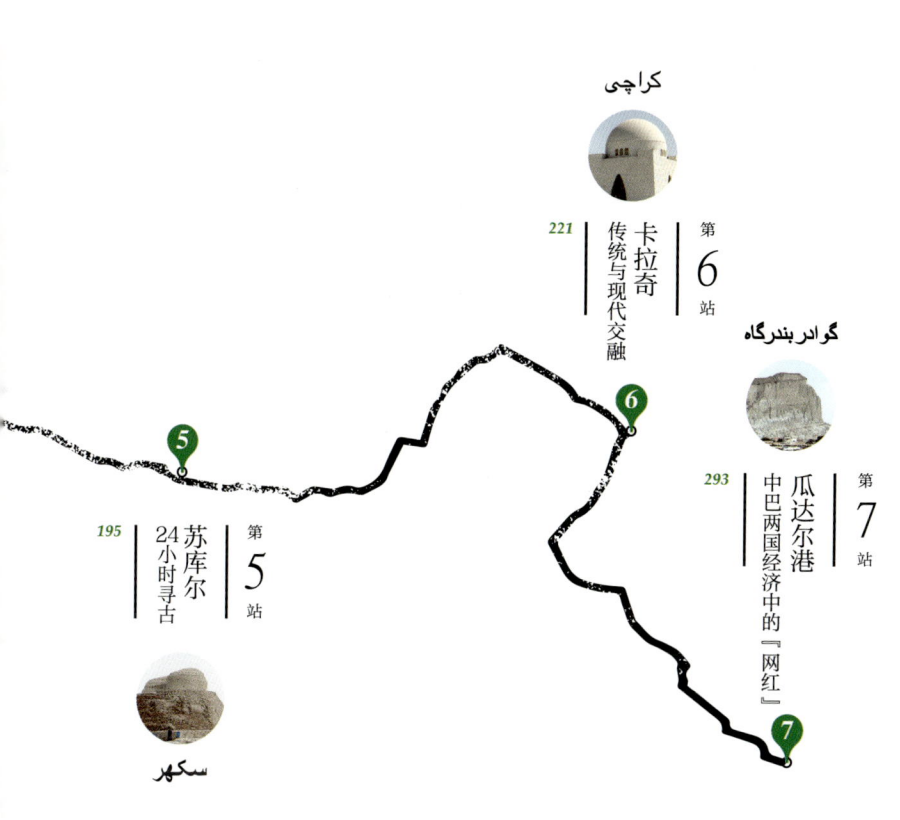

第 6 站
221
卡拉奇 传统与现代交融

گوادر بندرگاه

第 7 站
293
瓜达尔港 中巴两国经济中的『网红』

第 5 站
195
苏库尔 24小时寻古

سکھر

后 记
文化冲突与文化交融
379

大使专访
巴中关系无与伦比
365

番 外
吃在巴基斯坦
341

推荐序

走进巴基斯坦

夏雷
《北京青年》周刊主编

2018年3月，杨晓成功申请到北京市委宣传部宣传文化高层次人才培养资助项目，我着实替他高兴。出于对我的信任，他第一时间找到我商量做什么项目。我们很快达成共识，做"一带一路"沿线国家的采访，并且选择巴基斯坦这个"一带一路"上最具有战略性意义的国家进行深度探访式报道。

选择巴基斯坦，不仅因为该国的"一带一路"项目在沿线国家中最为抢眼，而且中巴两国是全天候战略合作伙伴关系。在传统友谊和共同利益的驱动下，双边关系成为世界上国与国之间交往的典范。而从我感兴趣的历史角度去观察，中国与巴基斯坦有着2000多年的联系，巴基斯坦可以说是中国开始对外交往的起点。

公元前 139 年，为了抗击匈奴，西汉将军张骞奉汉武帝之命"凿空"西域。他希望能连横大月氏人——原先生活在中国甘肃地区，却因为匈奴的入侵而被迫迁徙到如今巴基斯坦、阿富汗一带。大月氏部落首领虽与匈奴有世仇，但他们已经在他乡安顿下来，因而拒绝了张骞的提议。西去东归，历经 13 年，张骞九死一生，虽合纵连横不成，但也没有空手而归——他不仅让汉武帝了解到中国西边的世界，了解到西方也有与中华文明相媲美的印度文明和波斯文明，还让汉武帝了解到遥远的西方居然有一个强大的帝国"大秦"（古罗马），张骞更从巴基斯坦、西域等地带回了在中原大地闻所未闻的蔬菜、水果种子。可以说，"张骞通西域"的历史意义不亚于哥伦布发现新大陆。

从此，"丝绸之路"逐渐形成，中国人与生活在包括巴基斯坦、阿富汗、波斯的人们往来其间，展开频繁的商业活动，影响深远。时至今日，我们汉语词汇中带"西"的（如西瓜、西红柿等）、带"胡"的（如胡萝卜、胡椒等）蔬菜、水果和香料，几乎都是沿着"丝绸之路"传入中国的。

张骞之后 200 年，大月氏人的贵霜部落逐渐强大，他们定都白沙瓦，建立了横跨中亚、南亚的贵霜帝国。他们继承了希腊化的巴克特里亚（大夏）和古印度文明，发扬了佛教，其独特的犍陀罗佛教艺术也顺着"丝绸之路"与佛教一起来到中国。我们现在在敦煌石窟、云冈石窟和洛阳石窟都能够看到受犍陀罗佛教艺术影响的佛像和壁画，千年佛像和壁画为我们讲述着一段感人至深的故事。

除了商品货物和思想、宗教，"丝绸之路"还促进了人员的来往。

推荐序　走进巴基斯坦

公元 628 年，唐玄奘赴西天取经。他来到佛教圣地塔克西拉（Taxila，靠近伊斯兰堡）的朱利安学院，在那里学习、生活了两年。他口述的《大唐西域记》成为记录当地风土人情的珍贵史料。沿着"丝绸之路"，云游 17 年的玄奘带回 150 粒佛舍利、657 部经论，构筑起了中外交往史的重要丰碑。另据史料记载，盛唐定居在长安和洛阳的波斯人、阿拉伯人和印度人不下 10 万人，在那里，印度人传教，波斯人和阿拉伯人经商，还有人进入政府部门担任要职。无疑，"丝绸之路"让乐于沟通与交往的人们分享着繁荣与进步。

巴基斯坦位于中亚、南亚的战略要冲，与生活在巴基斯坦的人相比，中国人的周边环境相对安全。历史上，生活在巴基斯坦的人曾被波斯、古希腊、突厥、阿拉伯乃至英国统治过，侵略者带来自己的强势文化，而当地文化同时展现出强大的生命力，没有任何一种侵略者文化对本土文化产生毁灭性冲击，各种文明、思想、宗教和文化艺术在此融合发展，塑造着新的更外向的文明。

而中国在"丝绸之路"的带动下，迎来了繁盛的汉唐和两宋，但因为战乱和统治者的眼界，更多的时候中国选择了封闭。我们可以从史书中了解一些中国历代统治者对外国和对外交往的态度——认为自己是"天朝上国"，认为对外交往是"泽被天下"；认为中国物产丰富，认为对外贸易是"朝贡"；认为外国科技不过是"奇计淫巧"；认为外国人是"非我族类"；认为外国的生活方式不过是"胡服、胡乐、胡舞"。

保守而封闭的思想、自大而虚妄的心态，导致中国逐渐赶不上世

VII

界的步伐——不仅赶不上欧洲人,也赶不上统治巴基斯坦的莫卧儿帝国。如果时间定格在 16 世纪,莫卧儿皇帝沙·贾汗与爱妃泰姬·玛哈尔在拉合尔城堡千万颗宝石镶嵌的"镜子宫"里共度良宵,后又为爱妃修建了不朽的泰姬陵。人们在领略莫卧儿皇帝奢侈生活的同时,也了解到莫卧儿帝国因与阿拉伯和欧洲进行贸易而繁荣富庶。与此同时,西班牙人以菲律宾为基地,利用从美洲开采的廉价白银从明王朝换取黄金,中国因信息闭塞财富渐渐被掏空。如果当时的明朝皇帝以开放的心态去了解世界,如何会不清楚白银在国际市场的真实价格呢?一盛一衰之间,我们看到了开放的力量。从此说开去,中国因痛失对外交往的机会,错过了文艺复兴、地理大发现、工业革命等重要的历史机遇。历史证明,闭关锁国只会让自己窒息,只有打开大门,走出文化的封闭圈,正视外面的世界和重新审视自己的文化,才是正途。

到了近代,当西方人用坚船利炮打开中国大门,统治阶级才慢慢从"天朝大国"的美梦中醒来。在震惊于西方的先进科技之余,从俯视到仰视,心态的急剧转变令人瞠目结舌。与之对应,西方人凭借绝对实力瓜分世界,他们居高临下地评判着东方文明,自定义世界发展脉络。英国诗人吉卜林的《白人的负担》这首诗让我们看到了西方人的傲慢心态;寇松勋爵把印度王公称为"一群任性、无知,而且没有纪律的学童","幼稚""野蛮""堕落""卑鄙""危险"等辞藻被毫不吝惜地甩给东方。帝国主义官员宣扬种族主义,试图将他们对当地民族的残害合理化。民族感情受到伤害,这让巴基斯坦人与中国人共情于"第三世界国家的敏感性"——自豪于历史又"自卑"于现实。

推荐序　走进巴基斯坦

经过百余年的发展，随着东方出现一个个经济奇迹，世界也催生了与文化进化论迥异的"文明互鉴"理论。在文化进化论大行其道的时候，美国人类学家博厄斯提出了文化相对论。他认为，民族文化没有高低之分，衡量文化没有绝对的、普遍的判断标准，道德评判标准都是相对的，不能用自身判断是非善恶的标准去判断另一种文化。可以说"一带一路"之所以受到全世界 129 个国家的欢迎，很大程度上，是这种不是仰视也不是俯视，而是平视的心态使然。

走马观花是游客，下马看花是记者。《是的，我们去了巴基斯坦》这本书正好诠释了记者的责任。在 6 周的采访旅行中，杨晓和李英武主动参与民间交往。他们采访了超过 50 位巴基斯坦人和生活在巴基斯坦的中国人，这些人包括政府要员、大学教授、企业家、记者、学生、工人、农民等，通过这些采访，他们试图全方位了解巴基斯坦的文化与生活。他们还采访了瓜达尔港和喀喇昆仑公路二期改造项目，他们看到中资企业在巴基斯坦的发展着眼长远，服务当地，为当地带来财政收入和就业，践行企业社会责任，受到当地民众的欢迎。随着中巴两国交往不断深入，在这次采访中，他们还发现民间交往不断深入的积极信号：在火车上偶遇将要去上海深造的巴基斯坦青年；除了看到央企漂洋过海，他们还在巴基斯坦捕捉到中国私营企业主的身影。

在一路采访中，杨晓和李英武深深感受到，中国与巴基斯坦虽分属两种文明，但文化具有相似性。比如，两国人民都重视家庭，都热情好客，都有强烈的民族自尊心，在处事态度上都讲缘分，在生活习惯上都喜欢吃米饭和馕，等等。但"君子和而不同"，我们也要看到两

IX

国在文化、宗教、思维方式方面的差异，在充分尊重这种不同的基础上，真诚地去理解对方。

这是目前国内唯一一本由记者写就的有关巴基斯坦文化和交往的著作，希望亲爱的读者能从中了解这个既熟悉又陌生的好邻居。

缘起

探究"巴铁"有多铁

2018年入选并成功申请到北京市委宣传部宣传文化高层次人才培养资助项目后,围绕"一带一路"建设话题我策划了整整一年,终于和资深摄影记者李英武一起,于2019年2月8日至3月18日对巴基斯坦进行了深度采访。

初衷与使命

为什么要选择巴基斯坦呢?近年来,中国在巴基斯坦将投资460亿美元,因规模之大而被我国领导人称为"一带一路"倡议的重大项目和旗舰项目。了解巴基斯坦,可以有助于我们了解"一带一路"在世界各国面临的机遇与挑战。

我认为，了解"一带一路"，要超越"一带一路"的设限，以更宏大的视角去观察一个国家及其国民和文化。因为"一带一路"的重要内容之一是"民心相通"，双方民众了解彼此，"一带一路"才会发挥最大的作用。然而，中巴双方民众彼此了解并不多。这次，我们要发挥记者的优势——我们不仅要"走马观花"，也要"下马看花"；不仅要走一遭，记录旅行过程中的所见、所闻、所感，还要尽可能创造机会，与尽可能多的当地人沟通，通过聆听一个个真实的故事、拍下一张张个性的面孔、写下一个个人物的特写，最后结集成书，帮助中国民众了解巴基斯坦人和巴基斯坦文化。

幸运的是，我在巴基斯坦有几位好同学，2010—2011年我们一起在美国学习生活了一年，毕业后仍然保持密切联系。通过他们的帮助，我接触到超过50位巴基斯坦人，他们来自巴基斯坦社会各个层面，持各种思想与观点。与他们交流，我能更好地了解巴基斯坦社会与文化。

除了与巴基斯坦人交流，我们也遇到了在巴基斯坦生活的中国人，他们是民间交往的排头兵。

文明需要交流互鉴，通过记录他们的故事，也有助于我们在侧面了解巴基斯坦人和巴基斯坦文化的同时，了解巴基斯坦人对中国人和中国文化的看法。

民心相通，人的故事可以跨越种族、文化和语言而被更多人理解，因此本书的主线就是讲述在巴基斯坦的人的故事。李英武和我密切协作，在我采访的同时，他凭借多年的摄影经验，捕捉到每个人的眼神、个性，从而形成一幅幅具有艺术价值的人物肖像。

本书以时间为轴线，将巴基斯坦几座城市的采访拎出来。这些城市各具特点，我们首先讲述自己的观感以及对巴基斯坦文化的了解；其次配上专业的人文摄影作品，引出每座城市的人物专访；最后通过综述和对话的形式，形成一个个鲜活的故事。

《是的，我们去了巴基斯坦》将是中国第一本记者实地探访巴基斯坦的全记录，是中国读者近距离了解巴基斯坦社会与文化的重要途径。

终于拿到签证

出发之前办签证这件事一波三折。

2019年元旦前，出发的准备工作大致搞定，到申请签证的时候了。我们申请的是媒体签证，这需要与负责媒体事务的巴基斯坦驻华大使馆新闻官赫娜·佛尔多斯女士联系。幸运的是，我与她有一面之缘——2018年4月，赫娜随当时的巴基斯坦总理阿巴西来博鳌，我们见过面。在热情接待我们之后，赫娜向我引荐了她的副手——新闻官阿里。阿里也很热情，但当他看到我们的行程中包括瓜达尔港时，不禁面露难色。他说，瓜达尔港那边安全状况不好，需要内政部的批准，耗时会很长，如果希望立即办好签证，我们就要放弃去瓜达尔港。我说，中国港控那边已经邀请了我，而且瓜达尔港是"一带一路"在巴基斯坦最重要的项目之一，我一定要去采访。

阿里没说不行，但如他所言，真是漫长的等待——一个多月之后快过春节了还是没消息。我知道春节期间使馆要放假闭馆，而我们出行的日期是2月8日（正是大年初四），如果春节前拿不到签证，2月8日肯定走不了。

我通过微信和阿里联系，表达了我们的担忧。

阿里问："你能延期吗？"

我很吃惊，因为我没有延期预案："我们买的机票不可退改签，而且我们已经支付了住宿费用，如果改行程，每人就会白花1000美元。"

听到我的难处，阿里继续与巴基斯坦国内沟通，在幸运之神的眷顾下，我们接到2月1日去使馆取签证的通知。赫娜和阿里很贴心，他们给了我们长达60天的签证，而且没有标注不能去瓜达尔港。阿里说，理论上我们可以去巴基斯坦境内任何地方，但作为有采访任务的记者，我必须在第一时间去巴基斯坦信息部对外联络司（EP Wing）报到，并现场办理采访许可证。

终于拿到签证了！不过兴奋劲儿持续的时间并不长，因为我们离出发只剩一周的时间了。我拟定了一份长长的物品清单，丝毫不敢马虎。

住宿：我们全程选择民宿，目的是希望通过民宿接触巴基斯坦当地人。住民宿要自带床单、被罩、枕巾、浴巾。我们想过住酒店，但酒店选择余地不大，且房间小、设施陈旧、费用高。我们还想过住在中国人开的小旅馆，这种旅馆一般是一套大别墅，分成若干房间租给中国人，还管一日三餐，费用只有300元左右。但我们觉得既然到了巴基斯坦，就要接触当地人，如果还跟中国人住在一起，吃的也是中餐，可能不好实现既定的观察巴基斯坦人和了解巴基斯坦文化的目的。

饮食：除了在外面吃饭，我们要自己做饭。我们带上了小锅、碗筷、小刀、小案板等，又带了些中国的方便食品，比如方便面、榨菜。李英武回湖南老家过春节的时候，也准备了不少自家做的榨菜和酸豆角以及著名的湖南辣椒。出于饮食安全考虑，出门要喝热水，我们带上了电热水壶和保温杯。对于水，我想得比较多。在北京，我们习惯喝纯净水或矿泉水，到了巴基斯坦，看攻略上说水质可能不比国内好，因此我们想一路都买大桶瓶装水，然后用电热水壶烧开了喝。李英武还带了湖南老家的擂茶。我头一次听说擂茶，这种茶吃法很简单，用开水冲泡，用筷子搅拌，吃起来有点像北京的炒面，口感咸甜，味道不错。这样在巴基斯坦，早餐除了可以吃小米粥，还可以吃擂茶。

药品：消炎药、清凉油、黄连素（一般指小檗碱，没想到它后来成了我们的救命药）。

工作器材：这次要边采访边发稿，工作用的转换插头、插线板、充电宝、照相机、笔记本电脑、移动硬盘、耳机、笔记本、笔、名片等都是必备用品。

穿戴：我听巴基斯坦驻华使馆的中国雇员哈桑说，2～3月是巴基斯坦一年当中最好的日子，天气不冷不热，北方大约20℃，南方大约30℃。他建议我们最多带上夹衣就够了。这倒是很实用的建议，在行李中，衣服没有占用太多地方。

礼物：我们和单位申请了小熊玩偶作为礼品，我还给同学贾维德·阿弗雷迪和穆凯什·罗培塔专门准备了礼品，以及我写的书。书很沉，我只带了 5 本。

通信：我事先准备好了手机卡。中国移动在巴基斯坦有自己的品牌——Zong。我看《21 世纪经济报道》记者赵忆宁 2015 年采访过中国移动巴基斯坦公司的老总，当时说到在巴基斯坦开展业务的艰辛。但现在看报道，Zong 已经成为巴基斯坦最大的电信运营商之一，拥有 3000 万用户，2018 年还开通了 4G。我花了 245 元在淘宝买了一张 15GB（吉字节）流量的电话卡，据说下了飞机就可以用。虽然知道可以在巴基斯坦当地办卡，而且价格更便宜，但我依然觉得提前买好会更方便，毕竟我们出了机场就要通过手机叫优步司机。

交通：我发现在城市里叫优步比较方便，而城市之间的大交通，我们打算依情况而定。

一切准备妥当，我在 2 月 2 日发了一篇朋友圈：

经过近一年的筹备，巴基斯坦之行终于要在 2 月 8 日开启了。入选北京市委宣传部宣传文化高层次人才培养资助项目并获得资助后，我和资深摄影记者李英武一起，将开始这次"一带一路"的探索之旅。

旅程即将开始，但缘起还要从 8 年前在美国读书说起。得益于当时美国总统签署的援助巴基斯坦法案，汉弗莱项目（美国政府资助的留学项目）甄选了20多位巴基斯坦学者，其中三位与我一起在亚利桑那州立大学读书。刚一认识，他们就带着我用乌尔都语说"巴中友谊万岁"，而我也用中文教他们说"巴铁"。虽然当时只是初识，但我们都带着善意。然而不能否认的是，我们对对方文化都了解甚少。

这次有机会去亲身感受，做更多的理性思考。我们不仅要访问中国在巴的"一带一路"建设的重大项目，还要和久违的巴基斯坦同学相聚，从而去结识更多的巴基斯坦朋友，并面对面采访他们。我们要去观察彼此的相似与不同，去尝试了解他们的文化，同时审视我们自己。"民心相通"会让我们与"巴铁"更"铁"。

第 *1* 站

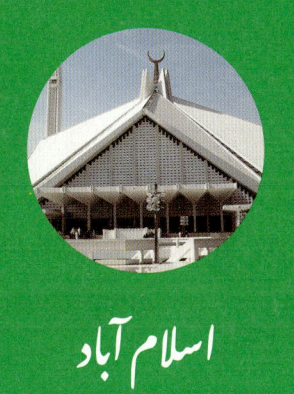

伊斯兰堡

文明延续2000年的新城

اسلام آباد

坐上巴基斯坦飞机

2月8日下午4点,我们告别家人,踏上征途。

然而刚到机场,我们就被通知,本来计划傍晚6点30分起飞的航班将晚点一个小时。出门在外,有些小变化也属正常,但我需要赶紧和拉瓦尔品第的房东打招呼,解释我们到达时间可能要到午夜了。房东很和善,说会一直等我们,并亲手将钥匙交给我们。

多等了一个小时后,我们终于坐上了飞机,值飞的是巴基斯坦国际航空公司波音777-200飞机。飞机比较老旧——我座位的把手竟然滑落到地上;每个座位前都有一个小屏幕,却不能打开看电视节目;用过餐,机舱灯光调暗,我想打开阅读灯继续写日记,却发现打不开,空姐说因为有客人不愿看到亮光,所以全都不能开了。

不过,飞机餐可圈可点。飞机餐是巴基斯坦风味,我要了咖喱鸡饭,米饭是特色的长粒米,味道还不错。我试探着问问有没有啤酒,空姐说他们不提供酒精饮料——巴基斯坦是以穆斯林为主的国家,看来我们从坐飞机这一刻就开始体验巴基斯坦文化了。

第 1 站　伊斯兰堡：文明延续 2000 年的新城

尽管飞机有些不尽如人意，但优点也很多。也许是因为还在春节期间，飞机 4/5 的座位都是空的，机舱门关闭后，很多人都到后舱找到一排空座椅，准备睡一觉。

晚上 11 点 20 分，我们到达伊斯兰堡机场。我装好了 Zong 卡，顺利接通 4G 网络。

时间已经很晚，我们属于为数不多的外国人。过海关时，我被拉到警察那里填入境表，而李英武则被海关拦下来检查行李。海关给他做手势，感觉是想要钱。我们知道在巴基斯坦，个别人希望使用手中的小权力。我过来向他们解释说，我们来巴基斯坦是为了新闻报道，他们听后立即放行了。

机场外很冷，感觉气温刚刚过 0℃。我看到当地人都披着驼色的毯子，戴着毛线帽子，而我们只穿着夹衣。我事先看了天气预报，伊斯兰堡当天的温度是 4℃~10℃，一周之内的最高温度是 22℃。寒风吹过，我们顿时感觉衣服带少了。

我用优步叫了一辆车，然而人生地不熟，我们互相都找不到对方。就在焦急之时，有一位司机主动搭讪，问我们去哪里。

我说我们叫好了车，正在等。

他却说："哦，你别等了，他不来了，坐我的车。"

我很吃惊地问："你怎么知道？你认识他？"

"上车吧，上车再说。"

我们没敢上，直觉有诈。我继续给优步司机打电话确认我们都知道的标志性建筑物。终于，我们见了面。

003

这位司机名叫穆罕默德·哈龙，他开了 30 多公里来机场接上我们，然后再开 30 多公里把我们送到拉瓦尔品第的郊区 DHA 二区①，整个行程只收了我们 1040 卢比（52 元人民币），我感觉便宜得出奇。我不清楚巴基斯坦这边的油价，不知道开这么远够不够油钱，但我看到街上跑的大部分是铃木奥拓，虽然开不快，但想来应该很省油。

关于巴基斯坦的物价，我们发现不仅打车便宜，房屋租金也不高，吃喝用度都很便宜。后来同学塔萨瓦·卡里姆告诉我，我们感觉巴基斯坦物价便宜的原因是巴基斯坦卢比持续贬值，美元购买力变得很强，实际上当地人还是觉得物价很高。

坐上车，我和司机聊了起来。哈龙今年刚 37 岁，但胡子都白了。他戴着一顶别致的毡帽，我夸了他的帽子，他竟然把帽子摘下来要送给我。好尴尬！我说戴一下照张相就好了，很感谢。当他得知我们是记者，就说希望成为我们的第一个采访对象。对话就此开始，但没想到会那么沉重。

哈龙曾是一家制衣厂老板，但因为各种原因，工厂关门了，妻子也离开了他，现在他一个人带着先天上肢残缺的女儿生活。女儿今年两岁。他努力赚钱，为的是给女儿更好的生活，偿还生意上的欠款，以及再找一个新妻子。

---

① 在巴基斯坦的每座大城市都有 DHA，DHA 的全称是 Defense Housing Authorities（巴基斯坦国防住宅署），这是军队的机构，负责进行土地征用开发。DHA 大多在城市郊区，多大片开发，以独栋住宅为主，也有一些公寓楼。此后，我们在拉合尔和卡拉奇的民宿都选择在 DHA 里。DHA 是新开发的社区，居民多中产阶层以上，我们觉得住在这种新小区，虽然离市中心有一定距离，但房子较新，治安还算不错。

第 1 站　伊斯兰堡：文明延续 2000 年的新城

听完他的故事，我无言以对，但他却说："Life is tough, keep smiling！"（生活艰难，保持微笑！）

我把这个故事发到朋友圈，触动了很多朋友，他们表示非常欣赏"生活艰难，保持微笑"这句话。的确，人生不如意十之八九，但以什么样的心态去面对，却决定了眼前的世界会是什么色彩。

下车时，我在优步留言本上写道：Great soul, great personality!（伟大的灵魂，伟大的人格。）我们还合了影，加了微信。微信里，他有 30 多个朋友，绝大多数是中国人。

优步司机穆罕默德·哈龙

住进"军队大院"

凌晨两点多,我们终于到了 DHA 二区,见到了房东法拉赫(Farah)。她是一位 60 岁左右的阿姨。我们很不好意思,让法拉赫一直等我们。

我们预订的民宿公寓在 3 层,有电梯却不开,我们只好搬着行李上楼。公寓是一套两居室,有 3 个卫生间,公寓看上去还不错,只是室内装潢有些老旧。

入住后,李英武告诉我,他吃飞机餐吃坏了肚子,我立即拿出了黄连素。吃坏肚子这件事,我早有准备。2017 年我去甘肃采访就吃坏了肚子,怎么也不见好,后来同行小伙伴给了我黄连素,竟然一片见效。从此我有了经验,只要出差,就带上一小瓶黄连素。

巴基斯坦我从没来过,但我不能忘记余秋雨写过的一篇游记:有个服务员小伙子不小心把刚烤好的馕掉在了地上,顾客见状哈哈一笑,捡起来掸掸就吃。这段描写一直在我的头脑中回放,我想:如果有些洁癖的我遇到这个情况,会不会捡起来就吃。后来发生的事情连我自己都没料到,环境塑造人,掉在地上的馕,我还真能捡起来吃,而且吃了也没闹肚子。

尽管凌晨 3 点才睡觉,但由于时差作用,我们第二天早上 9 点就起床了(在北京,这已经是中午 12 点了)。早餐我做了小米粥,帮李英武养养胃。

2 月 9 日是周六,我们没安排什么采访任务,临时决定逛逛拉瓦尔品第。

出发前，我们先在小区里逛了逛。小区中间有个花园，男孩子们在小区花园里打板球。后来我们知道，周末上午 10 点对于当地人来说非常早，一般人还都没起床，只有小孩子贪玩起得早。

花园边上有个公用取水处，小区居民拿着塑料桶在这里打水。一位居民告诉我："这是经过净化的饮用水，我们每个月交 2000 卢比（100 元人民币）的物业管理费，包括取水这项费用。"他介绍，小区是开放的，非小区居民也可以来这里取水。

我们注意到，玩板球的孩子们旁边坐着几位老大爷，他们没有穿警察制服，但夹着枪。李英武半开玩笑地说："夹着枪，跟夹把雨伞一样随意。战士扛枪也罢了，这老大爷扛枪，万一情绪上来怎么办？"

李英武说得有道理。在一个禁枪的社会生活久了，看到大街上有人拿枪，感觉自己的命交到了陌生人手上，不免会有恐惧感。我们找机会和夹枪的老大爷合影，老大爷很配合，虽然不懂对方语言，但点头微笑、流露善意就是世界通用的语言。

后来我们了解到，他们是职业保安。法律规定，普通人不能把枪露在衣服外面，而保安可以。他们拿着自带的武器，一些店铺会雇用一个保安看门，银行更是如此。有的中国人会雇一名保安做贴身随护，据说雇一天只要花 1600 卢比（80 元人民币）。持枪保安的存在是当地人的生活方式，在巴基斯坦待久了就习惯了。

公寓楼的裙楼是商业区，闻着味儿我们找到了一家早点铺子。虽

是的，我们去了巴基斯坦

1 凌晨两点到达拉瓦尔品第的民宿
2 军队大院的持枪保安

第 1 站　伊斯兰堡：文明延续 2000 年的新城

然我们已吃过早餐，但油饼飘出的香味还是馋，只是想起李英武的肠胃，我忍住没吃。后来每次吃饭前，我们都要做一番思想斗争，虽然被眼前的美食诱惑，但我们要考虑很多——除了考虑是否合胃口，还要想想这顿饭下肚后，嘴舒服了，肠胃会不会抗议。想来想去，很多情况都忍住不吃了。

初探巴基斯坦

我们住的拉瓦尔品第人口有 141 万，距离首都伊斯兰堡大约 14 公里。与伊斯兰堡的 190 万人口相比较，拉瓦尔品第的人口并不少，历史还比伊斯兰堡悠久。据介绍，拉瓦尔品第在 1849 年被英军占领后，因其位于印度西北的防御要塞而受到重视。1959—1967 年，在新首都伊斯兰堡修建期间，这里曾是巴基斯坦的临时首都。

拉瓦尔品第整个城市分为新城和老城。新城原为英国殖民军的兵营，多为老式庭院住宅，现为政府高级官员和富商居住之地。老城为平民住宅区，拥挤杂乱。拉瓦尔品第是交通枢纽，这里是通往阿富汗和克什米尔的公路起点，拉合尔—白沙瓦铁路也通过此地。新首都伊斯兰堡建成后，两座城市连为一体，构成伊斯兰堡—拉瓦尔品第大都市区。

查了猫途鹰（Trip Advisor）推荐的景点，我们对拉贾市场（Raja Bazaar）很感兴趣，希望能抓拍到一些当地人的生活场景，于是用优步叫了一辆车，车开了 40 分钟，收了我们 300 卢比（15 元人民币）。

009

初到巴基斯坦,我们见什么都觉得新鲜。道路是柏油路,两边便道却是土路,只要车过去就会扬起沙尘,当地人就走在沙尘里。有些路人戴着披肩,见到土太大,就用披肩把口鼻遮住。我们开着车窗,希望能拍些街景(不过我们打算去买口罩),毕竟到处尘土飞扬的场景太少见了。

路上,我们见到了当地人的出行工具——小巴车。这种小巴车由小货车改装,安上一个棚子,一边坐 5 个人,一共坐 10 个人,售票员站在车外,脑袋钻进棚内,招手即停,据说每人只需要 20 卢比(1 元人民币)。

在拉贾市场我们要办三件事:一是换钱,二是给英武办电话卡,三是吃饭。由于刚到巴基斯坦,人生地不熟,我们对逛市场这样稀松平常的事情都提高了警惕。我们互相提醒,看好自己身上的钱包、手机和相机。一路上,除了用手机拍照,我们都把手插进兜里,摸着钱包和手机才觉得安心。

在拉贾市场,人们看我们,我们看人们,各得其乐。有位高中生主动让我给他拍照,但他不要照片,只希望以后我看到这张照片能想起他。几个卖中国节日大红气球的小孩儿打老远就和我们打招呼。

接着,很多陌生人和我们打招呼,让我觉得有些蹊跷,担心他们另有所图,但后来我们发现,这些素不相识的路人只是想和我们打个招呼而已。中国人或者外国人在当地,跟大熊猫一样稀有,当地人希望与你合影,或者和你握个手,表示友好。

在市场,人很多,车更多,有时车让人,有时人让车。李英武说,

第 1 站　伊斯兰堡：文明延续 2000 年的新城

大概我们觉得这里很混乱，但他们可能有自己的秩序。确实，虽然看似杂乱无章，但没有看到撞人、碰瓷儿、拌嘴、打架的现象。

我看到街边摆着几条蜥蜴，开始我以为是在卖宠物。一个小贩还把蜥蜴拿起来，让我们摸摸蜥蜴凉凉的表皮，而走到另一个售卖摊，蜥蜴的脖子竟然被割开，血被收集到小瓶子里。我问他们在做什么，但语言不通没有得到答案，我以为他们要喝蜥蜴血，毕竟他们有人嘴唇上沾着蜥蜴血。后来我问同学阿弗雷迪，他说，那些人杀了蜥蜴并不是为了喝血，而是把血涂在身体某部位上，据说可以壮阳。当然，出身医生世家的阿弗雷迪不信这些："如果真有用，那他们早就成百万富翁了，还用得着摆路边摊吗？"

我还发现，街上的男人远远多于女人。很多男人留着大胡子，看上去有些不修边幅。我怀疑，是不是街上很少看到女人，所以他们不太注意形象呢？

这里到处是关卡哨点和荷枪实弹的士兵、警察和保安，即使进银行、电信营业厅也要接受安检。

虽然逛市场惊险刺激，并能体会当地文化，但我们还得完成任务。首先要去换钱。我们找到一家外币兑换摊位。这些外币兑换摊位连成一排，我们选了第一家：100 美元换了 13600 卢比，换算成人民币兑卢比的汇率大约是 1∶20。

然后去办电话卡。我找到一个在街边卖手机充值卡的小贩。小贩英语不好，不知道怎么和我们说明白，竟然放下自己的生意，领着我们去 300 米外的 Zong 营业厅。到了地方，他比画要去喝茶，我们以

1 拉贾市场一角
2 "壮阳"的蜥蜴

第 1 站　伊斯兰堡：文明延续 2000 年的新城

拉贾市场中心的中国移动 Zong 营业厅

013

为他想要点小费，就忙掏钱包，他说："不，不！"原来他是真心想帮我们。

小营业厅无法办理新电话卡，我们必须坐摩的去 2 公里外的萨达尔（Sadar，意思是市场中心）的大营业厅。我们慢慢知道了坐摩的的规矩：一辆摩的背靠背有两排座，前面的座位可坐 3 个人，后面再坐 3 个人；前面的正座是女士专座，后面的倒座留给男士，如果再有人，还可以站在摩的上扒着车；一般一次 10~20 卢比（0.5~1 元人民币）就可以上车了。我们两个人等于包车，司机在计算器上打出 "105" 的数字，我觉得他打错了，就帮他打出 "150"，司机可高兴了，连连点头。后来想想也是搞笑，我该往下砍价才对，不过合人民币才 7.5 元，觉得还是物超所值，因为他的车很漂亮。

我看过一部纪录片，巴基斯坦的大货车司机都把自己的车装饰得花枝招展，鲜艳的颜色令人侧目。雇主看到货车装饰认真，擦拭一新，会认为这个司机很勤快，这样司机拉的活会更多。我发现，不仅是大货车，摩的也一丝不苟地装饰着花边图案装饰穗，精于装饰的摩的更受欢迎。

到了 Zong 的大营业厅，里面人很多，工作人员没让我们排队，意思是我们外国人理应受到优待，这让我们很不好意思。

接待员是一位当地女孩，我帮李英武翻译，不费什么事就办好了电话卡。电话卡套餐是 1300 卢比，含一个月 15G 流量的上网费用，合下来不到 70 元人民币，续约一个月只需要 600 卢比（30 元人民币）。营业厅里播放着 Zong 的总经理王华的录像。他说，Zong 团队已经准备好在巴基斯坦提供最优质的服务。的确,物美价廉的服务是不是把国内的电信运营商都比下去了呢?

接下来,我们找到了当地一家网红餐馆,这家餐馆以中餐与巴餐的融合菜闻名。我们点了自助餐,没什么特色,但不算难吃。吃过饭,我们打算到院子里喝茶。茶喝到一半,李英武肚子就不舒服了,本来一上午都没事,现在又不行了。我们分析,反应这么快,可能不是这家餐馆的问题,而是昨天晚上在飞机上吃坏了肚子,虽然吃了药,但还没彻底好,而且这顿午饭吃得比较杂。

我们打算以后在巴基斯坦吃得简单些,尽量以主食为主,再配些水果,毕竟出门在外,吃坏肚子很麻烦。

经历了几次闹肚子,脸色惨白的李英武说想家了,可是这才刚出来一天,后面还有一个半月呢。但我理解他,人病了就会想家,家里多舒服,何况今天还是中国的"破五"——家人一起包饺子、吃饺子的日子。

参观景点反成一景

自1967年巴基斯坦迁都于此,伊斯兰堡的历史不过50余年,但在这里,从犍陀罗文明甚至更早算起,文明从未间断。2月10日及2月13—14日,我们有机会来伊斯兰堡了解巴基斯坦的近现代历史,也了解到有着2000多年历史的犍陀罗文明。

2月10日是周日,我们留了一整天时间来了解巴基斯坦的文化与历史。我们的首选地标性建筑就是费萨尔清真寺和国家纪念碑。

费萨尔清真寺是巴基斯坦乃至南亚地区最大的清真寺，同时也是世界第六大清真寺。主祈祷厅可以同时容纳近万人前来祈祷，而清真寺正面和左右两翼的回廊、庭院又可以容纳20万人做礼拜。

据介绍，清真寺占地19万平方米，4座宣礼塔高91米，主祈祷厅高40米。整个清真寺呈长方形，中间设一方形喷水池，地面铺以白色大理石，南、北、东三面为宽阔的回廊及办公用房，礼拜殿连通广场和回廊。费萨尔清真寺是沙特费萨尔国王的馈赠，这项浩大的工程始建于1976年，积10年之功建成。在马尔格拉山上，远远就可以看见4座高耸入云的锥状尖塔，顶部金色的新月饰物在太阳的照耀下熠熠生辉。

我们到达的时候，主祈祷厅正准备接待信徒祈祷，因此要到下午才再次对公众开放，于是我们就在白色大理石庭院闲逛。一会儿，有一位父亲带着三个儿子过来，因为孩子们想和我拍照，父亲过来帮他们求我们。又走了一会儿，突然一群高中生走过来，也要求与我们合影。开始是几个，后来整个班的同学都来了。他们来自开伯尔—普什图赫瓦省的斯瓦比市（Swabi）一所私立高中，孩子们的英文都不错。李英武想给他们拍照，想让他们表现得自然一些，这可难为了孩子们，他们还是或坐或站，一本正经地照集体照。

我们发现，这里的男士愿意拍照，而穿着大袍子的女士却没有找过我们。一些女孩远远看着我们，但并未上前要求合影。我举起镜头拍清真寺全景，她们以为是拍她们，马上把头巾拉下来，快速走开。

第 1 站　伊斯兰堡：文明延续 2000 年的新城

1 费萨尔清真寺
2 费萨尔清真寺的大小净室

017

第二站是国家纪念碑。在这里,我们又见到了那拨来自斯瓦比的高中生,他们已经参观完了国家纪念碑,看我们要进去,很热情地表示要陪我们再进去,还要带我们混门票。我们谢绝了,自己买的门票,两个人500卢比(25元人民币)。这些孩子买的是当地人票价的门票,好像是20卢比(1元人民币)。

据介绍,国家纪念碑是在穆沙拉夫当政时期修建,历时两年,造价5.8亿卢比(当时约合7000多万元人民币)。纪念碑由4个大花瓣和3个小花瓣组成。4个大花瓣象征巴基斯坦四大省份:旁遮普省、信德省、俾路支省和开伯尔—普什图赫瓦省;3个小花瓣象征巴基斯坦三个地区:北部辖区、自由克什米尔地区和联邦直辖部落区。正前方是一座小型五角尖碑。

俯瞰纪念碑,7个花瓣围成的新月形,环抱着尖碑的星形,正好是巴基斯坦国旗的星月标志。花瓣上都有浮雕,雕刻主题主要是巴基斯坦各地的风情古迹与国父真纳等。穆沙拉夫起初斥巨资修建国家纪念碑时,并不为伊斯兰堡人接受。但从艺术样貌上来讲,它的造型和装饰壁画都具有浓烈的巴基斯坦风格。

我们问那些学生,国父真纳旁边的那位绅士是谁,学生们抢着回答,他是诗人伊克巴尔。李英武不禁发出感慨:"看来这个国家知识分子的地位不低啊,跟国父平起平坐!"

后来我查资料发现,伊克巴尔并不简单。谢赫·穆罕默德·伊克巴尔是巴基斯坦近代诗人、哲学家和社会活动家。1877年11月9日,他出生于旁遮普省一个笃信伊斯兰教的中产阶级家庭。1899年在旁遮

第 1 站　伊斯兰堡：文明延续 2000 年的新城

普大学获硕士学位。1905 年赴欧洲，先后在英国剑桥大学和德国慕尼黑大学学习哲学和法律，获哲学博士学位。1938 年 4 月 21 日因病逝世。伊克巴尔用乌尔都文、波斯文和英文写过大量的诗歌和哲学著作。他的哲学代表作有《伊斯兰宗教思想重建》《自我的秘密》《无我的奥秘》《波斯思想史》等。伊克巴尔不仅是一位诗人，也是巴基斯坦独立运动的精神导师，巴基斯坦的国家格言"团结、信仰、戒律"就是他提出的。

斯瓦比的学生们带我们见了他们的英语老师。他们很尊敬老师，刚才还叽叽喳喳的，在老师面前立马变得很乖巧。英语老师年轻而害羞，他怕学生总是"缠"着我们，妨碍了我们参观，简单客套几句，就把学生带走了。我们和热情的学生道别后，马上又被其他年轻人"包围"起来。

这些年轻人中有几位海军士兵，他们去过上海和青岛，与中国海军一起进行过联合军演。还有几位神学院的学生，他们邀请我们去他们学院参观。还有一队来自克什米尔的女高中生，她们很大方地要求和我们合影，还咯咯笑地指着一位皮肤白、眼睛小的女孩说："我们叫她中国人。"

国家纪念碑旁边还有一座小型博物馆，走进博物馆，我们又被一群来自白沙瓦的初中生包围。也许因为年龄小，他们更加活泼，欢呼雀跃地与我们合影，喧哗声还被管理员制止，并受到表情严肃的校长的呵斥。不过校长还是允许这些学生和我们合影，孩子们很听话，合影后就跟着校长离开了，临走时，还向我们挥手道别。

是的，我们去了巴基斯坦

1　国家纪念碑
2　当地人在国家纪念碑周围的树林里散步

这一天至少和上百人握了手，和几百人合了影，我们本来想去景点参观，没想到自己成了"景点"。后来和在巴基斯坦生活的中国人聊天，他们去参观费萨尔清真寺和国家纪念碑时也都被要求握手和合影，他们觉得巴基斯坦人非常热情，对中国人非常友好。能够看得出来，这种友好是朴素的、自发的。巴基斯坦人民，特别是年轻人，愿意了解我们、接近我们。与此同时，我还发现，在这些国家级旅游景点很少能看到外国人，即便是在节假日。

这段经历让我想起在加沙采访的感受。2006年，我去了被以色列封锁的巴勒斯坦加沙地带。在加沙城的大街上，只有我们两个记者是外国人。在以色列的封锁下，巴勒斯坦当地人鲜有机会接触外界，年轻人对外界充满了好奇，我们就遇到几个巴勒斯坦学生壮着胆子走过来，表示想和我们聊天。巴基斯坦，巴勒斯坦，两个地方除了名称相像，没有太多共同点，但我感受到了那些当地年轻人愿意与外界交往的迫切心情。

巴基斯坦如何讲述历史

国家纪念碑旁边的博物馆值得一看，通过参观博物馆可以观察巴基斯坦人如何诠释自己的历史。比如1857年，英国殖民者说，当年发生了穆斯林叛乱，而博物馆记载的是，当地人为自由而战，反抗英国殖民者。双方立场不同，说法各异。

在博物馆内，有些文字值得品味。我翻译了博物馆中记载的部分文字：

> 穆斯林生活方式在印度已存在 1100 年。公元 711 年，早在穆罕默德·本·卡希姆（阿拉伯人）到来之前，穆斯林生活方式就已出现在印度次大陆，并扩展到印度其他地方。穆斯林生活方式带来了政府治理的创新和社会的改革以及建筑艺术的融合，其影响遍及艺术、建筑和文学。对印度来说，"伊斯兰"就是一盏明亮的火炬，它从不断衰败的旧文明的黑暗中将人们拯救出来。随同军事占领而来的还有从穆斯林中心迁移过来的苏菲派传教士、学者、数学家、历史学家和管理者。穆斯林的良善治理将印度北部变成富有活力的国家，与此同时，印度文化中的种姓制度被削弱，促使印度社会更加公正。1857 年，"第一次独立战争"爆发，独立运动被英国殖民者残酷镇压，从此，穆斯林失去了基本的权利，而印度教徒却凭借人口优势而获得地位的提升。穆斯林认为，他们必须团结起来，而分治则是必由之路，这是穆斯林的心声。

在介绍 1857 年战争的时候，我看到展厅特别布置了一组塑像：一名骑着高头大马的英国军官正被一名穆斯林民兵用步枪瞄准，在被枪击的一刹那，塑像定格了这位军官惊慌失措的神态和民兵沉着坚定的眼神。

不过，英国在讲述这段历史时则是另外一番模样：

1858年,印度民族大起义被镇压,统治印度的东印度公司将权力移交给大英帝国,英属印度帝国成立,维多利亚女王于1877年正式加冕为印度女皇。英属印度帝国一直存在到1947年印巴分治时。

我比较感兴趣两个国家对这段历史讲述的差异,从而可以推断出巴基斯坦官方认可的价值观。

展览还提到一位巴基斯坦的重要历史人物——赛义德·艾哈迈德·汗(1817—1898)。文字记载说:

1857年,"第一次独立战争"失败,人们意识到,靠武力是赶不走英国人的。解放运动的重担落在了学者赛义德·艾哈迈德·汗身上。赛义德·艾哈迈德·汗认为,学习和吸收现代科学文化中有益于发展伊斯兰文化的先进思想,改革传统的宗教和社会制度,发展科学文化教育,用科学文化武装穆斯林民族,逐步增强实力,摆脱落后挨打的困境,才能使伊斯兰社会复兴。他提出对宗教和社会的改良主张,对推动印度伊斯兰复兴运动的兴起产生了重大的影响。与此同时,他很早就意识到印度穆斯林该有独立的国家。

还有一个展室介绍国父真纳。这里记下他说的一段话:

我始终相信，如果不能为弱势人群提供安全保障和信心，那这个政府不可能是成功的政府；如果针对弱势人群的政策不公正、不公平且存在压迫，那这个政府不可能是成功的政府。检验政府是否成功，就看它是否让弱势人群感到公平和公正。

展览还介绍了1940年签署的《拉合尔决议》。

1940年3月23—24日，印度穆斯林联盟聚集在拉合尔，签署了一项决议，即在印度东部和西北部穆斯林人口占多数的地方成立独立国家。一个国家即将诞生。1947年6月，印度总督蒙巴顿宣布印巴分治，英国将向印、巴两个国家移交权力。巴基斯坦穆斯林并不十分满意，但毕竟前进了一大步。巴基斯坦建国。

展览还专门安排了一座国父真纳和印度圣雄甘地在一起的塑像。印度国父是甘地，巴基斯坦国父是真纳，两个人都曾是律师，谙熟英系法律。1944年，二人在孟买进行了对话。虽然对话失败了，但对于印度政治和穆斯林独立运动都有深远的影响。

单身男士被歧视

在巴基斯坦，我看到大街上多是单身男青年，这与该国高生育率有关，也与文化传统有关。在公共场所，一些地方对单身男士有限制。

比如，就餐时要去男士区，公共汽车要去男士区，有些购物中心还专门提高单身男士进入的门槛。

从山顶上的国家纪念碑远眺，我们看到三座连体高楼，一座高楼外立面上还挂着海尔空调的广告，于是我们辗转去了那里——人马座购物中心。人马座购物中心是伊斯兰堡最大的购物中心，据说这是中国人投资建设的。里面也的确像中国购物中心的格局：豪华敞亮的天井，一层有喷泉，每层由滚梯相连接，购物中心外面是巨大的停车场。这里是伊斯兰堡著名的休闲购物场所，屋顶餐馆装修考究，服务生穿马甲、戴领结。这里也可以一窥当地中产阶层的生活和价值观。比如，一家服装店为了彰显个性，在墙上印了一段英文，翻译过来就是："婚姻是这样一种关系——一方永远正确，而另一方是丈夫。"不知道这是炫耀的腔调还是抱怨的腔调。

当地媒体《国家报》在2015年曾报道了一则很有意思的新闻：人马座购物中心曾经出台一项政策，不在列人群将收取100卢比的入门费。通告中的在列人群包括：女性，12岁以下的孩子，60岁以上的老人，以及军人、警察、政府公务员、外交官、律师、医生等。之后你会发现，只剩下单身男青年被要求收取100卢比入门费，而且是家境一般的单身男青年，因为有钱人家的单身男青年还可以凭乡村俱乐部会员证等证明免费进入。在这里，我们也属于"不在列人士"，不过我们没有被收取入门费，不知道收费政策什么时候又被取消了。

打车回DHA，看到小区的孩子们还在玩。早晨出门的时候看他们在打板球，现在他们则凑在路灯下玩飞行棋。

从国家纪念碑远眺人马座购物中心

再回伊斯兰堡

我们再次回到伊斯兰堡已经是 2 月 13 日。晚上,我们约了在这里生活多年的刘先生,刘先生请我们在六区的 Kohsar Market——一家不错的牛排餐馆吃牛排。刘先生在中巴两国政府合办的基金机构工作,他在巴基斯坦已经生活 4 年多了,2018 年,他的妻子和孩子也跟到巴基斯坦。孩子今年 5 岁,在一所国际学校读书。孩子在国内没有英语环境,到这边全说英语,很快地适应了当地的生活。

这次见面,主要是请刘先生介绍一下巴基斯坦政治。他说,伊姆

第 1 站　伊斯兰堡：文明延续 2000 年的新城

兰·汗当选国家总理后，明里暗里在削弱穆斯林联盟谢里夫派和布托家族控制的人民党的势力。然而两大家族势力在巴盘根错节，对于伊姆兰·汗来说，这是一场持久战。现在很多公务员夹在中间，看到干多干少都是问题，索性消极应对。

2 月 14 日是忙碌的一天。上午 10 点，我们来到信息部对外联络司登记。巴基斯坦驻华大使馆新闻官阿里告诉我，我必须要获得采访许可才能够顺利采访，再加上得知我们在阿伯塔巴德（Abbottabad）遇到军队盘查，阿里就更加催促我们先把采访许可拿到手再开始采访。到了信息部对外联络司，事先联系好的助理司长诺赫曼·阿里并没有如约出现在办公室。他的秘书，一位白胡子老先生，很热情地接待了我们。我和他说："我申请了一个多月的采访许可一直没有消息。"没想到秘书老先生很爽快，说"你们被批准了"。

感觉幸福来得太突然：等了一个多月都没结果，怎么一下子就被批准了呢？我们很高兴，因为这意味着我们可以畅通无阻地去白沙瓦和瓜达尔港采访了，我们向老先生道谢和道别，继续下一站的采访。然而出了信息部对外联络司办公楼，坐上车好久才意识到，这"被批准"空口无凭，到了白沙瓦会被军警承认吗？

后来我们果真受到了口头采访许可的折磨。在白沙瓦，以及信德省的苏库尔（Sukkur）和塔塔（Thatta），我们都被当地警察或情报部门盘问，问我们有没有 NOC（无异议证明），我们说我们有信息部对外联络司的口头采访许可，有问题可打电话给诺赫曼·阿里——我们只有这一个虚张声势的办法了。幸运的是，人家没有继续麻烦我们。

是的，我们去了巴基斯坦

1 信息部对外联络司办公室一角
2 秘书先生
3 信息部对外联络司诺赫曼·阿里办公室的客人

之后，我们去真纳大学与富布赖特项目的同学萨蒂亚会面。萨蒂亚在真纳大学任助理教授，教授宗教文化。

真纳大学是巴基斯坦最著名的公立大学之一，萨蒂亚带我去了大学里的几家研究院，与几位教授聊天，然后又陪我去了盖洛普巴基斯坦公司首席执行官雅兹·吉拉尼博士的办公室。

这里要特别提到我们在真纳大学国家历史文化研究中心主任乌玛尔·哈亚特的办公室做客的经历。哈亚特教授的研究领域是中世纪巴基斯坦的伊斯兰历史，我们的谈话也就从"丝绸之路"的文化和历史开始了。

伊斯兰"圣训"[①]中有一句话，"学问，虽远在中国，亦当求之"。这句话在阿拉伯世界乃至西方诸国，几乎无人不知，无人不晓。为了贯彻这一宗旨，唐武德年间（公元618—626年），先知穆罕默德门下四位大贤来唐传教，并学习大唐的先进知识。

"丝绸之路"改变了中国。顺着丝路，欧亚商人将西红柿、石榴等蔬菜水果引进中国，除此之外，还有宗教、思想和艺术。而2000年前，从中国迁移到巴基斯坦的大月氏人则继承并发扬光大了巴基斯坦人引以为傲的犍陀罗文明。

哈亚特教授很高兴我们第二天会去塔克西拉，因为那里是犍陀罗文明的重要遗迹，世界文化的重要遗产。

逐渐熟悉之后，我们开始聊到一些实际问题。一位老师说："你

---

① 据《不列颠百科全书》所述，圣训记载了先知穆罕默德口述的言论、行为和举止纪录，是宗教法理和道德指导的主要来源，其权威地位仅次于《古兰经》。

很容易得到了巴基斯坦签证，但我们却很难得到中国签证，因为我们被要求提供无犯罪记录证明。"这个事情我头一次听说，后来去了白沙瓦，同学阿弗雷迪也有类似抱怨。我看报道得知，在伊斯兰堡有中国签证中心这一办事机构，据说能方便巴基斯坦公民获得签证。

聊到最后，李英武提出给哈亚特教授拍照。他发现从窗外投进的光线恰好照在哈亚特教授脸上，于是请教授望着窗外，一张阳光、窗户、坐在窗前的人和向窗外看的眼神几个元素结合在一起的经典肖像照被他拍到了。

2月14日这一天，采访一个接一个。当我在转往下一个采访地点时，还要用手机联系在白沙瓦的行程。但紧张的行程并不妨碍我们偶遇惊喜。

真纳大学国家历史文化研究中心主任乌玛尔·哈亚特

第 *1* 站 伊斯兰堡：文明延续 2000 年的新城

1 使馆区安检口的警察
2 拉普特·普维扎麦德 1990 年参加北京亚运会的运动员证

031

在开车通过使馆区安检口时,我们被一位大胡子警察拦了下来。开始我们还有些不知所措,后来才知道,他是想和我们握手,因为我们是中国人。

他从怀里拿出一张卡片,上面有英文介绍和他年轻时的照片,原来这是一张运动员证。他叫拉普特·普维扎麦德,29年前,他作为国家摔跤运动员参加了北京亚运会。很难想象,他会把这张运动员证一直揣在怀中。

晚上,受汉弗莱同学达拉瓦尔·江的邀请,我们在市中心著名的喀布尔餐厅用晚餐。结束了一天的采访回到住所,我发了微信朋友圈:

> 今天真是感恩的一天。我不仅见到了富布赖特和汉弗莱项目的同学,还在他们的安排下见到了巴基斯坦两位知名教授,并进行了深入采访。晚上在喀布尔餐厅用餐,我们吃到了正宗阿富汗羊肉串、牛肉串和抓饭。久未相见,分外亲切,话题天南海北,提起8年前一起学习、生活的趣事,就像发生在昨天。大家感叹岁月留痕,更憧憬每一个明天。

知识女性萨蒂亚

萨蒂亚是我在亚利桑那州立大学的同学。我是汉弗莱学者,她是富布赖特学者,我们同是美国政府支持的留学项目的留学生,但时间

第 1 站 伊斯兰堡：文明延续 2000 年的新城

长度不一样。我的奖学金只有 1 年，而她的是 4 年，她最后在亚利桑那州立大学拿到了博士学位。

萨蒂亚知性直爽。有一次，我们几个汉弗莱学者和萨蒂亚一起在大学城一家印度菜馆吃饭。我发现来自旁遮普省的萨蒂亚，与来自信德省的穆凯什和来自俾路支省的马利克时常为时政话题争论，我就随口问了个问题："领导人总是出自旁遮普省和信德省，什么时候俾路支省能出个领导人？"这时他们三个巴基斯坦人都安静了，萨蒂亚转头问我："你是想让我们仨打起来吗？"听后我吃了一惊，怕是自己说错了话。后来萨蒂亚发现我误会她了，连忙解释这是她的说话方式。

不过从那时起，我就对巴基斯坦有了一个印象：他们会同声高喊"巴基斯坦"，展现爱国主义，但也会因地区矛盾而争执不下。

这次再见到萨蒂亚，她已经获得了三次富布赖特奖学金，现在在巴基斯坦著名的公立大学真纳大学担任助理教授。

我很欣赏萨蒂亚的睿智。她喜欢在事实和刻板印象之间进行比较。遗憾的是，她比较在意被拍照，怕她的照片流传到互联网上，造成不良影响。后来她听说李英武是肖像摄影艺术家，又表示希望我们能给她拍照，但我们已经出发去了下一站。不管怎样，萨蒂亚是我们这次巴基斯坦采访中遇到的为数不多的女性，记录下与她的对话有助于我们从巴基斯坦女性的视角去观察巴基斯坦社会。

萨蒂亚毫不吝啬地与我分享她的"中国情结"："我们从小都会唱一首歌——《巴中友谊万岁》，歌词大意为：巴中友谊，比喜马拉雅山

033

还高,比阿拉伯海还深。我刚看过中国纪录片《黄河》,我很爱吃中国的炒面。我看到,我们的政府还不断地向中国政府学习,包括在各处安装监控摄像头。"

说到"一带一路"给巴基斯坦老百姓带来了什么,萨蒂亚拿她家附近的水果店举例。"你知道火龙果吧?它来自中国。以前,火龙果特别贵,现在受惠于'一带一路',在巴基斯坦,我们能吃到平价的火龙果了,还有中国大白菜。"她觉得,现在"一带一路"在巴基斯坦的影响还是开始,而20~30岁的年轻人更易于且乐于接受新鲜事物,"一带一路"的影响将在他们那一代人身上显现出来。

我很好奇,知识女性是如何在巴基斯坦生活的。萨蒂亚看出了我的认识偏见,她说:"作为女性,我认为大学氛围相当舒适和放松。在社会上,穆斯林被认为比较保守,实际上社会是多元的,它给了女性空间。比如如果女性受到性骚扰,可以打热线电话投诉,政府部门会严肃对待。在女性权利方面,巴中两国有相似的地方,比如中国和巴基斯坦都是男性主导的社会。中国人喜欢要男孩,不是吗?同时我们也要注意到,人们对巴基斯坦有刻板印象,比如认为'荣誉谋杀'[1]很普遍等,实际上巴基斯坦社会不是一成不变的。"

---

[1] 据《不列颠百科全书》记载,荣誉谋杀通常指家族男性成员认为女性成员有损家族荣誉而实施的谋杀。荣誉谋杀受害者被指有"不道德性行为",甚至包括被强奸的女性。除此以外,还有其他原因,比如拒绝包办婚姻和离婚,即使丈夫对妻子施虐。据联合国人口基金调查,每年有大约5000名女性被"荣誉谋杀"。

塔克西拉浅观犍陀罗艺术

2月15日一早,我们出发赶往距伊斯兰堡50公里的塔克西拉,这是我们要在巴基斯坦参观的第一处世界文化遗产,一路上,我们还要参观三处世界文化遗产。

伊斯兰堡是巴基斯坦的首都;公元前6世纪,塔克西拉是犍陀罗王国的首都。犍陀罗艺术是古希腊文明与古印度文明融合的典范。佛教随着"丝绸之路"传入中国,犍陀罗艺术也随之传入中国,在敦煌莫高窟、云冈石窟和洛阳石窟,人们可以看到带有犍陀罗文明基因的佛像。因此可以说,塔克西拉是中国佛教艺术的发源地之一。

据介绍,犍陀罗艺术的形成有其历史原因。公元前5世纪,塔克西拉古城成为波斯帝国的一部分,公元前4世纪末,古城已成为南亚次大陆西北地区最大的城市。公元前4世纪,亚历山大大帝灭掉波斯、征服中亚,至此,古希腊文化开始在这里扎根。公元前3世纪,印度孔雀王朝君主阿育王将塔克西拉收至麾下,因阿育王信仰佛教,塔克西拉逐渐成为香火鼎盛的佛教圣地和学者云集的哲学宗教艺术中心。公元前180年,来自中亚地区的希腊—巴克特里亚王国重新发展了这个地区,古希腊文化又开始发展。公元1世纪,来自中国甘肃地区的大月氏人在这里建立了贵霜王朝,他们在塔克西拉修建了自己的城市锡尔开普(Sirkap)。直到公元3世纪,塔克西拉都是横跨中亚和南亚次大陆王朝的文化都城。

塔克西拉也可以看到中国人的足迹。公元405—411年,东晋高僧法显访问过此地，《佛国记》称此地为"竺刹尸罗"，可见当时佛教已十分兴盛。公元520年，中国北魏的朝圣者宋云访问这一地区时，所见便大不相同，此时西北印度的大部分已为嚈哒人（白匈奴）统治。据《洛阳伽蓝记》记载，嚈哒统治者米希拉库拉对佛教进行无情打击。公元7世纪，玄奘来到塔克西拉，他在《大唐西域记》中将塔克西拉译作"呾叉始罗"，梵文意为"石雕之城"。其中描述道："地称沃壤，稼穑殷盛，泉流多，花果茂。气序和畅，风俗轻勇，崇敬三宝。伽蓝虽多，荒芜已甚，僧徒寡少。"往昔的繁荣景象已无处寻觅了。按照玄奘的记载，昔日的贵霜统治遗迹已经不存在了，本地也不存在纷争了，整个地区被克什米尔人统治，但塔克西拉人仍然是佛教徒，安闲地过着自己的生活。玄奘在塔克西拉的朱利安学院学习了两年。

公元8世纪以后，阿拉伯势力开始进入这一地区。由于宗教的压力，塔克西拉逐渐成为穆斯林居住的地区，现在整个地区的居民以穆斯林为主。

塔克西拉的佛教文明一蹶不振，许多遗迹被泥沙埋没，连塔克西拉这个名称也长期湮没无闻。直到19世纪，塔克西拉的佛教遗址才被英国考古学家发现。20世纪上半叶，英国考古学家约翰·马歇尔等人对塔克西拉遗址进行了大规模发掘，发现了大量犍陀罗佛教艺术品和其他文物。于是塔克西拉及其光辉灿烂的文明得以复活，成为全人类的文化遗产。

马歇尔获得了众多发现。他认为，遗址为印度西北地区的政治史和宗教史提供了大量新的线索，并在很多方面，使后人对那一地区在公元前500年到公元500年这段漫长历史的文明有了崭新的理解。它们清楚地告诉我们，在那1000年间，塔克西拉是怎样一次次被摧毁，又一次次被来自东方或西方的统治者重建的。这些事实常常具有悲剧色彩。① 马歇尔于达摩拉吉卡（Dharmarajika）的礼拜所 G-5 遗址发现了出土的银牒上有"塔克西拉"之铭文，因此，马歇尔便恢复了塔克西拉之名。

塔克西拉遗址大部分珍贵文物都移到了博物馆。走进博物馆展厅大门，右边一半陈列着出土文物，有形形色色的陶器、雕花石盘、钱币，有用金、银、宝石做成的各种精美首饰，还有用骨、象牙、贝壳、铁、青铜制成的各种工具、日用品、装饰品、玩具、赌具等物品。

在博物馆，我们遇到了会说一点中文的讲解员扎西德，他带领我们进行参观，并给我们指出那些希腊化的佛祖形像——衣服的褶皱、波浪形的头发，都与古希腊雕像颇为神似。还有一些雕像保留着古印度文化的特征，比如佛陀头上的发髻。

我看到很多佛像眉心都有一个圆坑，扎西德告诉我，公元5世纪，嚈哒人入侵此处，很多佛像眉心的宝石被挖走。

我在博物馆还看到一些奇怪的雕塑，比如龙的雕塑、中国麻将、希伯来文字、古希腊文金币，扎西德说，这些都是在塔克西拉出土的文物，可见当时塔克西拉是世界文明交汇的地方。

除了博物馆，我们还准备参观一下塔克西拉古城遗址。我们先在

---

① 参见《塔克西拉指南》（*A Guide to Taxila*）一书。

附近简单地吃过午饭，然后雇了辆三轮摩托车代步。

在锡尔开普古城，我们看到一大片遗址，这里大多是一米多高的城垣和砖墙，木牌上标明这里是太阳神庙，半球形砖石建筑是寺庙佛塔的底座。我们走在宽达10米的主路上，遇到来自白沙瓦的一家人。我和这家男主人都对历史感兴趣。我问他，进门时的牌子介绍说，锡

1　塔克西拉博物馆的类似龙的雕塑
2　塔克西拉博物馆的佛塔
3　塔克西拉博物馆的犍陀罗艺术之菩萨头像

尔开普古城曾经三次建城，因此分有上、中、下三层，但现在我们却只看到最上面一层。他也有同样的困惑。后来他找到管理人员，管理人员要带他去看第二层，他赶紧叫上我们一起去看。我们来到一个大约10米深的坑里，第二层就可以看到了。第二层看上去和砂土、岩石砾没什么区别。这里的考古工作正在进行中，管理人员要求我们只能看、不能摸。我们没有看到锡尔开普古城年代最久远的最下面一层。在锡尔开普古城参观时，我们还碰到20多个中国人，他们对佛教历史很感兴趣，因此结伴来巴基斯坦旅游。他们不仅来到了塔克西拉，还去了白沙瓦，甚至斯瓦特山谷——那里被认为是恐怖分子盘踞的地方，不过他们说一路都很安全。

接着我们又参观了达摩拉吉卡窣堵坡，据说这是阿育王为放置佛舍利而建。其基坛为圆形，以石砌成，直径46米，上积土石为半球状，外砌石块。上部现已倾塌，但残存部分仍高约15米，周围还有大量附属建筑，可以想见当日的雄姿和规模。该窣堵坡旁边的小礼拜堂，还曾发掘出佛舍利、镌刻有塔克西拉名称的银牒等珍贵文物。

我们在达摩拉吉卡窣堵坡遇到了5个年轻人，他们追上我们，问是否愿意让他们陪我们参观。直觉告诉我，这可能是野导游，于是就一口回绝了。他们有些失望，没再说什么，也没跟过来。这个反应让我有些奇怪，一般来说，野导游会死缠烂打的。

后来在遗址区，我们又遇到了这5个年轻人，聊了几句才知道，他们也是游客。他们5个人是即将毕业的大学生，因为一起生活了4年，关系很好，现在就要各奔东西了，因此希望在分别前一同出游一次。其中一位名叫巴斯特的高个子青年显然是组织者,他说:"刚才被你们拒绝了,有些失望。"我说:"不好意思,我以为你们是要揽活的导游。"这几个学生听了哈哈大笑起来。

随后我们一起参观。我发现,他们虽然是当地人,也是大学生,

在达摩拉吉卡窣堵坡巧遇 5 名大学生

但对塔克西拉的历史了解得并不多，也许他们的心思并不在这里，和要好的同学一起出游才是此行的目的。

我们还聊了他们毕业后的打算。巴斯特说，他打算入伍。我在巴基斯坦感受到这里军队势力很强，也许对这些学工程的学生来说，入伍会是一个不错的选择吧。

最后我们去了最古老的城市遗址皮尔丘（Bhir Mound），遗址展示了公元前 6 世纪至公元前 2 世纪的文明。现在，皮尔丘古城遗迹保存甚少，我只能看到一群羊在遗迹里吃草。正值下午空闲时间，很多年轻人在旁边的空场认真地玩着板球。

达摩拉吉卡窣堵坡

1 锡尔开普古城遗址（一）
2 锡尔开普古城遗址（二）

第 1 站 伊斯兰堡：文明延续 2000 年的新城

1　塔克西拉的路边摊
2　在塔克西拉路边摊喝茶的长者

043

是的，我们去了巴基斯坦

1　塔克西拉的牲口市场
2　塔克西拉牲口市场里的商贩
3　塔克西拉的耍蛇人

扎西德

三代人守护犍陀罗文明

是的，我们去了巴基斯坦

　　塔克西拉遗址是巴基斯坦六个世界文化遗产之一。我们来到塔克西拉博物馆参观，偶遇博物馆管理员扎西德。扎西德今年 42 岁，他的祖父是考古学家、博物馆建馆人约翰·马歇尔爵士的助手，到他这一辈已经是为博物馆服务的第三代了。

　　他会一点中文，拉近了我们之间的距离，我也借机对他进行了一次简短采访。

对　话

问 _ 你在塔克西拉博物馆工作多久了？你喜欢这份工作吗？
扎西德 _ 我已经工作了 24 年，我的祖父、父亲和我都在这里工作。我很喜欢这份工作，因为每天都能接触很多人，人们因兴趣来这里参观，我尽可能帮助他们了解更多有关犍陀罗文明的知识。

问 _ 你怎么学会说中文的？
扎西德 _ 我喜欢中国，每天我都能见到中国游客，我们互相交流。博物馆时常接待来自中国的学者，他们在这里做研究，我就跟他们学习中文，慢慢就会说一点了。

问_ 巴基斯坦人喜欢犍陀罗文明吗？这是佛教文明，是不是与伊斯兰文明相冲突？比如同属于犍陀罗文明的巴米扬大佛被毁①。

扎西德_ 巴基斯坦人喜欢历史，我们把犍陀罗文明看作自己历史的一部分。犍陀罗不是伊斯兰教，而佛教是很和平的宗教。你提到巴米扬大佛被毁事件，我认为破坏者很疯狂、很极端，因此所有穆斯林都反对他们。

塔克西拉遗址是马歇尔爵士发掘和保护的，后来他的学生继续工作。他的学生是巴基斯坦人，我的祖父就曾给马歇尔爵士当助手。巴基斯坦人在努力保护塔克西拉遗址。

问_ 你的孩子喜欢你的工作吗？

扎西德_ 我有两个孩子，女孩15岁，男孩13岁。很高兴我的儿子和我一样也喜欢历史。

---

① 巴米扬大佛，位于阿富汗巴米扬省巴米扬镇境内，深藏在巴米扬山谷的石窟中，被联合国教科文组织列为世界文化遗产。巴米扬大佛至今已有近2000年的历史，历尽沧桑，曾经历多次劫难。2001年3月12日，大佛遭到塔利班政权的残酷轰炸，已面目全非，世界各国正在组织修复和保护佛像的工作。——编者注

拉贾

伊斯兰堡小房东

第 1 站 伊斯兰堡：文明延续 2000 年的新城

在伊斯兰堡我们计划住 3 个晚上。2 月 13 日下午，我们来到 F11 区的 Millennium Highways 113（公寓名称）。拉贾是这套两居室的房东。

我们没有立即见到拉贾。他是国家科技大学（National University of Science and Technology）的大学生。我们到了住所，他还在学校上课，他委托母亲过来和我们交接。过了一会儿，拉贾来了。他给我们的第一印象非常好：先是敲门，然后站在门口，得到我们的允许才迈进房间，即使他是房东。

拉贾今年才 20 岁，正在攻读工商管理学士。他出生于知识分子家庭，父亲是留德博士，在国家规划发展部工作，打算明年退休后到大学当教授；母亲是留德硕士，正在大学教书。拉贾还有一个姐姐，在拉合尔大学学习。

拉贾每天的日程非常紧凑。他白天在大学上课，晚上到美资呼叫中心工作。在呼叫中心，拉贾每天要接 300~500 个电话，虽然很辛苦，但家里人鼓励他，因为在呼叫中心他不仅可以接触很多人，还学会了如何与人沟通，而且练习了英语口语。他的英语非常好，他说他从小上私立学校。我们后来发现，在私立学校学习的孩子英语水平都很高。

049

我们在这次"一带一路"探访巴基斯坦采访计划中安排了一个小项目——城市大使,就是通过民宿网站爱彼迎(Airbnb)接触当地人,通过这些当地人了解当地文化和当地人对家的感受,以便更立体地了解这个国家。

对　话

问_为什么要在爱彼迎上挂出自己的房子?
拉贾_虽然我家不缺钱,但父亲身体不太好,作为家中的男人,我希望能承担一些责任,因此把家里的空余房子装修好挂在爱彼迎上出租。我学的是商科,我觉得管理这套房子可以锻炼我的商业本领,同时,我还可以接触到来自世界各地的人,了解外国人和外国文化。

问_作为伊斯兰堡人,哪个地方是你喜欢并希望推荐给中国游客的?
拉贾_我最喜欢马尔格拉山,从山上你能够看到整个城市。你可以在那里用晚餐,边享用美食,边欣赏美景。

问_哪种食物是你喜欢且希望推荐给中国游客的?
拉贾_我喜欢各种食物,最喜欢抓饭,还有锅子咖喱鸡,到这里你们不妨去尝一尝。

第 1 站　伊斯兰堡：文明延续 2000 年的新城

1　伊斯兰堡民宿公寓的保安
2　伊斯兰堡民宿公寓的孩子

第 2 站

阿伯塔巴德

我们被怀疑是间谍

ایبٹ آباد

阿伯塔巴德的采访很重要，因为我们要在那里采访的主题喀喇昆仑公路是中巴两国友谊的见证。

喀喇昆仑公路始建于20世纪60年代，中巴双方1.5万人经过10多年的努力，付出生命的代价终于在1979年建成。1986年5月，喀喇昆仑公路正式对外开放。喀喇昆仑公路北起中国新疆喀什，经中巴边境口岸红其拉甫，南到巴基斯坦北部城市塔科特（Thakot），公路全长1032公里，其中中国境内416公里，巴基斯坦境内616公里。

喀喇昆仑公路升级改造二期项目于2016年9月开工，项目金额为13亿美元，中国交通建设股份有限公司（以下简称"中交集团"）中国路桥工程有限责任公司负责建设。二期项目将在哈维连和塔科特之间新建一条全长118公里、双向四车道（部分两车道）的高速公路及二级公路，2019年11月高速公路段已通车（二级路段于2020年完工）。

喀喇昆仑公路升级改造二期项目是"一带一路"在巴基斯坦的重大项目。中国"一带一路"到底什么样子？中国人和巴基斯坦人怎样一起协作？我们带着好奇心奔赴阿伯塔巴德。

第 2 站　阿伯塔巴德：我们被怀疑是间谍

军警护送

到巴基斯坦之前，我就和中国路桥喀喇昆仑公路二期改造项目公司办公室主任马贵明取得了联系。到了巴基斯坦，我们定好 2 月 11 日（周一）上午出发，公司派司机到拉瓦尔品第接我们。我们将在项目公司待两天，2 月 13 日（周三）返回伊斯兰堡。

本来我们想周三再去阿伯塔巴德，因为巴基斯坦驻华使馆的新闻官阿里说，我们应该在到达巴基斯坦的第一时间就去信息部对外联络司报到，这样我们就可以得到在巴基斯坦采访的许可。我们周六凌晨到达巴基斯坦，周六日人家不上班，所以我们本该周一去报到。但是马贵明告诉我们，往返中国路桥伊斯兰堡办事处和项目驻地的汽车必须要由军队护送，军队护送的时间是周六、周一和周三。如果周三去，那只有到周六才能回，而我们已经定好周六去白沙瓦的行程。因此和马贵明商定，我们周一走，周三回。

我们首先在中国路桥伊斯兰堡办事处附近的小树林集合，约定好 12 点 30 分出发，谁知竟然多等了一个小时。司机伊姆兰·阿齐兹告诉我，往返车队都需要军方护送，所以伊斯兰堡这边的车队必须确认那边车队从项目驻地出发的确切时间，这样才好在上高速前与对向车队交接。

就在等得不耐烦的时候，护送车队终于来了。我看到负责护送的巴基斯坦军人穿着写有"Rangers"（游骑兵）的军装，据说这支部队负责车队在伊斯兰堡市区内移动时的安保工作。他们看起来很专业。

尽管已经晚到了一个小时，但是他们到了地点以后并没有马上带队出发，而是派兵把集合地点包围，士兵们面冲外站，以观察周围情况。5分钟之后才招呼大家上车，组队出发。

车队由军队开路和殿后，我们十几辆中资公司汽车夹在中间。开了 20 分钟，在上高速路前，车队停下来等待军队换防，即从阿伯塔巴德一路护送另一支车队的陆军士兵，他们护送我们到阿伯塔巴德，而之前护送我们的"Rangers"则接力那支要回伊斯兰堡的车队。

这是我们在巴基斯坦第一次由军队护送出行。我们以为路上情况会比较危险，开始还很紧张，但实际上一路风平浪静。我们坐在车后座，看着外面的风景，度过了 3 个半小时的车上时光。

路过本·拉登被击毙处

经过两个多小时的车程，我们到达中国路桥喀喇昆仑公路二期改造工程项目驻地。项目有 5 段，我们先停在 A 段，放下几辆车，军车带着我们继续前行。往前走就要穿城了。这就是阿伯塔巴德，开伯尔—普什图赫瓦省的重要城市。它在国际上很出名，因为本·拉登和他的妻儿老小就藏匿于当地的一座豪宅里达数年之久，而在其住所不远处就是巴基斯坦著名的军事学院。

阿伯塔巴德是巴基斯坦的北部山城，人口 100 万，距离巴基斯坦首都伊斯兰堡 120 公里。从地理位置上说，阿伯塔巴德自古以来都处在东西方交流的要塞上，它曾是著名的"丝绸之路"上的一个重镇，

1 负责安保工作的巴基斯坦军队
2 开道车上荷枪实弹的士兵
3 发展中的阿伯塔巴德

而现在，中巴交通要道喀喇昆仑公路也从此地穿过。

我们走的喀喇昆仑公路是一条老路，几公里外就是中国路桥在修建的新路。对于阿伯塔巴德来讲，喀喇昆仑公路老路是横穿市区的主干道。我们看到道路两边的二层楼房大多很老旧，上面的招贴画也有些色彩斑驳了。和我们到过的巴基斯坦其他城市一样，街上走的大多是男人，而且都喜欢裹着一种驼色的围巾来御寒。

一路上都是前面的军车开路。士兵在双向两车道中间专门给我们辟出一条道，两边堵得一塌糊涂，但我们穿行自如。车速很快，我们没在阿伯塔巴德停留，只能透过车窗浮光掠影地浏览阿伯塔巴德市景。

这座城市有个特点，即军营、军校和军队医院等军事单位驻扎于此。我们经过军事学院，看到一枚10余米高的火箭竖立在路旁，后来查资料才知道，这是一枚弹道导弹，名叫高里（Ghauri）。2018年10月，第八代高里成功发射并命中目标。据说这枚弹道导弹的射程达到1350公里，这是当地的大新闻。这枚导弹竖在这里，也表现出这里军方势力的存在。

尽管军事设施很多，但很难想象，基地组织头目本·拉登在此能安全藏匿多年。2011年5月2日，本·拉登被美军击毙于阿伯塔巴德。

我看过一部纪录片，本·拉登藏匿在这里一座价值100万美元的豪宅里。纪录片记者采访当地一位80多岁的老人，老人说，真不知道本·拉登会是他的邻居。但他说，这个邻居很安静，整个社区也很宁静，倒是他被击毙这件事打破了这里的宁静。被击毙第二天，这里来了很多军方人士。"我好心好意摆上椅子请他们喝茶,过后椅子竟然全不见了,问谁都不知道!"老人至今还耿耿于怀。

伊姆兰边开车边给我们指,如果现在往右拐,再开 2 公里,就到了本·拉登被击毙的地方了。本·拉登被击毙后,整幢住宅连同院子都被夷为平地。

抵达中国路桥项目部驻地

过了阿伯塔巴德市区,路上的车辆渐少。经过三个半小时的跋涉,我们终于到了中国路桥喀喇昆仑公路二期改造工程的项目部驻地。项目部位于一座小山的山顶,以前曾是一个度假村。项目部驻地四周被围墙围起,大门和围墙四角都有陆军士兵把守,这里大约有 30~50 名中国员工工作和生活。这是中国员工的家,我们也要在这里和他们一起生活两天。

办公室的李先生接待了我们。我们先去客房放好行李,然后去了食堂,食堂师傅已经为我们每人准备了一大碗西红柿鸡蛋打卤面。李先生说:"你们先吃点,晚上 8 点,项目老总从工地上下来,再招待你们。"面条筋道,西红柿鸡蛋卤味道也很正,桌上还摆着老干妈辣酱。我们有几天没吃中餐了,这次吃到,有一种回家的感觉。

吃过面,稍做休息,项目办公室主任马贵明出来迎接我们。我们一起规划了这两天的采访工作,而后,他带我们参观项目部。在一个长条形沙盘前,他做起了讲解员。他介绍说,上面的白线是现有的公路，我们来的时候走的就是这条老路；红线是要修的公路。公路 A 段是双向四车道高速路，全长 40 公里，设计时速是 80~100 公里。再往山里走，从曼塞赫拉到塔科特大约 78.9 公里，采用设计时速为 60 公里的双车道二级公路。

马贵明介绍说，2016 年 9 月 1 日，喀喇昆仑公路二期改造工程正式开工，现在全线 120 公里都在施工。目前二期改造工程的前 5 公里已经修好，时任巴基斯坦总理阿巴西还前来剪彩。

二期工程工地上有 1000 名中国员工，主要是管理人员、工程技术人员和熟练技术工，巴基斯坦员工有 5000~6000 人，主要从事力工、技术工、翻译、协调等工作。

马贵明说，2018 年 11 月在卡拉奇发生了针对中国领事馆的恐怖

中国路桥喀喇昆仑公路二期沙盘

袭击事件之后，巴基斯坦军队加大了安保力度。现在所有中国员工去工地上工，都必须提前申请军队护送。如果想去项目以外的地方，甚至要提前好几天申请。马贵明觉得，军队说的话必须要听，毕竟人家在负责我们的安全。但也有员工反映，现在安保工作做得太严了，让他们感觉行动很受限，进而可能会影响工期。可以说，双方需要在工程进度和安保措施之间取得平衡。当然，好的一面是，由于军队保护得当，中国路桥在当地从来没有遇到过恐怖袭击。

施工并非一帆风顺，有些问题会突然出现。比如为了保证工期，施工的大型机械设备要从中国进口。大型机械设备通过海运到达卡拉奇，再从卡拉奇运到这里，运输难度很大。施工要用的建筑材料需要在巴基斯坦自己做，比如桥梁盖板就需要在当地建混凝土厂进行生产。这边山体破碎，也加大了施工难度，比如桥墩在地面以上部分高30多米，这就意味着扎在地面以下的部分也要30多米，这样才能保证桥梁的坚固度。此外，工程资金是通过中国进出口银行贷款给巴基斯坦公路局，中国路桥与巴基斯坦公路局签署合同保证按期完工。

不过最棘手的还是土地问题。巴基斯坦土地私有，每块土地都有主人。马贵明说："按说巴方应该给我们提供立即可以施工的土地，但他们并没有搞定，我们只好边施工，边拆迁。如果遇到不同意搬迁的人家，我们还要改道。现在要赶工期，员工都要加班加点。"

晚上8点，我们在餐厅见到了项目代理负责人、总工程师王慧和他的管理层及工程师团队，他们刚从工地回来，还没顾得上吃饭。

1 为了修路，中国路桥公司要先修临时路
2 由于山体破碎，桥墩在地上 30 米，在地下也要深埋 30 米

吃饭时，我看到王慧的半头白发，就习惯性地用敬语称呼他。后来才知道，他竟然不到 40 岁。王慧说，海外工作很辛苦，压力比较大，还远离家人，但好的一面是挣钱多一些，年轻人能实现买房愿望。和马贵明一样，项目公司的中国人虽然在巴基斯坦生活多年，但只去过伊斯兰堡的办事处及项目所在地，这与严格的安保要求有关。可以说，他们在巴基斯坦的生活只能围绕工作展开。

王慧：把传统友谊传承下去

王慧来自黑龙江，现在把家安在了北京。大学时他学的是俄语，来中交集团报到后，首先被派往中亚地区，包括塔吉克斯坦和吉尔吉斯斯坦。两年前他被派到巴基斯坦。

2 月 12 日下午，我和王慧约好了采访时间。王慧回答问题带着东北人的幽默，采访进行得很轻松。

他首先感叹在这里做项目的艰辛。他说，2016 年 9 月 1 日开工到现在，感觉最大的挑战是在跟巴方的沟通上，重点是拆迁问题："现在还有很多路段没有拆迁，房屋、坟地、电线杆还在那里。其中有一段，大约 5 公里左右，老百姓不同意拆迁，我们被迫停工了半年。"

谈到与巴基斯坦人的合作，他认为，巴方提供了可靠的安保，这两年，项目驻地没有发生过暴恐袭击，这让他们感到很安全。"我们要感谢巴基斯坦军方，他们的工作态度非常积极，对每个工人的出行都严格按照安保要求去执行。"

他说，公司本职工作是修路架桥，但对沿线区域内的当地人，"我们的原则是，只要不影响工程，能帮就一定会帮。这包括一些琐碎的事情，比如修渠、埋水管、整平宅基地。要知道，在山区平整土地很难，而我们有设备，这会大大提高效率。有时老百姓直接找过来，要求我们平整土地，方便他们盖房子。当地人得到帮助就要请我们吃饭，但我们出项目驻地要上报，要有军警护送，很不方便。因此我们只能答应简单喝个奶茶，但心意领了。"

王慧觉得，他们肩负着政治使命和历史使命，有责任将传统友谊传承下去。所以，他们不仅要把路的质量修得最好，同时，在工作中要尊重当地风俗和宗教信仰，比如主麻日①，工地专门修建了做礼拜的地方，祈祷时间要空出来给巴基斯坦工人。

谈到文化差异的话题，王慧对两国国民特点进行了描述。他认为中国人很勤劳，喜欢接受新鲜事物，无论是在技术上、工作上还是在生活习惯上。他认为巴基斯坦有浓厚的宗教信仰习俗，给他印象最深刻的就是在路上见到的一次剐蹭事故，"车被撞了个大坑，两个司机下车，握握手，不打架；旁边人被堵，也不抱怨，还下车看，帮忙出主意，确认没事，两个人握手就走了。这种事情我已经看见不止一次了。遇到堵车，一些巴基斯坦人会走下车积极疏导交通"。他还发现，巴基斯坦人做事原则性比较强，很少发现有偷盗行为。

---

① 主麻日是伊斯兰教聚礼日，是穆斯林于每周星期五下午在清真寺举行的宗教仪式。仪式包括礼拜、听念"呼图白"（教义演说词）和听讲"窝尔兹"（劝善讲演）等。——编者注

谈到个人生活,王慧说他每年有一个月休假,春节没休,春节过后就可以见到妻子和两个可爱的孩子了。他介绍,虽然家属可以来巴基斯坦,但按照公司和巴基斯坦军方规定,他们到了这里无法自行离开项目驻地,来了也没什么意思,因此有休假他就争取回国。在国外长驻,要克服很多困难,但好的方面是工资会高一些。

工地现场采访

2月12日上午8点30分,我们准备出发去工地开始正式采访。项目部的中国员工组成车队后,军队士兵逐一核对人名。马贵明和我们一辆车,还有一位警察随车出行。

即使是日常往返工地,我们也要有军车开道和殿后,每辆车还有持枪警察保护。这个阵势,采访这么多年,我还从来没有遇到过。

去工地的路虽然不长,但很颠簸。山很陡,我们必须冲到山下再开到另一座山的山上,这样的路只有高底盘、大马力的越野车才能胜任。

我们准备先沿着即将修好的道路走,走到最远端的隧道,然后一边折返一边寻找采访对象。我们希望看到中巴工人协同工作的场景,观察他们之间的交流互动。

阿伯塔巴德路段有两条隧道,其中一条长1.7公里的隧道已贯通,工人们正在里面施工。当天晚上有好消息传来,另一条对向的隧道已贯通。

我们开车进了隧道，隧道内的工人正在进行焊接工作，黑暗的隧道里闪出一束束电焊火花。李英武下车拍照，我下车后感到车外粉尘飞舞，待一会儿就不舒服，李英武很敬业，一直在捕捉他满意的镜头。

出了隧道往回走。马贵明介绍，由于山体破碎程度高，因此需要工人修斜坡加固。斜坡是混凝土网格结构，铺好后，工人再埋入有草籽的培植土，等遇到雨水，培植土里会长出草来，既美观，又固土。

1　项目部 A 段驻地
2　重兵把守的项目部驻地
3　守卫项目部驻地的巴基斯坦士兵

第 2 站 阿伯塔巴德：我们被怀疑是间谍

1 工人们正在隧道施工
2 隧道里的电焊火花

开车过程中，我们看到两位当地老人正行走在即将修好的大桥上。马贵明说，这是附近的村民，他们过来参观。以前没有大桥，山谷两边的村民如果要见面，就必须先下到谷底再爬上来，现在从桥上走过来方便多了。修路架桥给当地人生活带来了巨大改变。

在正在施工的大桥上，中国工人和巴基斯坦工人正一起工作。中国工人大多来自四川，他们用汉语指导巴基斯坦工人工作。令人惊讶的是，巴基斯坦工人似乎能听得懂。

一位中国工人告诉我，虽然大家语言不通，但工地用语并不复杂，大家开始用手势，慢慢地就学会了一点对方的语言，交流起来就顺畅多了。

我遇到一个名叫张鹏的中国工人，他正在给桥面系统铺砖。张鹏今年26岁，去过非洲，现在已经在巴基斯坦待了一年半。张鹏说，来到巴基斯坦的时间不短了，但这里工作繁忙，而且安保严格，休假的时候也没法去别处。

在张鹏边上的巴基斯坦工人名叫库兰（Khuran），今年28岁，他是阿伯塔巴德本地人，在大专学校学的电工。之前他在伊斯兰堡新机场工作。他说，中国工人工作勤奋，他很喜欢一起工作的感觉，这两年一起工作，他还学会了中文。

我采访的第二个中国工人叫周军，今年38岁，四川成都人，2018年5月到现在一直在阿伯塔巴德。他喜欢和巴基斯坦工人聊天，想了解当地有什么文化习俗方面的禁忌。巴基斯坦工友告诉他，不能盯着女性看，当然随意看一眼没关系；还有，在这里不能随意拍照。周军发现，巴基斯坦工人对中国感兴趣，"而且最感兴趣的是我们一天能赚多少钱。他们一听我们工资高，收入是他们的十几倍，就很羡慕。其实我们工资并不高，可能是汇率不同"。

我采访的第三个中国工人叫王燕鹏，29岁，来自四川乐山，2018年3月来到工地。巴基斯坦工友正在学中文，而他已经开始会说乌尔都语了，"一克、杜、丁就是一、二、三"。

大桥上我还见到一位巴基斯坦人，他会说新疆味儿的普通话，他叫阿卜杜拉，是来自吉尔吉特的普什图族人，今年26岁。"26岁？"他看我有些惊讶，憨憨一笑。我打趣地问他："你是不是看出来我觉得你略显成熟？""是啊，可能因为我留着大胡子。"

从喀喇昆仑公路一期改造工程开始，阿卜杜拉就和中国人一起工作。一期干了6年，其间他开始学中文。阿卜杜拉原来是司机，一个月能赚2万卢比；现在他成了承包商，一个月可以赚4万卢比，还不包括加班费。阿卜杜拉在二期又工作了2年。

作为承包商，他帮助中方管理100名巴基斯坦工人。阿卜杜拉知道中国人的想法，习惯中国人的沟通方式，语言也没问题，由他管理当地工人很合适。工人听阿卜杜拉的话，看病、调休、一日三餐等都由他来安排。

马贵明介绍说，对中国公司熟悉的巴基斯坦老员工很重要。因为语言障碍，中国人直接去管理当地人有些难度，可能当地人简单的需求，因为语言不通会耽误好久，最后也不知道说了什么。

我问阿卜杜拉："你跟中国人一起工作有什么感受？"他说："中

是的，我们去了巴基斯坦

1　周军在指导巴基斯坦同事
2　在工地旁休息的巴基斯坦工人
3　工人在桥上作业
4　26岁的承包商阿卜杜拉

国人很友好，不然我不会一干就是八九年。"

遭遇盘查

在桥上采访时，突然一辆军用吉普车开了过来。他们和马贵明交涉起来。负责人是一位少校军官，等他走后马贵明告诉我，他们是专门来找我们的，目的是想知道我们是谁。马贵明说，我们在工地上采访，估计有人报告了上级，这位负责工地安保的少校就来了。

这时马贵明说，我们该离开了，然而在离开工地前，我们又被拦下了。这次情况更加复杂，军方不让我们走了。马贵明又和军方交涉了一个小时，才让我们回项目部驻地。

到了驻地又出了问题，军方不让我们进门，交涉了20分钟才进去。我们和项目部驻地负责安保的一位少校及随从一起用了餐。这位少校和王慧、马贵明可谓是朝夕相处，但这次，少校摆出公事公办的架势。

吃完了饭，我以为完事了，就回到房间写稿子。不一会儿，马贵明打电话过来，说事情没完，因为有人怀疑我们是间谍，我们需要去一趟楼上的办公室。

我想这下事情闹大了，就叫上李英武一起到了王慧的办公室。在楼上的走廊，王慧正焦急地打着电话，说话声音很大，看样子很棘手。马贵明、中国路桥巴基斯坦籍的安全官以及驻地少校、随从坐成一圈沉默不语。等王慧打完电话，少校不急不缓，继续提出要求，让我们交出身份证明材料。

我们给他们出示了身份证，少校看了身份证说"不行"，需要我们出示护照；我们又拿来护照，少校看了还是说"不行"，说既然是中国路桥北京总部派来的，那请出示证明信。经过交涉，中国路桥伊斯兰堡办事处出具了一份证明信，证明我们是总部派来的。我们以为这样就可以了，没想到军方还要求我们把护照号写在证明信上；等我们把写有护照号的证明信递上后又被告知，手写护照号还不行，他们要求重新打印一张带有护照号码的证明信。整个过程，少校从不直接表态，而是每拿到一份新材料，就打电话向上级汇报，等上级指示后再向我们提供新要求。

我提醒马贵明："怀疑我们是间谍，逻辑不通啊！我们是你们请过来的，又怎么会成为刺探你们情报的间谍呢？"虽然逻辑不通，但人家怀疑我们，我们就得按要求提供证明。

我还疑惑，为什么不能直接说我们是记者。我们被告知，来采访就要走程序，我们需要拿到信息部、内政部两个部门的采访许可，这个过程极为烦琐。据说春节前，驻巴基斯坦的中国记者本想来阿伯塔巴德采访，但因为不能按时拿到那两个部门的许可而最终放弃了采访计划。我们这次采访，中国路桥项目部干脆让我们直接过来，先采访再说。但上午在工地采访时被拦下盘问，说明人家还是盯上我们了。

交涉的过程把我们一点一点地逼到了死角，最后僵持在了那里。我们感觉军方态度并不是想睁一只眼闭一只眼，电话那端的领导一直要求我们提供各种证明材料来证明我们的话是真实的。正在进退两难之际,少校开口说:"我知道你们的采访计划,你们不仅来这里,还要去瓜达尔港。"他的话让我们很吃惊。原来人家早就知道我们是谁、我们要做什么,但人家没有一开始告诉我们,而是等着我们为解释自己的身份而找更多借口。虽然我们开始不该说我们是中国路桥北京总部派来的,但这句话并非谎言,证明信也并未说明我们的工作单位就是中国路桥,我们只是没有明说自己是记者,而那位少校一直掌握着我们的信息,也没有明说。

我有些恼火,我不喜欢少校和他电话那端领导的办事方式。他们明知道记者申请到许可非常不现实,项目方想走个捷径情有可原,我们外国记者对申请许可这些事不知情也是合情合理的。军方的工作是负责安保,两个来自中国的记者又会对项目安全造成多大影响呢?既然明知道是记者,为何不坦诚交流呢?

但事已至此,我们拿出了负责建设运营瓜达尔港的中国港控给我们开出的邀请函,这位少校给我们本人、我们的护照、我们的邀请函都拍了照片,然后在请示完领导后就离开了。

我觉得我们不应该被怀疑,他们一直在盘问他们早已掌握的情况,我不认为这是友好的。当晚,我就给同学阿弗雷迪和穆凯什分别打电话,想问问采访许可的事。但没想到,两位同学都说必须要有许可,或者叫"无异议证明";如果没有,就不能在巴基斯坦采访。我说:"这不合情理,我已经有了巴基斯坦大使馆发的签证,签证本身是巴基斯坦政府的官方许可,在签证有效期60天内,我可以在巴基斯坦自由出行,不是吗?"阿弗雷迪说:"是的,但采访另当别论,而且军方势力比较大，军方提出了要求，你必须照办。"

当天晚上，我越想越不高兴：本来是为采访中巴友谊而来，到这里却被怀疑成间谍，真是又可笑又可怕。于是我给巴基斯坦驻华使馆的新闻官阿里发了微信，表达了我的忧虑。阿里和他的领导、新闻官赫娜立即给我回了信息，并给我明确指导："首先，必须从阿伯塔巴德撤回到伊斯兰堡；其次，立即去信息部对外联络司办理采访许可。"阿里给了我助理司长诺赫曼·阿里的手机号码。我立即给诺赫曼·阿里打电话，约好明天（2月14日）上午11点去他办公室办理采访许可。一场不愉快很快就消散了，很感谢巴基斯坦驻华使馆的外交官们。

后来的采访证明，在阿伯塔巴德遇到的事情只是开始，我们在白沙瓦、拉合尔、苏库尔、卡拉奇几乎每一站都遇到了军警盘查。好在我们得到了采访许可，但即使如此，我们也必须按照他们的流程配合检查。看到我们一脸无辜的样子，军警总是声明这些检查是为了我们的安全——权当是一次独特的经历吧。

马贵明

大学毕业扎根巴基斯坦

早在出发前，我就通过中交集团的宁丹与中国路桥喀喇昆仑公路二期改造项目公司办公室主任马贵明取得了联系。他办事效率很高，很快我们就敲定，到达巴基斯坦的第一组采访就是他们的项目。

2月11日下午5点到达位于阿伯塔巴德的项目部驻地后，我跟马贵明这对多日的微信好友终于见面了。

2006年大学毕业后，他就来到中国路桥巴基斯坦公司工作，到现在已经13年了。在巴基斯坦这么多年，因为安全考虑，除了项目驻地，他只去过伊斯兰堡一座城市，因为中国路桥驻巴基斯坦办事处就在那里。现在，他的妻子和4岁的女儿都来到项目驻地，女儿在当地一所幼儿园上学。

刚见面，我们就商量起这两天的采访工作。2月12日一整天，马贵明都陪着我们，在工地采访，帮我们与军方交涉，陪我们去食堂吃饭。这一天他很辛苦，我们的来访还给他增添了麻烦，后来他还因此被书面批评，这对于一位国企干部来说不是小事。但可贵的是，就算压力在那里，他仍保持着一般人所不具备的沉稳风格。

对　话

问_ 听说你帮助了孤儿院的两个孩子？

马贵明_ 中国路桥在当地不仅要修路，还要践行企业社会责任，比如帮助当地孤儿院修房子。我们公司翻新了孤儿院的房子，重新装修了卫生间，铺了地砖，还改造了水电管线，一共花了800多万卢比。

翻新孤儿院这件事是我负责的，在这期间我和两个巴基斯坦的小孩结缘。其中一名两岁半的男孩是全孤儿院年龄最小的，他第一次看到我，就愿意我抱他。后来再去，他冲过来找我，到我怀里不下来。我想捐助孩子不仅是钱的问题，还有亲情。孤儿院有长期捐助计划，我就点名捐助了他。此外还捐助了一名7岁女孩。我不定期地去看望他们。我夫人和孩子都愿意去，有时过年过节会和他们在一起，每次都会给他们带上一些图书，有英文书、词典、课外书、绘画书等。可惜最近一段时间因为安全形势不好，我们都没办法去孤儿院了。

问_ 在巴基斯坦生活上有什么不适应的地方？

马贵明_ 主要是想家。现在网络也发达，可以随时和家人视频通话，但每逢佳节倍思亲。每年春节临近，电视都会播放一些关于"家""回家"的节目，真是催人泪下。虽然我夫人、孩子在这里，但我的父母、哥哥、姐姐还都在国内，故土难离。

我现在还记得，在巴基斯坦工作近一年第一次返回家乡时，当我通过红其拉甫口岸回到祖国时，心胸一下子就开阔了，感觉回到自己的家里特别踏实，周围的环境都变好了，感觉草更绿了，路更平坦了。

问_ 在哪些方面你对自己的文化感到自豪？你觉得巴基斯坦文化中有哪些值得学习的方面？

马贵明_ 我们中国人比较守时，工作有效率，协作性更高。到了巴基斯坦我发现，在时间观念上我们与当地人有差异。还有，我们执法方面比较完善，这里的司机乱开车，要是在国内，分早扣没了。

巴基斯坦人身上值得学习的方面有很多。首先是契约精神，巴基斯坦人习惯遵守合同，而且合同都写得很细，以避免发生纠纷。在中国国内，一些人认为有了合同就行，实际操作会比较灵活。但这里只要签了字，双方就要按合同办事。

问_ 你觉得，对巴基斯坦文化易于接受、乐于接受和难以理解的地方有哪些？

马贵明_ 我们中国人不理解男女分餐。巴基斯坦人分餐的目的是尊重女性的隐私。如果写的是女士就餐区域，男士就不能去。除了男女就餐区域，有的餐厅会有家庭就餐区域。当地一些人的观念是男主外、女主内，所以你在银行或航空公司可以看到一些职业女性，在其他行业就很少见到了。当然，我生活在新疆，维吾尔族人大概也是相似的

第2站 阿伯塔巴德：我们被怀疑是间谍

观念，所以很容易适应。

　　总体来说，在巴基斯坦我都很适应，只有一点不太适应，那就是我们时常会看到大街上男人之间手拉手，有的还十指相扣。其实他们没有别的意思，只是想表达兄弟之情。

伊姆兰·阿齐兹

我在中国公司这8年

第2站 阿伯塔巴德：我们被怀疑是间谍

和马贵明约好，2月11—13日去阿伯塔巴德的喀喇昆仑公路二期改造工程项目采访。前一天晚上，项目公司的司机伊姆兰·阿齐兹就和我联系上了。我当时还不知道，伊姆兰已经为中国路桥工作了8年，对中巴两国文化有着直观的感受和理解，他就是绝佳的采访对象。

2月11日上午11点，伊姆兰准时出现在DHA二区楼下，我大感意外。我知道一些巴基斯坦人时间观念不强，但没想到这位司机会这么准时。

在车上，我和伊姆兰用英语聊天。伊姆兰今年26岁，是塔吉克族人，他的老家在罕萨，据说离中国边境只有20公里。

伊姆兰有语言天赋，塔吉克语是他的母语，他还会说波斯语、英语、乌尔都语，还听得懂普什图语、旁遮普语，他还会说一些中文。

8年前，喀喇昆仑公路一期改造工程正在建设的时候，项目驻地就在罕萨，伊姆兰开始给中国人做事。现在他跟着中国公司来到阿伯塔巴德。伊姆兰得到了中国公司领导的信任，现在他是18个人组成的司机班的主管。

虽然只有26岁，但伊姆兰看上去很成熟。他说，他属于伊斯兰伊斯玛仪教派，这一教派在巴基斯坦是个少数教派。这个教派相对自由，可以不蓄须，可以自由恋爱。他和女朋友交往5年，女朋友在卡拉奇上大学，很快就毕业回老家，之后他们打算结婚。

一些有关巴基斯坦的书籍中写道，自由恋爱在巴基斯坦似乎有些离经叛道，因为女孩子在出嫁前是不允许单独见除家人以外的单身男性的，这无疑增加了自由恋爱的难度。直到目前，巴基斯坦很多婚姻还要由父母包办。

关于胡子，伊姆兰介绍说，伊斯玛仪教派没有这方面的要求。伊姆兰追求时尚，不留大胡子。

谈到他的民族，伊姆兰说，巴基斯坦的塔吉克族人与生活在塔吉克斯坦的塔吉克人同文同种，他可以很容易地移民到塔吉克斯坦，但他不愿意。在吉尔吉特，人们不用缴税；与伊斯兰堡相比，同样一辆汽车，家乡会便宜很多。当然，不缴税，就没有选票，他们只可以选举自己地区的行政首长，但无法参与国家选举。

第三天（2月13日）一早，我约好了采访伊姆兰。采访中，我希望他能说说对中巴两国文化的感受，同时，我也就几个问题和他进行了探讨。比如，他觉得，中国人对友谊淡淡的，几年不见可能就想不起对方了。我跟他说，这可能上升不到国民性，可能只是有些人如此。后来，经过一个多月的旅程之后再次听采访录音，我感悟到，伊姆兰提到的"中国人对友谊淡淡的"是可以理解的，这可以被认为是文化差异的反映。巴基斯坦人很珍重友谊，有些事情我们认为是做表面文章，而人家却是发自内心的表达。

第 2 站　阿伯塔巴德：我们被怀疑是间谍

对　话

问_你是如何开始为中国公司工作的？

伊姆兰_2009 年，当时我住在罕萨，中国路桥公司的项目驻地也在罕萨。我接到一份为他们开车的工作，包车每个月 8 万卢比，这是一笔很高的收入。后来我学会一点儿中文，因此被转成正式工。喀喇昆仑公路一期改造工程结束，二期改造工程开始，我就跟着中国路桥来到阿伯塔巴德。我在中国路桥工作至今。

问_与中国人一同工作，你最大的体会是什么？

伊姆兰_中国人很友善，我们一同工作，都成为朋友了。虽然两国文化不同，但我们都愿意了解对方。比如，我愿意向中国同事学习他们如何工作，如何进行时间管理。中国同事都很准时。

问_我听说一些巴基斯坦人不守时，为什么会有这样的现象？

伊姆兰_我们并不是不守时，而是不那么严格守时。至于原因，我也不太清楚，但我可以举个例子。我的朋友给巴基斯坦老板开车，他的老板总迟到，而且不把自己的迟到当回事，我的那个朋友也就不把约定时间当回事。但在中国公司就不同了，中国老板非常守时，我们必须严格按照约定时间做事情。

现在我要求我的团队都要守时，用车前就准备好，保证在约定时间出发。如果有人迟到了，我会给他打电话，问他原因，告诉他不要

083

再迟到。久而久之，现在我们都很守时了。

问 _ 在将中国文化和巴基斯坦文化进行比较的时候，你在哪些方面对本国文化感到自豪？

伊姆兰 _ 我觉得我们很珍重友谊。比如，我现在是司机班 18 个人的主管，如果我帮助了他们，分隔很多年他们都会记得我。再比如，我和朋友分离很多年，会用社交媒体保持联络，即使是在没有社交媒体的年代，我们也会思念对方。

问 _ 我听说中国老板希望巴基斯坦司机和他们一桌吃饭，但司机都不太愿意，是不是你们顾及等级差异？

伊姆兰 _ 这倒不是。我们不和中国老板一桌吃饭，只是对食品有所顾忌。我很喜欢中国公司这个环境，大家不分阶层，围在一桌吃饭。而在巴基斯坦，很多老板就明确表示，不愿意司机跟他一起吃饭，司机也就不愿意为这件事让老板不高兴。相比较，我们社会的等级意识还是很强的。

第 3 站

白沙瓦
传统的普什图族人要发展

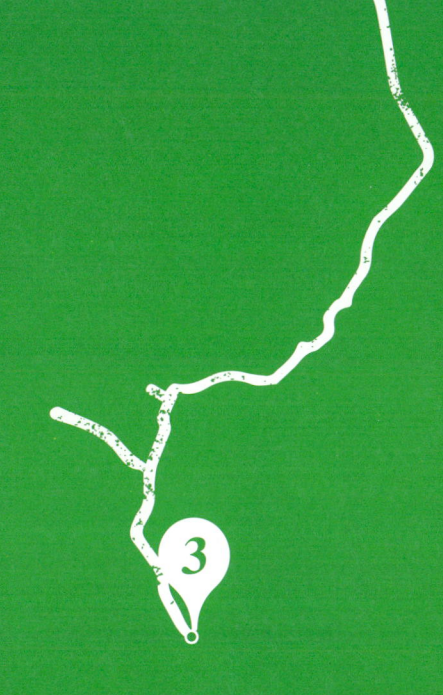

پشاور

为什么要去白沙瓦

2月16日（周六）上午8点30分，我们出发奔赴下一站——白沙瓦。

白沙瓦是我最想去的地方之一。首先，这是同学贾维德·阿弗雷迪的老家。阿弗雷迪是当地有钱人家的少爷，在美国时，他在谷歌地图上给我看他家的土地，面积足有一平方公里。

阿弗雷迪是他们家族唯一拿到美国全额奖学金的人，他是家族的荣耀。阿弗雷迪家族非常重视教育，虽然祖父没有受过教育，但父亲那辈儿几乎全是大学生，而到阿弗雷迪这一辈，大学生就更多了。阿弗雷迪也非常重视子女教育，他有5个孩子，不论男女都在上学费不菲的私立学校。其族人多选择高薪的医学、工程学专业，而阿弗雷迪选择了新闻专业。他在白沙瓦大学上了研究生，2010年，我们在美国会合。

我向他提到《追风筝的人》中写到的相互依赖的主仆关系，他说这就是他们的传统，他家有几十个仆人，老仆人给父辈服务，老仆人的儿子给他这一代服务。对于我来说，这种主仆关系闻所未闻。当时我就说，想去他家看看，看看他在白沙瓦的生活是什么样子的，他表示非常欢迎。之后我们谁也没有再提，都觉得可能性几乎为零，没想到8年后竟然梦想成真。

临走前一个月，我参加了联合国难民署驻华代表处的活动，并结识了副代表陈蔚云，她曾在白沙瓦工作了4年。我立即想起曾经看过的一部描写在白沙瓦的阿富汗小难民千辛万苦去伦敦投奔父亲的电影《尘世之间》。我向她咨询在白沙瓦采访阿富汗难民营的可能性，她说会帮我联系。后来去难民营采访的愿望真实现了。

然而白沙瓦的安全局势并不乐观。在美国，阿弗雷迪给我看了一段自杀式炸弹袭击的视频，恐怖袭击就发生在他每天都去的白沙瓦记者俱乐部的院子里。这段视频极为震撼，几条生命瞬间消失，看后后背阵阵发凉。

2012年，我还听到一则消息，我的一位在外企工作的朋友，在白沙瓦旅游时被当街枪杀，她的翻译也同时遇难，后来塔利班声称对此事负责。当时我的朋友只有41岁。

听说我们要去白沙瓦，巴基斯坦驻华使馆的新闻官阿里反复请我们慎重考虑。他说，外国人如果去白沙瓦，必须要获得内政部开出的"无异议证明"。我说，白沙瓦一定要去，因为我要去见同学，他会带着我进行一系列采访，我还要采访难民营。后来阿里说，去之前必须去信息部对外联络司拿到采访许可。

2月14日，我们拿到了他们的口头采访许可。一切准备就绪，2月16日一早出发。

初到白沙瓦

从伊斯兰堡到白沙瓦开车大约 170 公里，我们在选择交通工具上花了些心思。我们害怕路上遇到军警盘查，如果非要我们出示"无异议证明"，而我们又没有，可能会耽误行程，毕竟我们在白沙瓦的采访都联系好了，而且住宿钱也都交了。我们觉得，如果坐长途大巴，军警上车检查就麻烦了，因此想雇一辆不起眼的车去。头天晚上，我们临时雇了一辆特别老旧的铃木奥拓。

第二天一早，司机把这辆"老爷车"开了过来。这辆 1997 年出厂的铃木奥拓车，后门把手都没了，需要从里面开门。司机开一会儿就要从后备厢拿出矿泉水，浇在过热的引擎上。

放行李的时候，我们发现这辆奥拓实在太小了，狭小的后备厢装不下我们最小的箱子，我们只好把四个箱子摞起来放在后座，李英武只坐了不到 1/4 的座位，还要抱着他的摄影大背包。我坐前排，膝盖顶着前面，后背稍一后靠，就会挤到李英武的膝盖。我们只好一个姿势保持了三个小时，腰酸背痛。想想几天前坐在中国路桥宽敞的丰田霸道上，还有军车开道，我们的境遇宛如坐过山车。我问李英武："你有什么感想？"李英武喃喃低语："不敢想……"

不过凡事有利有弊，我们这辆小破车没有引起军警的注意，很顺利地进入了白沙瓦市。白沙瓦给我的第一印象是，公路上尘土飞扬，路上没有分道线，车都是乱开。

到了白沙瓦，我们首先找到房东所在的环城路，却找不到门牌号

41。我们看到门牌号30，往前走、往后走，门牌号码都越来越小。

就在不知所措时，我们一连遇到几位友善的当地人。第一位是一个大学生，他跑前跑后为我们打听41号；第二位是一个大户人家的男主人。他本来要开车回自己家，看我们徘徊在路中间，就带着我们找。

路过一家商店，他说要买点东西，让我稍等。一会儿出来，他竟然为我和李英武各买了一瓶冰镇七喜饮料。他说："你们来到白沙瓦，就是我们的客人，我们当然要招待你们。"我们非常感动，临时决定送他一个从中国带来的小熊布偶。

在这位男主人的帮助下，我们终于找到了环城路41号——我们的民宿地址。进了大门，我们一下子被震撼到了。房子是一栋带有三个套房的两层别墅，后院还有一个大草坪。最让人不可思议的是，房东伊姆兰·汗还把两个仆人留给了我们。在爱彼迎，这套别墅每晚的要价只有30美元。

房子的小环境非常好。伊姆兰·汗请我们在草坪上吃午饭和享用下午茶，我们一下子享起了福，想想刚刚我们还和4件大行李一起蜷缩在那辆老旧奥拓里呢！

当天我发了两条微信朋友圈：

（一）

英式下午茶。瓷制茶具，茶壶、杯子、杯碟、搅拌勺、牛奶和糖都摆放得一丝不苟。用绿茶时要放点香料，用红茶时则一定要加牛奶和糖。房东喜欢茶文化，直言这是英国殖民者留下的传统。

说起英国殖民者,巴基斯坦人心情复杂。一方面,他们为自由抗争了近百年,最终摆脱殖民统治,获得独立;另一方面,他们又继承了殖民者的政治制度、教育体系和生活习惯,这些推动着社会前进,至少是不会让国家偏离轨道太久。

(二)

惊喜不断!在伊斯兰堡订房失误,住进了地下室,冻得要死。我给下一站在白沙瓦的房东发信息,问房间有没有阳光,房东简单说"有",也没提别的。没想到,在白沙瓦入住的竟然是一栋高级别墅,前后花园,楼上楼下三间套房。我们受到热情欢迎,房东带我们在洒满阳光的草坪上用餐喝茶。

房东叫伊姆兰·汗,与巴基斯坦总理同名,是国家公路局的高管,留美硕士,与我们之前采访的中国路桥公司相熟,深度参与中巴经济走廊合作。对我们突然提出的采访要求,他热情配合。他说:"近些年巴基斯坦经济发展如此迅速,中巴合作发挥了巨大作用。"

这是房东父母留下的房子,他本人在伊斯兰堡工作生活。临走时他把两位仆人留下来为我们服务。女仆莎辛有40年的工作经验,非常 nice(好),她要给我洗衣服,还说明天早晨要把早餐端进我们的卧房。男仆哈米德则随时为我们准备茶点。

面对如此热情周到的主仆一家,我们感到受宠若惊。但房东说:"你们是我的客人,我们普什图族人要用'普什图的方式'对待客人，给客人最好的招待是我们的传统。"

伊姆兰·汗的仆人

2月17日一早，我们去餐厅用餐。两位仆人很殷勤，弄得我们很不好意思。哈米德早早地就为我们买回馕，莎辛为我们煮鸡蛋和做奶茶，一顿巴基斯坦式的早饭被端到了餐桌上。

虽然主人不在家，但两位仆人都在尽责做好自己的事情。本来白沙瓦到处是土，但两位仆人把房间地面擦得格外干净，一切陈设都一尘不染。看我们在草坪的椅子上晒太阳，还问我们用不用奶茶。只要我们说"好的"，不一会儿就会端上新煮好的奶茶。

有一个小细节我忘不了。被他们服务，我们有些不好意思，除了时常找理由给他们小费，还想与他们分享我们在外面市场买的橘子、苹果。我跟哈米德说，桌上有我们买的水果，请随便拿、随便吃，莎辛和哈米德总是说："不，不。"开始我以为他们不爱吃，第二天早晨，我把橘子和苹果递到他们手里，他们才接受。后来我猜测，这是他们的原则，放在桌上的东西不能动，即使我们许可了也不行，只有递到手里的才能吃。

有一天，女仆莎辛和我聊起天。她拿出以前的雇主给她写的推荐信，厚厚一沓，有一张竟是20世纪90年代的。在她看来，这是她的证书，证明她40年的辛勤工作和对主人的忠诚。

其中一张写道，她不仅有两个自己的孩子，还在老家收养了两个

1　伊姆兰·汗和仆人哈米德
2　伊姆兰·汗的仆人莎辛和哈米德

孤儿。我知道这边仆人的薪水很低,大约每月100美元,养活自己的孩子就很困难了,还要去承担更多责任,这是为什么?

莎辛说:"那两个小孩很可怜,很早就没了双亲。每次我离开她们,她们就哭喊'妈妈,妈妈',我下定决心一定要抚养她们成人。"现在,这两个孤儿由她成年的女儿带着,她则每周末乘一个多小时长途车回家,给她们带点钱,买点吃的。

感受白沙瓦

接下来几天,阿弗雷迪带我参观了白沙瓦。很多巴基斯坦人认为,白沙瓦及其所在的开伯尔—普什图赫瓦省是巴基斯坦最保守的地方。我到这里发现,拥有500万人口的白沙瓦正在发生变化。

我看到,全市第一条公交快速路正在加紧施工。在市中心的商场,穿着时尚的人们从丰田轿车里步出,进入高档中餐馆用餐。当然,在老城区,我们也会看到人们赶着驴车进城,小贩们推着车沿街售卖干果、水果糊口。

白沙瓦有着大量的旅游资源,比如犍陀罗文明的遗址、老城木雕民居等文物古迹,以及当地人独具特色的文化传统和生活方式。这里本应成为著名的旅游城市,然而因为曾经的战乱,巴基斯坦政府原则上要求外国人申请"无异议证明"才能进入,这导致很多外国人取消了去白沙瓦的行程。很多当地人希望政府能取消限制。

据介绍,多年来白沙瓦及其周边一直不太平。1979年,苏联入侵阿富汗，数百万阿富汗难民越过边境来到巴基斯坦避难。由于白沙瓦离边境很近，很多难民被安置在白沙瓦。1989年，苏联撤军，本来是难民归家的时候，但阿富汗塔利班掌权，实施沙利亚法，又导致大量阿富汗人逃到白沙瓦，接着又是美国发动的反恐战争。

与此同时，巴基斯坦本土的塔利班也常组织恐怖袭击。阿弗雷迪说："2008—2012年这5年，美国和巴基斯坦联合清剿塔利班。塔利班为了扩大影响，在白沙瓦等地实施自杀式炸弹袭击。"

阿弗雷迪的老家、距离白沙瓦市中心20公里的奘格里村（Zangli）就发生过一起自杀式炸弹袭击。2009年9月的一天，为破坏选举，一辆塔利班的皮卡车要前往白沙瓦实施恐怖袭击。经过这个村庄时，车被警察拦住，恐怖分子索性引爆自杀式炸弹，4名警察当场死亡，包括周围商店小贩和放学的孩子一共43人被炸死。阿弗雷迪认识其中的30多人，包括他的一位堂弟。

他说，当地人渴望平静的生活，他们非常痛恨塔利班。经过军队的围剿和民众的协助，白沙瓦逐渐恢复了平静。

在奘格里村做客

2月17日一早，阿弗雷迪带我参观了他的老家——奘格里村。20世纪90年代，他的爷爷在这里买了近一平方公里的土地，现在这里建有多座住宅、会客房，还有一大片麦地、甘蔗地、蔬菜大棚，以及太阳能发电站和几十家商店，还建有一所私立学校和一座清真寺。与白

第3站 白沙瓦：传统的普什图族人要发展

1 当地经常停电，阿弗雷迪家族为奘格里村安装了太阳能发电装置
2 男人会客厅前的场院中摆放着藤床，人们可坐可卧
3 阿弗雷迪、我和村民们一起在男人会客厅前的场院里聊天

095

沙瓦城尘土飞扬不同，这里的土地大多被植物覆盖，看不见扬尘，很适合生活。

下午是休闲时光，在男人会客厅前的院子草坪上，大家坐在藤床上边享用美食和奶茶，边闲聊天。我问："是不是因为今天是星期天，大家才有闲工夫？"阿弗雷迪说，其实每天下午都像今天这样。这是在发达国家甚至在中国都很少有的午后闲散时光。

我们再次受到围观，村民争相和我们合影。阿弗雷迪说："这里很难见到外国人，他们看你新鲜，并不是因为你长得有多漂亮。他们欢迎所有人来白沙瓦。尽管他们讨厌美国，但如果一个美国人来这里，他们还是愿意接待他，并和他合影。他们认为，你信任我们，所以来这里，那你就是我们的客人。"

村民对中国很感兴趣，对我们很好奇。他们知道中国很大，人也多，知道中国经济发展，人民富裕起来了，很想去中国旅游。他们问："办中国签证为什么必须要通过旅游中介，还收费1000美元？"我说我也第一次听说这个情况。

有一位村民问："哪个中国品牌的收音机质量好？"我说我们很少用收音机了，但可以为他们打听。后来我打听到一款中国品牌的收音机物美价廉，他很感激。他告诉我，收音机帮助他了解外面的世界。

他们还表达了对中国人生活的不解。比如，他们不理解不信教的生活是什么样子的，不理解中国女人为什么还要去上班。他们认为应该给男人发两倍的工资，这样女人就可以脱离工作照顾家庭了。坦白说，我还是头一次听到这种思路。

与此同时，他们对中国也有一些误解。比如，他们认为中国人不能拥有私有财产，中国人只能生一个孩子。我向他们解释，中国人可以拥有私有财产，很多人还买了房，独生子女政策也改变了。

我很享受与村民们聊天，很多问题凸显了中巴两国迥异的生活环境，但人们希望了解彼此。

我很好奇这里的男人会客厅。在男人会客厅看不见女人，只有男人在一起闲聊天。阿弗雷迪说，如果女性客人来访，她们可以直接进入主人屋。我问："那如果一家子来拜访，他们又不想分开，有这个可能性吗？"

阿弗雷迪说："嗯，没有。这里和美国不一样。"

我还很想了解奘格里村村民对教育的态度。有些村民让男孩子上学，却让女孩子在田地里干活。阿弗雷迪希望能改变他们的观念。他曾是他家族开办的私立学校的老师，他鼓励村民，把孩子带到学校，不仅学费全免，还会送他们书本。

生活在农村并不意味着精神匮乏。阿弗雷迪家族就在奘格里村建起了清真寺。为弥补公立教育资源的不足，清真寺还开办了一所马德拉萨（宗教学校）。穷苦人家把男孩子送到这里，清真寺免费为他们提供食宿和教育。以前，这些孩子叫塔利班（源于波斯语"学生"的意思），后来塔利班成了恐怖分子的代名词，当地人改叫这些学生为"charey"。

每天下午，男孩子在马德拉萨背诵《古兰经》，有不会的问题就去请教伊玛目。孩子们一脸严肃地背诵《古兰经》，当然，调皮的孩子要

是的，我们去了巴基斯坦

1 马德拉萨的伊玛目（意为"礼拜师"）和学生们在一起
2 在清真寺开办的宗教学校马德拉萨里，诵经的男孩子被我们的镜头打扰

第 3 站　白沙瓦：传统的普什图族人要发展

1　村里的孩子们
2　村里的孩子

099

坐在墙边受罚。有的孩子天资聪颖，能把整本《古兰经》背下来，这样的孩子会受到所有人的尊敬。

阿弗雷迪家族

"阿弗雷迪"是普什图族人重要的部落。据说，姓阿弗雷迪的人大约有 20 万人。

20 世纪 60 年代，我的同学阿弗雷迪的爷爷离开了部落地区，在白沙瓦安家。到了 90 年代，他爷爷在白沙瓦以南 20 公里的奘格里村买了大片土地，并把家迁到了这里。

从阿弗雷迪父辈开始，家族成员就接受了高等教育，几个家庭分散在斯瓦特和白沙瓦，有的还生活在美国和德国。阿弗雷迪家族亲戚间走动频繁，关系紧密。家族成员将奘格里村视作家族中心，时常在此聚会休闲。

与阿弗雷迪一起的 5 天，我们认识了更多的"阿弗雷迪"。虽然时间短暂，但我们想今后保持彼此联系。由于我们很难上脸书，阿弗雷迪的小儿子阿卜杜拉出了个主意，我们建立了微信群，群名是"阿弗雷迪家族和两个中国人"，阿卜杜拉是我们的群主。写到这里时，我已经回国两个多月了，这个群成了我经常看的群，我们经常在此互动。

第 3 站　白沙瓦：传统的普什图族人要发展

阿里·阿弗雷迪

阿里·阿弗雷迪

阿弗雷迪请我去他家做客。我们坐在地上聊天,他16岁的儿子阿里·阿弗雷迪给我们倒茶、准备餐具、盛饭和递送纸巾,而后还为我们端来甜品。席间我们吃饭聊天,他却不吃,而是很安静地站在一边,只有我问他问题时他才说话,开口也总是带着敬语。

阿弗雷迪说,普什图族人遵从"普什图瓦里",长辈的客人来了,孩子是小主人,要为客人周到地服务。通过美国 YES Program(国际青年交流生项目),阿里在美国高中学习了一年,住在佛蒙特州一个美国人家里。

比较美国和巴基斯坦,阿里觉得美国人愿意和陌生人交朋友,而巴基斯坦的社交圈则以家族为中心。谈到美国的生活,他说,在美国可能不容易找到清真食品,但他能找到素食。

我问:"你怕你爸爸吗?"阿里在阿弗雷迪身后没说话,但跟我撇嘴做鬼脸。

2020年,阿里就要上大学预科了,他的愿望是当一名医生,理想大学是康奈尔大学。

阿比诺·阿弗雷迪

在斐格里村,我们还见到阿弗雷迪的小叔叔阿比诺·阿弗雷迪。阿比诺是开伯尔—普什图赫瓦省水利局局长,我们见到他时,他一个人正坐在树下抽烟、喝茶、吃点心,身后站着三个持枪保镖。由于他是高级官员,出于安全起见,他走到哪里都必须有保镖跟着。

阿比诺·阿弗雷迪独自在树下乘凉

我们和阿比诺聊起天。他说，工作日他把时间留给政府，到了周末，他把时间留给这个村庄。

阿比诺曾在 2012 年到访过深圳，并在那里待了一个月，在中国的经历给他留下非常好的印象："商店店员一听说我来自巴基斯坦，专门给我打更低的折扣。"

阿弗雷迪这个"烟鬼"，在小叔叔面前竟然不抽烟。后来才知道，他在遵从"普什图瓦里"——不在长辈面前抽烟。但离开了小叔叔，阿弗雷迪又恢复调皮的本色，还开玩笑地问我："他像不像个地主？"

是的，我们去了巴基斯坦

哈吉甘

宗教老师哈吉甘

2月18日下午，在吃大羊肉串烧烤大餐前，阿弗雷迪还请来了他的宗教老师哈吉甘。哈吉甘55岁，已经为社区信众服务了25年。他说，他很喜欢自己的工作，认为身上责任重大。

哈吉甘时常提醒信众，不要做真主安拉不允许他们做的事情，比如饮酒、淫乱、欺骗，这些不仅对个人无益，也对社会有害。如果遵从安拉的要求去做，安拉都会看在眼里。

奘格里村民

村里人都笑呵呵的，但10年前，这个安静的村庄发生过一次惨绝人寰的自杀式炸弹袭击。当地人非常痛恨塔利班，经过军队围剿，这里逐渐恢复了平静。我们在路边看到三位警察正在哨卡执勤，这个哨卡就是在爆炸地点上重建的。

奘格里村人很虔诚，一天祷告5次，如果有事错过了，一定会在下一次补上。不管是主人还是仆人，他们都在住所内专门辟出一间男人会客厅，男人们聊天喝茶，男仆或主人的儿子帮忙接待客人。如果有女性客人来访，则直接被请到家里。阿弗雷迪说，普什图族人很虔诚，但男女隔离并非出自宗教，而是他们的传统。

奘格里村的主人是阿弗雷迪家族，仆人则是这里的村民。阿弗雷迪说，他们世代和仆人有着亲密的关系，玩儿的时候，阿弗雷迪也愿意带上仆人一起。不过仆人有尊卑观念，集体用餐的时候，主人坐在台阶上，他们坐在台阶下。

是的，我们去了巴基斯坦

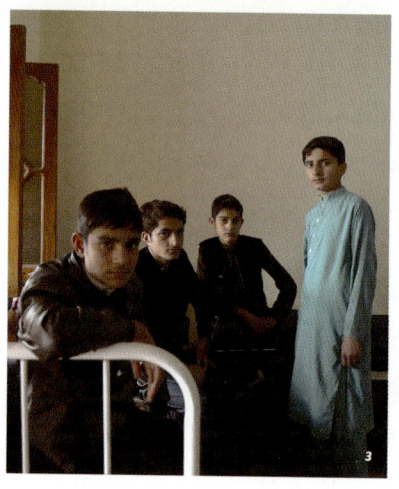

1　下午的休闲时光，村民们席地而坐
2　横穿奘格里村的 N55 公路上执勤的警察
3　村里的孩子们都有梦想
4　清真寺的伊玛目

第 3 站 白沙瓦：传统的普什图族人要发展

1 在马德拉萨学习的男孩子
2 开着拖拉机的村民
3 奘格里村的清真寺

我们还见到了仆人的孩子。这些孩子上午在附近上小学，下午在村里的清真寺马德拉萨诵念《古兰经》。孩子们对我们的到来很好奇，我也随机采访了其中4个男孩。虽然父辈务农，但他们将来想成为医生和工程师，这是阿弗雷迪家族给村里带来的风气。阿弗雷迪家族成员大部分是医生和工程师，这两个职业在当地意味着高收入和高地位。

在清真寺，白胡子伊玛目正在辅导孩子们经课。伊玛目对孩子的经课很认真负责，他让孩子们排队，排到的在他面前诵经，有不会的地方，他来讲解。遇到淘气的孩子，他就把孩子轰到墙角，让他单独诵经。

参观白沙瓦大学

2月19日上午，阿弗雷迪带我们参观了他的母校——白沙瓦大学。

这里原来是英国殖民者的居住区。1947年，国父真纳将它捐赠给了伊斯兰学院（Islamia College），伊斯兰学院又将土地借给了白沙瓦大学等4所大学。现在这座大学城有十几万名学生。

白沙瓦大学是巴基斯坦最著名的学府之一，连1000卢比钞票的背面都选该大学的主楼影像。大学资源很丰富，学生也很出色。我们在校园里就遇到一位大学生，他2018年获得中国奖学金，去上海大学学习了6个月中文。他可以用中文和我简单地交流。

我们进入白沙瓦大学新闻学院。1995—1997年，阿弗雷迪在这里

第 3 站　白沙瓦：传统的普什图族人要发展

1　瓦哈布·汗教授
2　白沙瓦大学新闻学院学生在校园广播电台主持节目

读研究生。学生们见到我们这两个中国人都很热情，纷纷要求合影。

我们见到了白沙瓦大学的三位老师。第一位是瓦哈布·汗，他是阿弗雷迪的学长，现在是新闻学院的教授。他得过一场非常严重的脑部疾病，但凭着信念活了下来，还回到了讲堂。在他办公室的墙上挂着霍金的照片，他说，霍金是他的偶像。

第二位是阿弗雷迪的老师。他已经在白沙瓦大学教了 27 年书。我们听了他半节新闻写作课。令人吃惊的是，这里的新闻写作课从头到尾都是用英文讲授的。

老师请阿弗雷迪和我分别给研究生讲几句话。阿弗雷迪以自己获得汉弗莱奖学金为例，鼓励学生不断超越自我。我也很喜欢和年轻人沟通，我希望他们学成之后仍坚持理想，为社会做出贡献，因此借用了哈佛大学的一句名言："进入大学是为了增长知识，走出大学则要更好地服务国家和人民。"（Enter to grow in wisdom, depart to better serve thy country and thy kind.）。

第三位老师是白沙瓦大学新闻学院主任法祖拉·江。我们与他就"一带一路"、普什图族人经济发展和文化传承等问题展开了对话。

花之城：贵霜帝国首都

2 月 19 日下午，我们来到著名的白沙瓦博物馆参观。白沙瓦有 2000 多年的历史，曾是贵霜帝国的首都。贵霜帝国来历不简单，它是由原本生活在甘肃、新疆的游牧民族大月氏人建立的。大月氏人被匈奴打败，逃难来到此地。它融合了希腊、波斯和印度的艺术形式，并创新出东西方融合的犍陀罗艺术。

据说，当年的佛教建筑因为战争被完全毁掉了，只有埋藏在地下的文物得以保存，现在大部分都存放在博物馆内。这里是中国佛教传播的始发地，中国高僧法显和玄奘都到过白沙瓦。

白沙瓦博物馆是一座英式建筑，红褐色的屋顶，展厅宽敞明亮，风格沉静而凝重。中间的大厅几乎占据了两层楼的空间，旁边是伊斯兰式的拱门和另外两个展厅，这里以收藏独具希腊风格的佛教雕像而闻名。

你会发现，这里与之前参观的塔克西拉博物馆有相似之处。环顾四周，有些佛像和菩萨雕像靠着柱子站立，它们比真人还高，慈祥地俯视着来此参观的游客；有些则沉浸在冥想之中。除此之外，还有一排排半身雕像和头像，色彩鲜亮，表情或悲伤，或安详。

令人惊叹的是，颇具希腊风格的半兽人雕像造型竟然在数千公里之外的白沙瓦大放异彩。我还在雕像中找到两两配对的古希腊裸体男人小雕像，他们举止亲密，我猜测这是从希腊传播过来的同性文化。

整体来看，白沙瓦展出的雕像作品和塔克西拉博物馆展出的作品相似，但更加精致。公元5世纪，嚈哒人横扫中亚、南亚，无论是白沙瓦还是塔克西拉都遭遇灭顶之灾，只有埋藏在地下的雕像才得以完整保存。

是的，我们去了巴基斯坦

当地妇女走在白沙瓦老城雨后泥泞的街道上

去看老城的塞蒂大屋

2月20日早晨,我们出发去老城。公元58年,贵霜帝国的迦腻色伽一世定都于此,由于地处中亚多条贸易要道上,多个世纪以来,白沙瓦都是南亚次大陆与中亚之间的贸易重镇。

白沙瓦老城的居民仍然在以传统的方式生活。远处看到一辆驴车奔过来,驾车人并非坐在车上,而是高高站在驴车上,在坑坑洼洼的路面上驾轻就熟。这里刚下过雨,土路更显泥泞,不过空气变得清新多了,暂时告别了往日尘土飞扬的景象。

我们参观了老城中塞蒂(Sethi)家族的老宅。在塞蒂大屋(Sethi House),一位青年历史学家接待了我们。他刚过了26岁生日,正在塞蒂大屋做研究,目前已接近尾声。等硕士论文完成后,他将继续攻读博士学位。

他陪我们参观了整个大屋。他说,塞蒂大屋是全巴基斯坦唯一保存完好的木制建筑,其精良细致的木雕装饰代表了巴基斯坦古代建筑的最高峰。

他带着我们参观了一个半小时,连最为细微却又独具特色的木雕窗棂都展示给我们,让我们大饱眼福。

塞蒂家族原来生活在旁遮普地区。由于常年经营对俄贸易,他们把总部迁移到白沙瓦。当年,塞蒂家族的生意遍及全球,在上海都有他们的分公司。1917年俄国革命后,大屋地下室还存有大量俄国老卢布纸币的塞蒂家族备受打击。不过家族生意并没有一蹶不振,直到现

是的，我们去了巴基斯坦

1　白沙瓦老城街头的烤馕铺，一个刚烤出来的馕只要 0.5 元
2　这两个男孩子一直陪我们在塞蒂大屋参观，最后阿弗雷迪给了他们一笔丰厚的小费
3　塞蒂大屋外的老街

第 3 站　白沙瓦：传统的普什图族人要发展

1　刚刚放学的孩子，他们的背后是老城特色的木雕门
2　白沙瓦老城的私人承运摩的，是当地人出行的主要方式之一

在，塞蒂家族仍然是开伯尔—普什图赫瓦省的旺族，在当地教育产业中发挥着巨大影响力。

塞蒂大屋始建于1884年，历时40年才完工。大屋约三层楼高，还有两层地下室。从外观上看，大屋并不起眼，甚至没有什么窗户，但里面却别有洞天。这种格局让我想起了福建土楼。和福建土楼相似，塞蒂大屋也是为大家庭设计的，几个家庭住在一起，男性长辈是一家之主。

大屋正中有个庭院，这确保所有房间都有光。大屋有个从顶层贯通到地下室的水井，大约20多米深，这可以确保每层都能取到水。地下室是乘凉的地方，还有通风窗口，贵重财物也放在地下室。地上二层有一个大露台，还有休息室和更衣室；一层是办公室和三间餐厅，办公室有面保存完好的灯墙，灯墙用中国瓷器装饰。

我在一间餐厅的天花板上看到佛教图案莲花，还有广泛用于教堂的玻璃彩绘工艺。据介绍，大屋建造的40年间，来自各地的工人有佛教徒，有基督教徒，他们把自己喜欢的图案花样给主人看，主人认可后，这些图案花样就得以永久保留在大屋。

以前在白沙瓦老城，像塞蒂大屋这样的木制建筑并不鲜见。阿弗雷迪说，他们家族在白沙瓦第一个家就在老城里，像这个塞蒂大屋一样。1974年，他出生在老屋里。1994年，家族搬到村里，而老房子被拆除后新建了临街店铺，向外出租。

现在白沙瓦老城正在经历缓慢的改造，这当然也有必要，因为一些老房子看上去有些摇摇欲坠了。不过，当地人并没有对大量老房子

"修旧如旧"，结果像塞蒂大屋这样的古老建筑就越来越少了。

访问难民营：我们遇到这些"追风筝"的人

巴基斯坦并不富有，但该国却是世界上收留难民人数最多的国家之一。自 1979 年苏联入侵阿富汗，数百万阿富汗难民来到巴基斯坦，时至今日，仍有几百万阿富汗难民有家难回。然而，难民营的生存状况实在堪忧。

疾困侵扰，难民缺少谋生手段

2 月 18 日，我们来到位于白沙瓦郊外的汉萨纳难民营。据联合国难民署介绍，这个难民营建于 1980 年，目前生活着 920 个家庭，共 4424 人。这里虽不是想象中一排排的帐篷，但情况也好不到哪里去。眼前是低矮的平房和坑坑洼洼的土路，路上我们看到一个六七岁的小男孩，他端着一个小碗坐在地上吃午饭。午饭很简单，像是稀粥，小手黑黑的。

路过的平房外墙上贴着的圆圆的饼状物引起我的好奇。我以为这是他们的外墙装饰，问了才知道，由于烧不起木柴，他们用牛粪当燃料，而把粪便贴在外墙上是为了风干。

我们走进一家难民房，屋里没有床，甚至没有椅子，所有人要么站着，要么就坐在地上。为了谋生，他们一家老小以制作阿富汗民族头饰为生，五六岁的小孩子很专注地在为饰品上色。全家人忙活 5 个小时可制作一件，到市场上能卖到20元人民币。

据每周来此出诊的医生阿卜杜尔·汗说，令人担忧的卫生条件引发了各种传染病。冬天流行肺结核，夏天流行疟疾。由于医疗资源紧张，难民营里的人们渐渐达成了默契：男人有病都不去看，把看病的机会留给妇女和儿童。医生说，他每周来这里3天，每次接诊90个病人。我们看到诊室外面排起了长队。

最令人不放心的是这里的饮用水，据住在这里的45岁的长老会主席马鲁克介绍，这里饮水比较难。联合国难民署给村里挖了40口井，但目前还能用的只有16口。到了夏天，难民营旁边的河水会

1 难民营诊所等待就医的阿富汗妇女
2 看完病，正在拿药的阿富汗妇女

第 3 站　白沙瓦：传统的普什图族人要发展

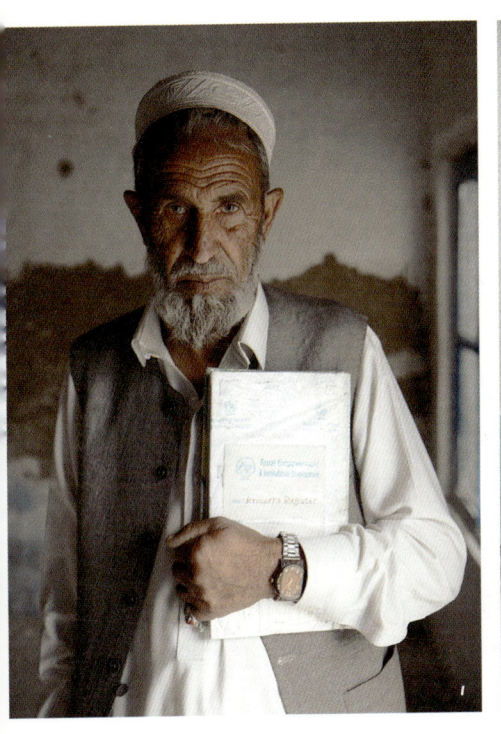

1　小学校长沙玛·汗
2　教室外孩子们摆放的鞋

泛滥，造成河水倒灌，饮用水会受到污染，加剧了当地卫生条件的恶化。

女童上学难，大学生更是凤毛麟角

1981年，联合国难民署在难民营里开办了小学，受校舍条件限制，目前实施二部制，即上午男孩子上学，下午女孩子上学。58岁的校长沙玛·汗带着我们参观学校。

教室门前摆放着孩子们的鞋，教室没有课桌椅，地上只是铺着布单，孩子们或坐或跪着听课。教室光线比较暗，好在这里安上了太阳能发电机，每间教室都有照明。

尽管条件异常艰苦，但孩子们的课程还是比较丰富的，包括英语、普什图语和波斯语，还有数学、科学等科目。

小学毕业后，孩子们就无法就近入学了。马鲁克说，到了上中学的年龄，孩子们必须每天走路几公里去上学。男孩子还可以，但女孩子走这么远的路不现实。而且，孩子们小学学的是普什图语和波斯语，白沙瓦当地公立学校教的是普什图语和乌尔都语，课程衔接不上。据了解，乌尔都语课程即将进入难民营小学生课表。

上中学已经比较困难，上大学就更困难了。马鲁克说，每年阿富汗难民都有几千名学生到了上大学的年龄，但能上大学的不到千分之一。

今年33岁的阿富汗难民纳斯鲁拉在汉萨纳难民营出生，他幸运地读到了硕士。纳斯鲁拉也被选入长老会，协助与联合国难民署和白

第 3 站　白沙瓦：传统的普什图族人要发展

1　孩子们席地而坐
2　从难民营走出来的硕士纳斯鲁拉
3　教室里孩子们用书包"占座"
4　放学的孩子

121

沙瓦难民事务局沟通。他说，他所认识的难民里只有 4 个人上了大学。现在他白天在一家私立小学教书，晚上来难民营辅导学生。他希望难民的下一代能够拥有知识，摆脱贫穷。

避战出走 40 年，他乡变故乡

白沙瓦离阿富汗边境只有一个半小时的车程，因此是阿富汗难民的首选地。阿富汗难民与白沙瓦的普什图族人同文同种，当年，普什图族人张开双臂接纳了这些难民。时间过去了 40 年，阿富汗仍然不太平，难民们故土难回。

白沙瓦难民事务局官员阿沙德说，难民人数在 20 世纪 80 年代达到顶峰，后来由于塔利班掌权和美国发动的反恐战争，难民数量时增时减。其间，很多难民结婚生子，这里每个家庭平均有 5 个孩子，因此到目前，在开伯尔—普什图赫瓦省的难民人数大约仍有 350 万人。

2018 年，联合国难民署和白沙瓦难民事务局动员阿富汗难民回家，表示对主动回国的每个难民家庭补助 400 美元。现在虽然过了时间点，但回国补助还有 200 美元。"过了 40 年，到了难民回家的时候了。"一位不愿透露姓名的负责难民事务的官员感慨道。

然而，难民们却不认同，他们认为此时回家时机尚未成熟。一位名叫瓦西姆的 23 岁难民说："阿富汗国内仍然不安全，我不愿意让我的家人冒生命危险。"阿弗雷迪说，这位难民说得不无道理，谁也无法保证难民回国后的安全。

除了安全考量，人口的增长也带来诸多现实问题。比如，当时来

第 3 站 白沙瓦：传统的普什图族人要发展

1 难民营小学操场上飘着巴阿两国国旗
2 在学校门口，孩子们向我们告别
3 阿富汗难民在为孩子接种疫苗做准备
4 阿富汗难民营长老会的长老们

是的，我们去了巴基斯坦

1　难民营村庄的街头
2　阿富汗儿童在玩板球

第 3 站　白沙瓦：传统的普什图族人要发展

1　难民营里的孩子（一）
2　为难民营工作的保安
3　难民营的姐妹俩
4　难民营中的"大眼睛"

是的，我们去了巴基斯坦

1　难民营里的孩子（二）
2　难民营里的孩子（三）
3　难民营里的孩子（四）
4　难民营里的孩子（五）

巴基斯坦的是两个年轻人，现在回家时，却可能多了 5 个孩子。土地需要购买，房屋需要重建，回乡成本并不低。

然而据一位当地人透露，由于已经在他乡生活了 40 年，阿富汗难民与巴基斯坦当地人不可避免地会产生矛盾。巴基斯坦人当时张开双臂欢迎阿富汗难民，但真没有想到这些阿富汗人会在巴基斯坦生活 40 年甚至更长时间。而且，巴基斯坦人认为他们帮助了阿富汗人，而阿富汗人却认为巴基斯坦人占了他们便宜。待在一起时间久了，双方都有不信任感。

寻找"追风筝的人"

采访白沙瓦的阿富汗难民营，是我们"一带一路"探访巴基斯坦之行的特别策划。缘起是畅销书《追风筝的人》，书中描述了因苏联入侵，大量阿富汗人避走白沙瓦的情节；而后，我又看了讲述白沙瓦阿富汗难民家庭贫困生活的电影。这些场景，对于生活在和平年代的我来说实在太陌生，我希望去白沙瓦看看这些难民。

幸运的是，我们结识了联合国难民署驻华代表处副代表陈蔚云，她在白沙瓦工作过 4 年。在她的帮助下，我们联系到联合国难民署驻伊斯兰堡的官员恺撒·阿弗雷迪，在他们的帮助下，我们得以完成采访。

我们了解到，联合国难民署的国际和本地机构以及巴基斯坦当局，40 年来对阿富汗难民进行持续不断的照顾。与此同时，我们也看到因为条件所限，难民营仍有很多不尽如人意的地方。这些难民急需得到国际社会的关注，尤其是生在难民营的孩子。他们虽然无法选择生在哪里，但他们也和其他孩子一样，不仅应该有一个健康的体魄，也应该享有受教育的权利，至少他们每个人应该有一套课桌椅和对未来的憧憬。

当我们离开汉萨纳难民营的时候，看到不远处两个阿富汗小朋友放起了风筝。

追风筝的孩子

枪械工厂

从难民营出来,我们参观了白沙瓦的枪械工厂。起因是在发朋友圈的时候,一位朋友问我,既然到了白沙瓦,有没有打算去著名的枪械工厂看看。我功课做得不足,还真不知这里有枪械工厂。我问阿弗雷迪,阿弗雷迪爽快地答应了。

枪械工厂并不是一家,而是绵延几个街区。工厂都不大,每个工厂都是一座小洋楼,地下是组装车间,地上是营业部,场院里还有打靶场。我本以为枪械工厂是非法的,实际上在巴基斯坦,枪支制造和贩售是合法生意。

我们进入地下车间参观。地下车间被隔成六七间小屋子,工人们车铣刨磨,各司其职。一把手枪从零件制造到组装成型,都在这里完成。

我们在营业室边喝茶边观赏他们仿造的美国、奥地利、土耳其和中国的名牌手枪,店主对这些仿制名枪如数家珍。150~250美元一把仿制枪,80美元500发子弹;较贵的一款是仿造奥地利的手枪,价格600美元,因为这把枪用了很多原件。与原装手枪价格动辄5000美元相比,这些仿制枪价格优势明显。在巴基斯坦,有持枪证的人都可以购买,买之前还可以打一梭子看看质量。

桌上摆了七八支枪,可以随意玩赏,拨动扳机。店主热情地介绍,说了很多专业词汇,可我不是军事迷,对这些一窍不通。我对一把插有圆形弹夹的手枪印象深刻,圆形弹夹能装50发子弹,可以连发,一把手枪瞬间变成了冲锋枪。

我问，如果枪械流到恐怖分子手里怎么办？老板的回答出乎意料：恐怖分子看不上这种防身用的枪，他们更愿意用杀伤力强的 AK47 或炸弹，政府禁止他们这些枪械工厂仿造 AK47。

阿弗雷迪说，他十四五岁的时候被带着去靶场学射击，他家就备着枪，而他任高官的小叔叔阿比诺·阿弗雷迪天天带着枪，还有持枪保镖跟着。这是当地人生活的一部分，他们持枪，但很少开枪，甚至很少拿枪对着人，因为大家都知道，一旦有人开枪伤人，就会承担整个家族被追杀的风险。"这是我们付出惨痛代价换来的共识。"阿弗雷迪说。

工人拿着已经造好的枪

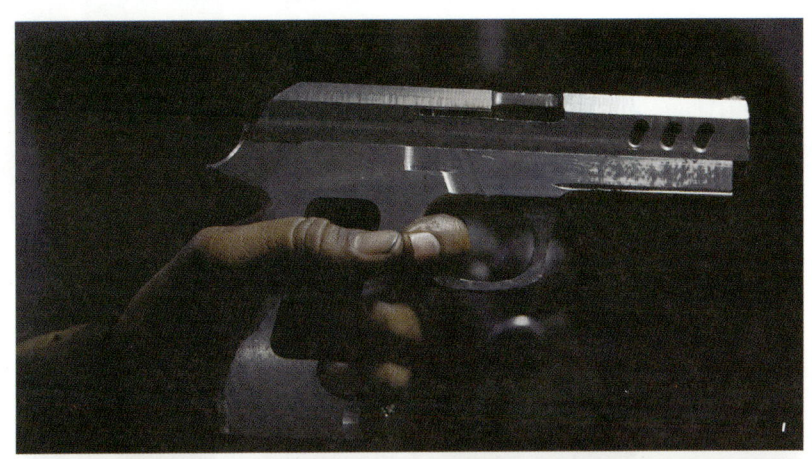

第 3 站 白沙瓦：传统的普什图族人要发展

1 刚车出来的手枪
2 在组装车间，一位工人正在调试他组装的手枪
3 枪械厂门口

伊姆兰·汗

白沙瓦贵族

第3站 白沙瓦：传统的普什图族人要发展

我们在白沙瓦的房东与巴基斯坦总理同名，也叫伊姆兰·汗。刚见面我就发现，他的英语发音特别标准，还带着美国腔。原来，他1980年就在得克萨斯大学奥斯汀分校学习民用工程。他在美国生活了10年，获得了学士和硕士学位。

伊姆兰·汗是巴基斯坦国家公路局的"二把手"。巧合的是，国家公路局就是中国路桥所说的负责向他们拨款的机构。我们刚在阿伯塔巴德采访了中国路桥，没想到在白沙瓦遇到了他们的甲方。伊姆兰·汗也觉得很巧，他打电话给中国路桥伊斯兰堡办事处的一位负责人，向他说了我们的来访。

伊姆兰·汗平时住在伊斯兰堡。这次他回白沙瓦，竟然就是因为我们租了他的房子，他要尽地主之谊，因为他遵从"普什图瓦里"——普什图族人的行为准则。

在他家的草坪上，我们继续"城市大使"项目——采访爱彼迎房东。我们很幸运，伊姆兰·汗不仅对家庭社会有他的独到看法，对很多公共事务也有自己的见解，而且愿意和别人分享。

对　话

问_ 你是在这里出生的吗?

伊姆兰·汗_ 是的,我出生在白沙瓦,但我并非生在这栋房子里。几十年前,我家的房子包括东、西、北方向现在所有邻居的房子。向北你会看到一座大房子,我就出生在那里。现在我在伊斯兰堡工作,我的家也在伊斯兰堡。我把房子几乎都卖了,现在只留了这一套。这套房子原来是客人来了住的地方。

问_ 你有几个孩子?

伊姆兰·汗_ 我有三个孩子。大儿子 25 岁,从美国加州大学伯克利分校毕业,现在在华尔街法国巴黎银行做投资银行的业务,今年准备上 MBA(工商管理硕士)。现在伯克利、康奈尔和哥伦比亚大学都已经给他发了 MBA 的录取通知书。

我还有两个女儿,大女儿刚刚拿到医学学士学位,她会成为一名医生,去美国继续学习。我妹妹一家在美国,她是肾脏科医生,妹夫是心脏外科医生,他们在美国已经生活了 30 年。大女儿会跟随她姑姑、姑父的脚步。

小女儿学经济,她的丈夫也在美国行医,她会跟随丈夫去美国田纳西州生活。

问_ 你的孩子们都受到非常好的教育,你本人也在美国受教育,你的父亲也受过高等教育吗?

伊姆兰·汗 _ 是的。我父亲毕业于得克萨斯大学,这也是我为什么选择得州大学的原因。父亲回到巴基斯坦,在民用工程领域工作,我步他后尘。我的哥哥选择了别的路径。他学金融,先在美国国际开发署(USAID)工作,后来去了马尼拉,为亚洲开发银行工作,现在他退休了。

问 _ 我感觉你的家庭非常国际化,不像是白沙瓦典型的家庭,为什么?

伊姆兰·汗 _ 我父亲受过良好的教育,外公曾是西北边境省(开伯尔—普什图赫瓦省的原名)首席部长(省长)。我的家庭背景很好,我们受了很好的教育,父母鼓励我们去国外学习。

问 _ 你如何定义"家"?

伊姆兰·汗 _ 带屋顶的是房子,它能遮风挡雨;家则是你可以放松的地方。我在家里经常会冥想,会思考白天太忙没时间想的事情,家会让我放松下来。

问 _ 我不清楚在巴基斯坦文化中,如果家庭成员要出远门,而且要走很久,家人会做什么?

伊姆兰·汗 _ 那是非常感人的时刻。你知道,巴基斯坦人的家庭联系相当紧密。当我去美国的时候,我还记得我的母亲在机场痛哭流涕,那是1979年,我记忆犹新。

问_ 当你回到家乡，家人是如何欢迎你回家的？

伊姆兰·汗_ 我离开的时候还是个17岁的男孩，刚刚高中毕业；等我回来的时候，我已经在美国学习了10年，拿到了工程学的学士和硕士学位，父母对我取得的成绩非常骄傲。

他们也是费尽心思，回来刚半年，他们就为我安排了婚事。在我们的文化里，婚姻大多是父母包办的。

问_ 你的家庭是小家庭还是大家庭，比如三代生活在一起吗？

伊姆兰·汗_ 通常，普什图族人都生活在大家庭里，这是传统，也更经济。我并没有生活在大家庭里，因为我父亲是政府公务员，随着他工作的变动，我们在巴基斯坦全国各地都生活过，我们家有5口人，我还有哥哥和妹妹。

问_ 在大家庭，普什图族人的亲戚是在父亲这边还是在母亲这边？

伊姆兰·汗_ 一般情况下，普什图族人都和父亲这边的亲戚一起生活，母亲这边的亲戚会生活在不同的家庭。

问_ 在大家庭中，谁控制财权？

伊姆兰·汗_ 一般情况下，男性中的一家之长控制财政大权。不只是财政大权，家族成员在哪里学习、从事什么工作等重大事务上，他们都有决定权。

问_ 如果是知识分子家庭，谁有控制权呢？

伊姆兰·汗_ 知识分子家庭更像西方家庭，比如我的父亲，他不会干涉我从事什么工作。知识分子家庭还是很不一样的。

问_ 你希望如何规划自己孩子的未来？

伊姆兰·汗_ 在事业上，他们都已经取得了好成绩。我的儿子是投资银行家，我的女儿是医生，他们有权利选择他们的生活方式。时代变了，人的观念也在发生变化。他们属于21世纪，而我的大部分时间在20世纪。

问_ 你在美国生活了10年，一定了解美国的年轻人习惯自由恋爱，你如何比较两种不同的文化？

伊姆兰·汗_ 美国的文化相当开放，相较之下，巴基斯坦人相对有些害羞。我在英式寄宿学校学习，对美国文化的冲击早有准备。当然，如果是普通巴基斯坦人，可能最初会感到不太适应。我不反对自由恋爱，时代不同了，我不干涉孩子们。

问_ 你在白沙瓦生活多久了？

伊姆兰·汗_ 我在这里出生，后来在这里上到小学四年级。五年级到十二年级，我一直在英式寄宿学校学习。

问_ 你如何向中国人介绍白沙瓦？

伊姆兰·汗_普什图族人以好客著称。白沙瓦是普什图族人的中心，也是开伯尔—普什图赫瓦省的首府，这座城市有着悠久的历史。值得一提的是，这里离阿富汗很近，我们与阿富汗的普什图族人同文同种。

问_如果来白沙瓦，哪个季节最好？
伊姆兰·汗_白沙瓦的气候很温和，即使是冬天也不会感到冷。夏天可能会有点热，但还是能忍受的。我觉得，任何时间来白沙瓦都很好。当然，春秋是白沙瓦最温和的季节，就像你来的这个时候，不冷也不热。

问_白沙瓦的娱乐活动有什么？
伊姆兰·汗_如果和西方做比较，这里的娱乐活动很不一样。我们没有唱歌跳舞的公共场所。普什图族人的娱乐活动是串门和小型家庭聚会，大家会在主人的会客厅聚会。到晚上，会有小型乐队演奏，大家一起聊天、喝茶，直到午夜。这就是普什图族人的娱乐活动。

问_你说这里没有酒吧，但有没有提供其他娱乐的公共场所？
伊姆兰·汗_很少。有时，政府和私人机构会举办一些公众活动，仅此而已。我们没有唱歌跳舞的公共场所。

问_白沙瓦最值得参观的地方是哪里？
伊姆兰·汗_我觉得是老城。老城有超过500年的老建筑，有穆斯林建筑、英式建筑等。这些老建筑和当代建筑非常不同。如果你喜欢历史，我建议你去老城看看，特别推荐去塞蒂大屋看看。

问_ 你觉得白沙瓦最好吃的是什么？
伊姆兰·汗_ 焖羊肉。做法很简单，拌上西红柿和洋葱，撒上盐和胡椒，羊肉的汁液会与西红柿和洋葱混合交融。

问_ 白沙瓦的小吃有什么推荐？
伊姆兰·汗_ 可能和西方不一样，我们没有必胜客和汉堡王。我们的小吃，比如烤肉串，10分钟就能烤好，很方便。还有阿富汗抓饭，很受当地人欢迎。我们不喜欢阿富汗烤串，太小，我们当地人的烤串更大、更香。

问_ 白沙瓦哪里适合购物？
伊姆兰·汗_ 很多地方，比如在主街，那里有很多商场，你可以在那里购买高档商品。同时，你也可以去中心集市，那里的商品物美价廉。

问_ 你对中国的印象是什么样的？
伊姆兰·汗_ 我喜欢中国，中国人是真兄弟。

问_ 你如何看待中巴文化的异同？
伊姆兰·汗_ 最近几年，越来越多的中国人来到巴基斯坦，两国民众在各方面进行交流，双方越来越熟悉彼此。

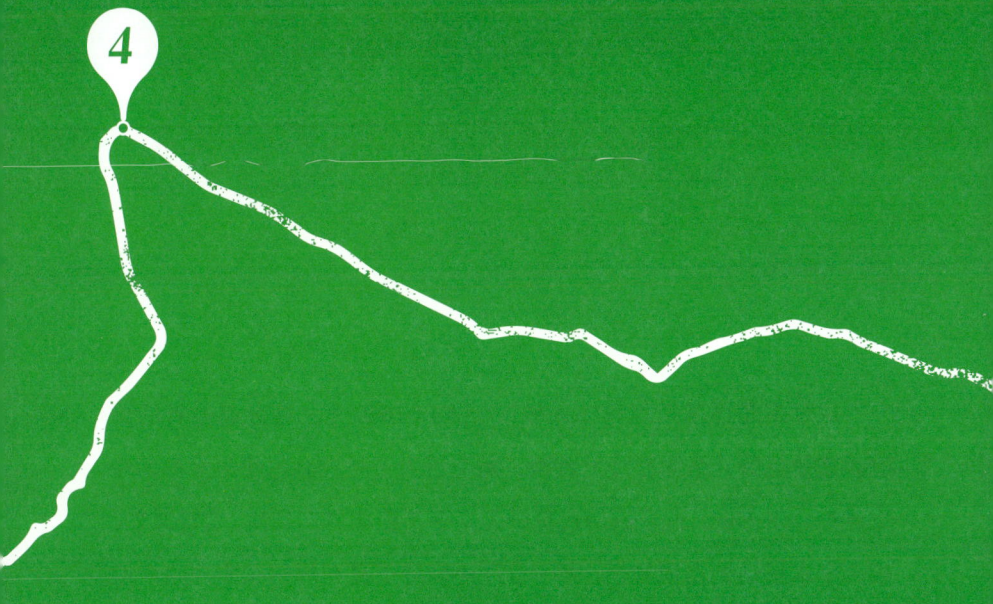

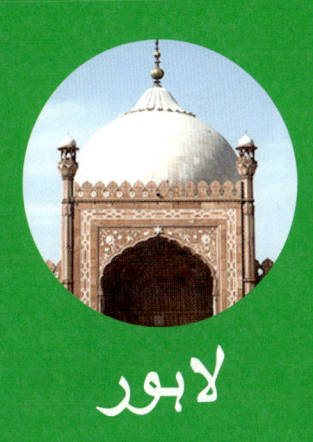

拉合尔

莫卧儿帝国的荣耀

第 4 站

لاہور

拉合尔是巴基斯坦第二大城市，人口1000万，是旁遮普省的首府。这是莫卧儿帝国曾经的首都，阿克巴大帝将拉合尔建为夏都，并重建拉合尔古堡，此后，历代莫卧儿皇帝不断增修，到沙·贾汗时期，拉合尔古堡达到空前规模，沙·贾汗还修建了夏利玛尔花园，两个地方在1981年都被评为世界文化遗产。

拉合尔的地理位置极为特殊，作家莫欣·哈米德在《拉合尔茶馆的陌生人》一书中这样描述：拉合尔是向西绵延至摩洛哥的狭长穆斯林地带中最后一个主要城市，因此它具有临危不惧、处变不惊的气质。这种气质在瓦加口岸表现得尤为显著。我们找机会去瓦加口岸看了印巴降旗仪式。我们无法预料的是，就在我们访问拉合尔期间，印巴之间爆发了一次严重冲突，大战似乎一触即发。我们在拉合尔老城闲逛，当地人和我们聊天，群情激愤的样子至今历历在目。

出发去拉合尔

2月21日8点30分，我们告别了莎辛和哈米德，坐着阿弗雷迪的车去汽车站。我们的下一站是拉合尔。

9点30分从汽车站出发,阿弗雷迪为我们选了中国宇通牌的高级大巴,它比普通大巴贵30%。车票两个人共2400卢比(合120元人民币)。高级大巴软硬件比国内还强:椅背上有小屏幕,可以看宝莱坞电影,车上还有女服务员分发食品和饮料。

车行6个小时,一路高速。中途停在服务区,服务区很现代化,有国际品牌餐饮企业入驻。我们选了肯德基,还碰巧遇到一拨巴基斯坦人,通过聊天得知,其中一个人在中国杭州短暂工作过,会说一些中文,我们聊天气氛很友好,直到大巴司机用喇叭催我们上车。

下午3点,我们到达拉合尔。从汽车站出来,我们打车去了从爱彼迎上订的民宿,这次仍然选了DHA。到了民宿所在的DHA五区又是个小惊喜——我们订的两居室居然在一套两层别墅里。

房东把别墅隔成两套两居室和一套一居室,我们的房间在一层,还可免费使用旁边的厨房和餐厅。屋内陈设是欧洲古典风格,客厅很大,还有个浪漫的双人秋千椅;卫生间配有双人冲浪浴缸。墙上挂着拉合尔老城市景的油画,茶几上摆上了咖啡和茶。房间外面有门廊;别墅外有个院子,铺着草坪。房东雇了两位男仆负责打理。我们将在这个舒适的环境里停留6天。

我们收拾差不多时,已经是晚上了。通过谷歌地图,我发现别墅旁边200米的地方就有小超市和餐厅,我们决定到那里碰碰运气。

超市不大,我们买了桶装水和一些零食。很多当地人都去超市买桶装水,雀巢和百事两家公司的桶装水比较受欢迎。

旁边的餐厅飘出了烤肉的香气。这家餐厅像国内的路边摊,屋内只有厨房，客人都坐在外面的椅子上。虽然是不起眼的路边摊，但巨型风扇吹得烤馕、烤肉的香气弥漫整条街，于是我们决定晚餐就选这家了。我们凭着香味点了烤馕，后来又觉得离家近（主要是离卫生间近），就斗胆点了当地人推荐的烤鸡肉串。

这种鸡肉串不是我们在北京吃的小串，而是由一块块半个拳头大的鸡肉串成的大串，这和我们在奘格里村吃的烤羊肉串比较相似。肉块大，意味着烧烤时间会比较长，感觉等了很久，鸡肉串才终于烤熟。撕一块馕夹着鸡肉，真是美味。不过，大鸡块裹进馕里，食物体量不小，虽然胃一直在"催促"，但我们的嘴已经忙不过来了。感觉有些噎，正要找水喝，负责烧烤的小伙子很体贴地递给我们两瓶冰镇可乐。开始以为他是想问我们要不要，但看他比画着说"free, free"（免费，免费），我们这才明白，他是想送给我们。这让我们很意外，但我们婉拒了，因为我们已经买了饮料，就放在购物袋里。我夸他的烧烤很好吃，他笑着问我们是不是再多来点，我们赶紧摆手，因为吃下一串就已经很撑了。

这一餐对付过去了，值得庆幸的是，我们没有因为馋嘴而闹肚子。后来我们总结，人们都说到一个地方会水土不服，这主要是水的问题。只要吃的是现做的，不喝餐馆提供的冰水和冰块，应该就没事。后来我们胆子越来越大，还爱上了当地加很多糖的奶茶，这种奶茶就是用当地水烧制的，喝了以后也都没有问题。

遇见拉合尔小情侣

别墅二层还住着一位单身房客,他叫阿瑞布,今年 26 岁。阿瑞布出生在卡拉奇,他的父亲是一位银行家,长年在阿曼工作。他本人正在德国不莱梅攻读工程学硕士,2019 年毕业,他打算留在德国。

阿瑞布这次来拉合尔,是为了见他的女朋友。他的女朋友在拉合尔一所学校教艺术,晚上还在一家初创公司创业。这家公司专营女性用品,网上销售,送货上门。

我很好奇他们两个人是怎么认识的。阿瑞布很大方地承认,他们是通过自由恋爱走在一起的。现在,双方家长都认可了他们的关系,他们也开始谈婚论嫁了。

在白沙瓦,自由恋爱被一些知识分子家庭默许,但不能有婚前性行为。等和阿瑞布相熟之后,我问他这个问题,他也说,婚前性行为违反宗教教义。

两个人感情很好,但有个现实的问题摆在他们面前:女朋友是个职业女性,在拉合尔有自己的事业和生活,而阿瑞布将在德国找到高薪工作,两人若结婚生活在一起,到底会在哪里安家呢?阿瑞布坦陈,两个人还没有想好。

李英武提出给这对情侣拍一组照片,阿瑞布爽快地答应了。2 月 25 日,就在阿瑞布乘飞机返回卡拉奇的当天晚上,他带着女朋友来到别墅。

他的女朋友很漂亮,长发披肩,戴着眼镜,在巴基斯坦十多天,这还是我头一次遇见有女生愿意让我们拍照。拍照过程既愉快又略显尴尬。李英武希望他们两个人表现得亲昵一些，就像在谈情说爱，阿瑞布笑着拒绝了；李英武退一步说希望两人坐得近一些，阿瑞布仍是拒绝。50厘米左右是阿瑞布和女朋友设定的"安全距离"。

阿瑞布和他的女朋友

第 4 站　拉合尔：莫卧儿帝国的荣耀

在瓦加口岸看降旗仪式

2月22日下午，在阿瑞布的陪同下，我们花2000卢比（合100元人民币）包了一辆汽车，向东驱车20公里，来到世界闻名的瓦加口岸。每天下午，印巴双方都会在瓦加口岸举行降旗仪式。

1947年印巴分治，巴基斯坦独立。然而70多年来，印巴冲突从未停息。降旗仪式的看点是，在和平时期不能动真刀真枪，双方就借降旗仪式来表现剑拔弩张的架势。双方士兵既互相叫板，毫不相让，又都留有分寸。

瓦加口岸的停车场在边境之外两公里，我们停好车，顺着人流步行到降旗点。所有人都得过安检，男女分开，各走一边。

这时，人们就能感受到印巴两国的竞争态势了。阿瑞布指着不远处高达50米的旗杆上的巴基斯坦国旗说："你看，巴基斯坦的国旗是不是比印度国旗高？"从巴基斯坦这边看，的确感觉是巴基斯坦国旗高。阿瑞布接着说："也可能两个旗杆一样高，但我们都相信巴基斯坦国旗更高一点。"

走到口岸，巴基斯坦半圆形的看台与印度一方半圆形看台合成一个圆。看台中间是两道大铁门，那就是印巴边界线。我们被分在"单身男士"的观众区域，并且选择了一个高一点的位置坐下，这样能够看到全景。

此时，场内气氛开始升温，双方观众都在叫阵，我感觉就像来到了古罗马的角斗场。我们这一方，年轻学生们齐声高喊"巴基斯坦！""真主伟大！"，高音喇叭里还播放着爱国歌曲。这时，一位名叫纳赛尔的独腿军人在广场上举着国旗跳着苏菲舞，观众的情绪被调动起来。而对面，一群印度小孩走到场中央，边歌边舞，也博得对方震耳欲聋的掌声。

播放爱国歌曲的高音喇叭声音越放越大，对方的宝莱坞歌曲也毫不示弱。双方观众情绪激昂，喊着口号，一时间两边欢呼声可谓地动山摇、震耳欲聋，好像到了世界杯的赛场。

其间，有一辆印有印巴两国国旗的长途大巴穿过口岸。这辆大巴过来的时候，巴基斯坦观众欢呼鼓掌，欢迎印度人"弃暗投明"。大巴司机和乘客也乐于配合，使劲向观众席招手致意。

中央大铁门附近，士兵们正在和"粉丝"合影留念，我们也走下看台求合影。士兵穿着传统军装，冠帽像把竖起的扇子，身高足有一米九，加上折扇样子的冠帽得有两米多了。士兵们留着大胡子，身体非常壮实，得知我们来自中国，一位士兵主动和我握手。我的手被他握得生疼，赶紧求饶，我猜这是当地男人之间喜欢开的玩笑吧。

降旗仪式很快开始了。两扇大铁门徐徐拉开，双方的士兵高踢腿面对面走到国界边，侧转降旗，之后叠好国旗，再背对背走回各自国家的队列。双方动作协调，编排统一有趣。

可能由于自己不属于印巴任何一方，看到降旗仪式中士兵把脚踢过头顶的样子，感觉有些滑稽。不过同去的阿瑞布也说，动作的确有些僵硬。他说："现在大家心态平和了，都把它当作娱乐来观赏。"没错，旁边还有小贩在售卖爆米花，真像是在看一场足场比赛。

第 4 站　拉合尔：莫卧儿帝国的荣耀

1　瓦加口岸
2　印巴士兵在踢正步，他们都把脚踢过头顶

是的，我们去了巴基斯坦

1 身残志不残的独腿军人纳赛尔正在跳苏菲舞，现场气氛被调动起来
2 印巴士兵缓缓降旗

李英武判断，双方的动作应该是商量好的，虽然把激昂的情绪表演到了极致，但双方动作一致，谁也没有半点加码。

在小号声中，印巴双方把国旗徐徐降下，大铁门慢慢关上，一次降旗仪式就此宣告结束，两边的人纷纷散去。

当时我们无法预料到，几天后，印巴之间会爆发严重冲突：先是巴基斯坦武装"穆罕默德军"在印控克什米尔地区制造自杀式炸弹袭击，后来印度空袭了巴基斯坦，巴基斯坦又派出军机展开空战，还俘虏了印度飞行员。此后，巴基斯坦政府要求领空内所有商用航班停飞，眼看着，两个拥核国家的战争即将爆发。

拉合尔古堡

2月23日，我们来到拉合尔古堡。拉合尔古堡和夏利玛尔花园是我们这次巴基斯坦之行要去参观的第二处世界文化遗产。第一处是塔克西拉，它体现着2000多年前融合希腊、印度和波斯文明的犍陀罗艺术，而这里的建筑和园林则展现着莫卧儿帝国时代的辉煌。

随着拉合尔逐渐成为南亚次大陆上的商业中心和夏都，历代莫卧儿帝国的皇帝不断在古堡内增修，扩建花园、喷泉和宫殿，使得原本只具有军事功能的古堡成为一座金碧辉煌的皇家宫苑。

古堡里的建筑在向游客讲述着莫卧儿帝国的后宫往事，其中最负盛名的景点是古堡西北角的"镜子宫"。这座宫殿外墙镶嵌着约90万块各种颜色的玻璃镜片，还砌有嵌着金银线条的石块。内墙则用白色软玉打造,拱形穹顶上镶嵌着无数宝石和玻璃珠,在下午的阳光照射下,光华璀璨。

据说,镜子宫是莫卧儿皇帝沙·贾汗为来自波斯的宠妃阿姬曼建造的。一天晚上,阿姬曼在古堡的宫墙上仰头观赏灿烂的夜空,并动情地对沙·贾汗说,她多么希望自己能拥有一座神奇的寝宫,即使躺在床上也能一睁眼便看见满天的星斗。于是,红颜一笑胜千金,对爱妃从来不说半个"不"字的沙·贾汗,下令调集全国的能工巧匠为阿姬曼修建这样一座寝宫。后来阿姬曼因难产身故,至死也未能住进国王为她精心打造的寝宫。她被追封为"泰姬·玛哈尔",意为"宫廷的皇冠",沙·贾汗为她建造了举世瞩目的泰姬陵。虽然史书上的沙·贾汗是个暴君,但他与阿姬曼的爱情故事却为后世传颂。

城堡正中有一座由 40 根圆柱撑起的宫殿,人们称之为"四十柱厅",是莫卧儿皇帝的办公室兼书房。从这个皇帝办公的中枢机关走出,便可登上一座至今保存完好的大理石朝觐台,朝觐台前后两端分别是一个小广场和一个设于水池中间的小舞台。皇帝在面向广场的一侧落座时,可以检阅下面军队的操演,或者接见跪拜的臣民并亲自审理案件;若转身朝向舞台一侧时,则可欣赏水池里歌伎舞娘的曼妙表演,真可谓军国大事与怡情悦性两不误。

城堡中原本有一座画廊,画廊石柱上嵌刻着彩石构成的绘画,表现了皇家歌舞、狩猎、斗骆驼和打马球等宫廷的娱乐生活,人物生动,技艺精湛,遗憾的是经过 300 多年的风吹日晒,画廊的光华早已不复存在。

第 4 站 拉合尔：莫卧儿帝国的荣耀

1 拉合尔古堡一角
2 "四十柱厅"和广场

是的，我们去了巴基斯坦

1　栖息于拉合尔古堡的鸽子
2　拉合尔古堡城墙

第 4 站 拉合尔：莫卧儿帝国的荣耀

1 拉合尔古堡外的养鹰人，靠给游客拍照赚钱
2 拉合尔古堡，两个男孩子穿着莫卧儿帝国王子的服装合影留念

是的，我们去了巴基斯坦

参观拉合尔古堡的 7 名中学生请路人在他们的白衬衫上签名留念

今天是周六，是个大晴天。拉合尔古堡中有不少三两成群的青少年。几个大学生拦住了我们，要与我们合影，接着又是一拨，然后还有第三拨。我们这才发现，原来这些男生走在我们周围的目的是想和我们合影，他们看见胆子大一点的提出合影想法，见我们同意后就都围拢了过来。

当时我想，这些青少年是多么渴望了解外部世界啊！但外界对巴基斯坦似乎有成见，认为这里恐怖主义势力猖獗，治安较差，因此外国游客很少。的确，"9·11"恐怖袭击之后，美国和巴基斯坦着手清剿塔利班，而塔利班也予以还击，很多针对平民的自杀式炸弹袭击就发生在这个国家。尽管现在塔利班势力消失了，但人们看到这些新闻后，对巴基斯坦产生了负面印象，这种印象形成后就不太好扭转了。

巴德夏希清真寺

出了拉合尔古堡，我们来到巴德夏希清真寺。

从巴德夏希清真寺回望拉合尔古堡，我看到了它壮观的西门，高耸入云的塔楼镇守古城门两边。原来我们进出拉合尔古堡的是一个旁门，西门有士兵把守，不对外开放。

拉合尔古堡西门对面就是巴德夏希清真寺的大门。巴德夏希清真寺曾是巴基斯坦最大的清真寺，建于300多年前的莫卧儿帝国时期。"巴德夏希"是波斯语"皇帝"的音译，故又称"皇家清真寺"。

清真寺占地面积3万平方米，为波斯建筑风格。登上22级红色台阶，进入寺院内，是一个南北长 160 米、东西宽 159 米的方形大理石广场，可供 5 万人同时做礼拜。广场正中有一见方的水池，供穆斯林做净礼用。

我随着参观人群来到寺内珍藏馆。据介绍，这里有用金丝线绣成的长 45 厘米、宽 30 厘米，共计 30 卷 1228 页的《古兰经》。阿拉伯经文绣在天蓝色锦缎上，绣工极为精湛。据传，寺内还藏有先知穆罕默德的披风、法蒂玛的手帕及阿里手抄的《古兰经》珍本等大量伊斯兰珍贵文物。

清真寺主建筑里铺满地毯，供人们祷告之用。电子屏幕上显示着今天祷告的准确时间。祷告时间是根据太阳的运行轨迹确定的，每天都不一样。

拉合尔古堡和巴德夏希清真寺向世人展示了莫卧儿帝国的皇家气派，我想这是以帝国的雄厚实力为支撑的。莫卧儿帝国地处南亚，接近中东、中亚和东亚，战略位置极其重要。与同时期的明朝不同，莫卧儿帝国并没有因为害怕外敌入侵而闭关锁国，而是敞开大门，欢迎各国人士。人们带来了资金、文化、宗教等，莫卧儿帝国因此创造出举世瞩目的辉煌。当天晚上我在微信朋友圈写道：

> 行前看完了英国历史学家彼得·弗兰科潘的《丝绸之路：一部全新的世界史》，在其宏大叙事中我发现一个横向比较的切口：与同时期闭关锁国的明朝不同，莫卧儿帝国一直都保持对外开放，他们知道黄金和白银的价值及汇率变化。从南美洲掠夺了大量白

第 4 站 拉合尔：莫卧儿帝国的荣耀

1 巴德夏希清真寺正门外广场
2 巴德夏希清真寺

是的，我们去了巴基斯坦

巴德夏希清真寺外打板球的少年

银的西班牙人造成银价大幅贬值,而他们还发现,当时的明朝人并不知道金银汇率变化,因此用便宜的白银换取了中国大量的黄金,最终掏空了中国的财富。对外开放的莫卧儿帝国却一直在积累巨大财富。

老城斜阳

从巴德夏希清真寺出来,我们走进一条新装修的步行街。步行街的建筑外立面颜色鲜艳,有的还以古代木雕艺术装饰。虽然在这里歇歇脚会很舒服,但总感觉有些商业化的味道,于是我们决定继续往外走,不知不觉我们就走进了老城。

老城的街道狭窄,老旧的楼房一个挨一个,街道上车多人多。大家挤在一起,小汽车身后是一辆装满货物的马车,而马头就顶着前车后窗。虽然拥挤不堪,但秩序井然,没有出现剐蹭,更不见人们烦躁争吵。这里的人们都是一副不慌不忙的样子,好像时间总也用不完。

此时已过中午,我看到一家烤馕铺,花10卢比(0.5元)买了一个芝麻馕,坐下来边吃边休息。卖烤馕的一家是来自开伯尔—普什图赫瓦省的五兄弟,大的30岁,小的17岁。做小本生意不容易,但他们做买卖讲信用,没有因为我是外国人就随意加价。

拉合尔老城保留着历史古迹,比如瓦齐尔·汗清真寺,据说这是世界上色彩最多的清真寺。我们的计划是,从西北口进入老城,再从东边的德里门出来,其间会路过市场、瓦齐尔·汗清真寺和土耳其浴室(Wazir Khan Hammam),全程 1.3 公里。

据说,拉合尔有 2000 年的历史。公元 630 年,玄奘在西行求法时途经一个未命名的繁荣城镇可能就是拉合尔。公元 982 年成书的波斯文《世界境域志》,第一个提到的就是"拉合尔",书中描绘拉合尔是一个拥有"令人印象深刻的寺庙与大市场"的巨大城镇。

拉合尔老城建于阿克巴时期。老城由 7 米高的红色砖石城墙围绕,建有 14 座城门,城墙外是蜿蜒的护城河。东部朝德里方向的城门叫"德里门";与之对应,德里红堡朝向拉合尔方向的正门则取名为"拉合尔门",这昭示了两座城市之间的深厚历史渊源。然而两座城现今却分属两个国家。

老城主街两侧店铺林立,经营着蔬菜、水果、香料、珠宝和婚纱等生意。有的小贩把洗过的萝卜一根根摆放整齐,卖相很好。有的小贩用人力车拉货,卖的是手纸或鞋子。小贩想一次拉更多的货物,就把货物垒起来,足足有两人高。女士鞋店和婚纱店前总围着一群包裹严实的女士。这些店铺为了让服饰上的玻璃珠更加透亮,大白天也照着灯。显像管电视在中国已经绝迹,但在一家电器维修铺里,显像管电视还摆在地上,似乎仍有人在使用。与北京把电线埋在地下不同,这里街上的电线杆上黑压压地布满了电线。这也是巴基斯坦大城市的特色——电气化时代,老城的改造正在逐步进行。

往来人群摩肩接踵,本来就是人挤人,小商小贩还推着车行走其间,我平生第一次遇到人流造成的交通堵塞,足足有 5 分钟身体不能动弹。但即使这样,也没有看到有谁着急上火非要抢行或爆粗口,每个人都很守秩序。

在拥挤的街道挪步20分钟,我们终于看到老城地标——色彩斑斓的瓦齐尔·汗清真寺。一进大门,刚才街市喧闹的场景立即消失,鸽子轻轻的"咕咕"声反衬出清真寺的宁静。

瓦齐尔·汗清真寺取自旁遮普总督瓦齐尔·汗的名字,始建于1635年,历时7年完工。从攻略中我了解到,如果偷偷塞给管理员600卢比(30元人民币),我们就可以登上老城的制高点——瓦齐尔·汗清真寺宣礼塔。

顺着石阶,我们一步步爬到宣礼塔塔顶。在没有麦克风的年代,这是阿訇每天必走的路。现如今,宣礼塔塔顶挂上了喇叭。到了祷告时间,到处会响起阿訇诵经的声音。我曾问过阿弗雷迪,一天祷告5次,是不是录音机在帮忙?阿弗雷迪使劲摇头皱眉:"肯定不是的,你怎么会这么想?"我想,可能很多中国人都会像我这么想。

到了宣礼塔塔顶,俯瞰天际线,放眼望去,裸露的红砖,蓝色的储水桶,楼顶平台高低不同,彰显出拉合尔十足的立体层次。此时已经接近黄昏,光线变得柔和起来。楼顶的世界正好展现出当地人悠闲的生活——有的在天台饲养鸽子,有的在天台晾晒衣物,老人在乘凉,孩子在嬉闹,在斜阳的映衬下,一切都泛起金黄色。此时楼下的街市已经灰暗下来,商店主人纷纷打开高亮的电灯,整条街又夺目耀眼了。街面上依然拥挤喧闹,人头攒动,叫卖声此起彼伏,让我们领略到晚间更热闹的拉合尔市景生活。

1 拉合尔老城一角（一）
2 拉合尔老城一角（二）
3 拉合尔老城一角（三）

第 4 站　拉合尔：莫卧儿帝国的荣耀

1　瓦齐尔·汗清真寺
2　瓦齐尔·汗清真寺主祈祷厅

165

是的，我们去了巴基斯坦

1　从瓦齐尔·汗清真寺宣礼塔上俯拍拉合尔老城街市
2　瓦齐尔·汗清真寺外

第4站 拉合尔：莫卧儿帝国的荣耀

出了清真寺，我们来到土耳其浴室。这是旁遮普总督瓦齐尔·汗于 1635 年建造的公共浴室。该浴室曾被废弃，后在英治时期被征作他用。经过多年改造，浴室于 2015 年正式对公众开放。

浴室文化来源于古罗马帝国，而后被奥斯曼土耳其帝国继承并发扬光大，我们现在俗称的土耳其浴室，即莫卧儿王朝自西方的舶来品。入内观看，在主浴室能看到几何图形和植物卷须纹样，周边分别有更衣室、贵宾室、冲凉室、桑拿室等，可以想见当时上流社会的讲究生活。浴室图文并茂地向我们展示了当年奥斯曼帝国强大的软实力。

土耳其浴室值得一看，只不过外国人门票票价小贵，每人 400 卢比（20 元），当地人门票每人只要 50 卢比（2.5 元）。当然，也不是只有这里存在明显的价差，几乎所有的景点，外国人都要买高价票。

从土耳其浴室出来再走几步就到了德里门。德里门内只允许小型三轮机动车进入，德里门外则是汽车的海洋了。拉合尔老城散发着浓烈的人文气息让李英武流连忘返，他希望有机会再过来拍照片。

后来，我们将火车票往后推了一天，2 月 26 日，就在离开拉合尔的前一天，我们再次来到老城。这次从德里门进入，又来到婚纱一条街。这次的感受和几天前就大不一样，热闹的街市里弥漫着一种紧张气息。

一位 69 岁的婚纱店老板哈吉·萨巴尔主动和我打招呼，开口就问："你们知道今天发生什么了吗？今天印度空袭了巴基斯坦克什米尔。"

当时，我们还真不知道爆发了印巴冲突，只听他慷慨激昂地说："巴基斯坦军队最强大！我们不怕印度，我们有核武器！"我们听了也没当回事,谁想到,第二天(2月27日)所有航班都取消了,事态越来越严重。

拉合尔博物馆

2月24日是周日,我们按计划去巴基斯坦最大的博物馆——拉合尔博物馆参观。

我们看过犍陀罗文明遗迹,看过莫卧儿帝国时期的建筑,这次我们又可以领略英国殖民地时期的拉合尔。在拉合尔,火车站、邮局、大学、博物馆等建筑多是维多利亚时代建成的,是华丽的维多利亚风格的代表。

上午10点,我们来到博物馆,这时还没有什么游客,我们得以仔细观赏博物馆中的展品。

大厅里最显眼的位置摆放着维多利亚女王、爱德华七世和乔治五世祖孙三代的雕塑。对于英国殖民历史,拉合尔人并不回避,而且没有我们在伊斯兰堡的国家纪念碑旁边的博物馆那里"闻"到的火药味。

博物馆的主要展品包括巴基斯坦引以为傲的犍陀罗艺术,这部分展品与塔克西拉博物馆和白沙瓦博物馆的馆藏相似。但该博物馆是综合博物馆,除了犍陀罗艺术,还有耆那教和锡克教文明的展品;除了本土文明的展品,还有非洲文明、中国文明等域外文明的展品。

博物馆注重皇家艺术的收藏。皇家常用白色大理石作为建筑装饰材料,其中泰姬陵最为著名。对于白色大理石的运用延续至今,比如

第 4 站　拉合尔：莫卧儿帝国的荣耀

拉合尔博物馆

伊斯兰堡的费萨尔清真寺、卡拉奇的真纳墓等。后来我们到了俾路支省才了解到，白色大理石就是俾路支省的特产。

博物馆也注重民间工艺的收藏，一进大厅就能看到拉合尔的木雕门。木雕艺术深受民间欢迎，有钱人家把木雕门当作脸面，大户人家，如塞蒂家族，还将木雕艺术体现在家中的每一处细节。

博物馆还注重绘画艺术的收藏。大连廊上，博物馆展出了19世纪古勒（Guler）艺术学校的细密画作品。细密画起源于波斯，奥斯曼土耳其帝国时期受到苏丹的赞助而风行东方。然而细密画地位受到文艺复兴时期来自西方透视画法的冲击而逐渐衰落，这成了土耳其作家奥尔罕·帕穆克的著作《我的名字叫红》的主线——人们的偏好变了，多年苦练修成正果的画家感叹着细密画的消逝。我在朋友圈记录了我当时的感受：

> 当年细密画的消逝，如今轮到了纸媒。也许，100年后的人也会在博物馆里欣赏报纸的美感。

除了绘画艺术作品，在一处展区，博物馆还专门展示收集来的各种乐器。阿拉伯人喜欢音乐，他们将音乐传播到东方，穆斯林学者也将音乐作为传教过程中不可或缺的一部分。南亚次大陆的音乐风格受到阿拉伯、波斯和中亚的影响，弦乐、打击乐等各门类乐器应有尽有。

与其他博物馆一样，爱国主义教育也占有一席之地。展览以珍贵历史照片为主，详细介绍国父真纳在巴基斯坦独立前后所做的工作。

拉合尔在巴基斯坦独立过程中的地位非常重要。1940年3月，穆斯林联盟在拉合尔会议上通过了关于建立巴基斯坦的决议，确立印度穆斯林单独建国的政治目标。1947年，印巴分治。图片展的主题很明确：巴基斯坦独立运动历经磨难，巴基斯坦人终于摆脱了英国的殖民统治，也摆脱了印度人的压迫，最终的独立是历史的选择。

沙·贾汗的审美

2月25日早晨，我们打车来到夏利玛尔花园。夏利玛尔花园与拉合尔古堡一起被选入世界文化遗产，它离寝宫拉合尔古堡大约5公里，是沙·贾汗下令建造的皇家花园。

花园占地20万平方米，四周有高墙围绕，园内有三座带有阶梯的平台。这里既是王室的娱乐场所，也是皇帝及其随从前往拉合尔时居住的行宫，因此在花园里用大理石和红砂岩修建了一些亭台和避暑住所。林荫小路和用瀑布、400多个喷泉装点的大道纵横交错，布局和谐，每到喷泉喷放时，更是美丽如画。夏利玛尔花园体现了古老的对称美，我觉得喜欢对称美的中国人会感觉比较舒适。时光将莫卧尔帝国的繁华撕裂成衰败与凋零，花园里的池水日日诉说着"悲凉之雾，遍被华林"。

如今，皇家花园回归民间，少了些许尊贵，却增添了许多生机。草地上的大树下皆有座椅，人们三五成群，在草地上休憩聊天；小朋友在草地上打闹嬉戏，怡然自得。我们还见到一群男高中生，他们来这里游玩，还引吭高歌，嗓音浑厚，游人为之侧目。

1 夏利玛尔花园（一）
2 夏利玛尔花园（二）

第 4 站 拉合尔：莫卧儿帝国的荣耀

1 夏利玛尔花园中，游人在长凳休息
2 夏利玛尔花园的看门警察

确定下一站

从夏利玛尔花园出来时间尚早，按照计划，我们要去火车站一趟，到了我们南下卡拉奇的时候了。

在拉合尔和卡拉奇之间，有个地方我很想去，那就是世界文化遗产、古印度文明的发祥地摩亨佐·达罗。20世纪初，梁启超定义了"四大文明古国"，其中古印度说的就是印度河文明。印度河文明由数百个城邦组成，其中最大的城邦是摩亨佐·达罗。很多人会误解，以为古印度文明在印度境内，其实在梁启超生活的时代，世界上还没有巴基斯坦这个国家呢。

还有一个理由促使我选择摩亨佐·达罗，就是我们订机票的时候，以为少买一程飞卡拉奇的机票会比较划算，等交了钱后才发现，缺口机票价格更高，而当我再想改签又被要求交更多的手续费。所以我当时想，既然这一程要选择陆路，那就应该停下来看一看信德省中部地区，而摩亨佐·达罗是最佳选择。

然而去摩亨佐·达罗的攻略并不多。大部分人是从卡拉奇包车过去的，从卡拉奇到摩亨佐·达罗大约要行车500多公里，而像我们这样打算坐火车前往的几乎没有，我们甚至不知道在哪一站下车会离摩亨佐·达罗近一些。

到了火车站，我先在买票窗口排队，然后被请进大厅，一位经验丰富的大叔热情地给我们出主意。

原来，离摩亨佐·达罗比较近的有两个火车站，一个是罗赫里，一个是拉尔卡纳；去罗赫里有直达火车，去拉尔卡纳则需要转乘。大叔推荐说，你们在罗赫里下车，然后包车去会省事。我们如获至宝，立即订了去罗赫里的票，但是2月26日的火车没有合适的铺位，我们索性晚走一天，27日晚上出发。两个人的火车票一共11000卢比（550元人民币）。

接着就是后勤工作。我和民宿经理瓦西姆商量好，再多付一天房费，然后再次规划了在拉合尔多余一天的行程。我又给同学穆凯什打电话，请他帮忙在罗赫里找个住处，因为我们计划只在罗赫里停留24小时，而爱彼迎在罗赫里没有房间挂出。

穆凯什能力很强，他首先找到当地的摄像师乌萨马。乌萨马熟悉情况，他帮我们找到了旅馆，又帮我们雇到了车。没想到，穆凯什还帮我们找到警察，说要为我们全程护送。其他我都很感激，但我们不愿意让警察全程护送，我们更愿意不受束缚地接地气地行走。

穆凯什问我："好吧，你不需要警察保护，对吗？"

"是的。"

"那好，警察也不同意你们去他们那里。"

"为什么？"

"这是人家的规定。外国人要全程护送，人家是为了你们的安全。"

听到穆凯什这么肯定和严肃，我也只好同意了。我逐渐接受了李英武的观点，看事情要看主要方面，摩亨佐·达罗是我们的主要目的，其他都可以妥协。当时我们还不知道，从罗赫里到摩亨佐·达罗要经过三个行政区，竟然会有两拨警察在中途换防。

175

城中净土

买完票,时间已经过了下午 1 点,我们在谷歌上找到市中心有一个叫欢乐天地(Joyland)的购物区,于是想去那里吃午饭,并到超市买些生活必需品。我们事先不知道,这个地方居然在军队大院里。

拉合尔市中心有一个巨大的军队大院,每次穿城都会穿过这个大院,所以每次都会被士兵拦下登记护照,且要耽搁 10 分钟。这次我们要进入大院里,更需要登记护照,但进了大院还真是不后悔。

与外面尘土飞扬相比,这里的土地都被草地和石砖覆盖,可以说是一尘不染。大院里不仅有家乐福和精品餐厅,还有儿童游乐园、广场和马球会。

我们进了一家名为 Nando's 的餐厅,点了炸辣椒和烤鸡,这些简单的食品要 1600 卢比(80 元人民币),可见这里属于高消费区。我们慢慢吃,同时观察周围的顾客。有一桌学生模样的顾客,三男三女,令我们惊讶的是,三个女生竟然都不戴头巾。我知道,女生戴不戴头巾要由家里的男人决定,一般家庭,女孩到了 10 岁就要戴头巾了。在这里我看到,年轻人穿着时尚,和西方青少年没什么区别。我想,也许这里的家庭更西化吧。

在军队大院宽阔的草坪上,在高耸的国旗杆下,我看到退役的潜艇、坦克、飞机等。听说,巴基斯坦的军队势力很强大,军人受到社会的尊重。与此同时,我也感受到军队的力量。我们在伊斯兰堡、拉合尔和卡拉奇住的都是军队开发的中高档商品房小区 DHA,一期

第 4 站　拉合尔：莫卧儿帝国的荣耀

1　在军队大院的草坪上，人们在聊天
2　在军队大院的草坪上，居民们度过休闲的下午时光

DHA 占地数十万平方米，还有二期、三期甚至到八期。我很纳闷，巴基斯坦土地私有，真不知军队是如何征得大片土地并进行开发的。

坐火车南下

2月27日，到了我们离开拉合尔的时刻了。

今天形势紧张：巴基斯坦与印度发生空战，巴基斯坦政府宣布，所有商用航班停飞。我们暗自庆幸，因为我们早早就决定坐火车去信德省，否则航班取消再想办法就太被动了。

我们关注着当地的紧张局势，这是我们从来没有经历过的事情。我们担心局势会不断恶化，而民宿经理瓦西姆一脸轻松地说，印巴冲突是常态，别看现在剑拔弩张，但很快会平息，他请我们不必紧张。

我们却将信将疑。从脸书上看到，巴基斯坦空军正在展示中国枭龙战机，说该型号战机对战印度战机已2∶0领先，并放话："进入巴基斯坦领空是你的选择，把你打下来是我们的责任！"

我和李英武都发了朋友圈，国内的朋友很关心我们，有的建议说赶紧回国，别把命搭进去。我和李英武却想，火车现在南下，而我们更应该北上到冲突的核心地带——克什米尔地区。这当然只是一种愿望，毕竟我们既定的行程要继续，火车票、住宿都已经安排妥当。我们也无从预知，克什米尔简直就是一个火药桶，因为5个月后的8月，印度总理莫迪宣布收回印控克什米尔的自治权，巴基斯坦则声援生活

第 4 站　拉合尔：莫卧儿帝国的荣耀

在印控克什米尔地区的民众，印巴冲突再起。此处不再细说，继续我们的行程。一切准备妥当，下午 5 点 30 分我们离开 DHA 五区，奔赴火车站。

到了火车站还有一段哭笑不得的经历。在进站口，有一个高大壮汉一直缠着我们，开始也不知他要干什么，以为是坏人，我们就拉着行李在前面跑，他竟然在后面追。后来我们才知道，他要帮我们顶行李，因为到候车室的路程虽然不长，却要跨过一座人行天桥，行李不好过。我们发现怎么拒绝都不行，只好随了他。到了候车室，他把行李放下，只跟我们要 100 卢比（5 元人民币）。后来我发现，他们着装相似，都是头上顶着一团毛巾，再顶着客人们的行李。有的搬运工一次顶两个大箱子，看着让人不禁心生怜悯。

候车室没有贵宾室，不同等级车票的人都在一起。李英武看还有时间，就出去拍照了，我一个人也有些奇遇。有位大胡子长者看到我就跟我握手，还说了一句我没听懂的话。他重复说"Please be our guest"（请做我们的贵宾），原来他想请我喝奶茶。我很感激，但毕竟互不认识，我只把它当成客套。后来我得知，巴基斯坦人说到做到，即使有一点客套成分；但如果你认真了，他们也会认真做主人，请你喝杯茶。

该到上火车的时候了。火车慢慢开过来，我们这才发现，这里的火车也就是中国火车三分之二的高度。进车厢一看，竟然类似中国的三层卧铺，每层高度大约只有 50 厘米，只能平躺，抬头就会碰到上一层，没想到这就是票价最高的商务车厢的条件。

179

是的，我们去了巴基斯坦

1　拉合尔火车站
2　拉合尔火车站的搬运工（一）
3　拉合尔火车站的搬运工（二）

总的来说，坐火车好坏参半。不好的方面是，我不清楚自己能否将就睡下；好的方面是，和车上的巴基斯坦人聊得很尽兴。之所以特意选择坐火车，就是因为我们希望在漫长的旅途和狭小的空间里能与当地人充分交流。

在我们这个隔间，除了我和李英武，其他4位都是巴基斯坦人，开始他们还有些拘谨，好奇火车上怎么会出现两个中国人。我们自我介绍后，他们也纷纷开始讲述自己的来历。这4位乘客分别是：一位儿科医生，本来要飞到卡拉奇附近的城市海德拉巴，但当天所有飞机停飞，只好转乘火车；一对父子，要到卡拉奇转乘大巴到瓜达尔港，他们计划投资1000万卢比（50万元人民币）在那里买地建垃圾处理厂；一位大学应届毕业生，他成功申请到中国政府奖学金，2019年9月要到上海交通大学攻读MBA。聊天还发现，他们都跟中国有或多或少的关联。

8点40分，火车启动。火车开得很慢，有的列车员甚至就让车门大敞着，即使有人不慎掉下去，似乎也没什么危险。

开了4个小时，火车经停离拉合尔300公里的哈内瓦尔站。我下去透了透气，车站工作人员主动和我聊天，没聊几句话他就问我："你怎么看今天的印巴冲突？"今天已经很多人问我这个问题了。邻铺的30岁小伙子说："这是今天最大的事件，我们都愿意谈论，因为大家观点相似，容易达成共识，其他话题就不好说了。"

当时我发朋友圈感慨道：

没有统一思想、统一认识和统一步调，巴基斯坦人连找个共同话题都犯难。

到了凌晨1点，怎么也该睡觉了，但我还是要吐槽这个商务车厢，尤其是下铺。中铺床板放下来后，我只能钻进去，还不能抬头。看李英武已经睡着，我只好先去门外的小座上看书熬夜，待了两三个小时之后，终于有些困意了，才拉门进去。隔间里的5个人都熟睡着，我也躺下，可又发现空调开得太冷，而我们还没赶上昨晚列车员发毛毯。我把衣服都裹上，慢慢才睡着，直到被冻醒。我看了下手机，睡了一个多小时，比我想象的好很多。

我再拉门出去，这时天渐渐亮了，太阳升起，照得整个车厢一片橙红色。很快就要到达罗赫里了，我们的征程继续。

火车上的乘客

张峰　巴基斯坦『淘金者』

是的，我们去了巴基斯坦

2月21日，刚到拉合尔DHA五区（我们住的地方）时，我和李英武决定去旁边的小超市买一些食物和水。在这家当地人光顾的小超市里，我竟然见到一个中国人。我们打量对方，他忍不住先开口："是中国人吧？"

他叫张峰，陕西人，来巴基斯坦十几天了。他是国内大学食堂的老板，趁着春节假期，他来到巴基斯坦，看看能找到什么商机。他就住在附近，于是邀请我去他住的地方坐坐。

一路上，我看到很多国家级大型项目已经开始或完成了建设。除了在白沙瓦，阿弗雷迪的堂弟木扎西德·阿弗雷迪去中国采购过手机零部件，我很少见到两国民间自发的商务往来。我们所遇到的中国人大多在国企工作，独自来巴基斯坦闯荡的，张峰是我们遇到的第一个。后来我发现，他也是唯一一个我们采访的在巴基斯坦的中国个体户。

第二天一早，我们走路就到了张峰住的地方。这也是一幢独栋别墅，屋内没有什么装修，目前只有他和另外一个在当地卖机顶盒的中国人住。他们各选一间带卫生间的卧室，共用客厅和厨房，每人每天付给房东50元人民币。

张峰今年33岁，在国内从事餐饮业。他承包高校的食堂，再分包给档口，目前在西安、宁夏的高校管理着两个食堂。对于管理食堂的生意经，他如数家珍——使用消费卡付账的食堂好管理，钱统一收到收银台；使用现金的食堂，就要和档口商量每个学期承包的费用。现在他有专人管理，因此有时间出来看看。

这是张峰第一次出国。选择巴基斯坦是因为他在高校认识了巴基斯坦的老师和学生，感觉他们很和善。这次来拉合尔，就有一名学生陪着他参观了瓦加口岸和拉合尔博物馆。要不是这两天学生的母亲生病，他还会继续陪着张峰。

来巴基斯坦之前，张峰就知道"巴铁"；在旅游景点，他也感受到这里人们的热情，"年轻人过来和你合影，老年人过来和你握手"。不过，到了大商场就没人要求合影了，估计因为大商场里的人见多识广，中国人也不少。他对巴基斯坦印象不错，只有一点让他不太接受，即景点收费内外有别，比如拉合尔古堡，对内30卢比（1.5元），对外则要500卢比（25元）。

刚到拉合尔，他住进了中国某省驻拉合尔商会，那也是一幢大型独栋别墅，单间包吃住每天150元。商会并非官方背景，主要业务是牵线搭桥，帮助打算投资、建厂、做贸易的中国人，自己收些手续费。

在商会，他听到在巴基斯坦有很多机会，比如，投资建造制作冰激凌机器的工厂，投资电影院、网吧。后者的投资规模会更大，但商会老板启发他，希望他把思路打开。张峰说："我老算自己的账，比如我有10万元，就做10万元的生意；而商会老板说，有10万元就该做

1000 万元的生意。可以用 10 万元搞资源，然后制作项目书，找投资，做起上千万元的生意。"

我问他，是否觉得商会老板在有意误导他。张峰说，做生意这么多年，真话假话容易分辨，他感觉中国人在这里还是赚钱的，但不一定发大财。

对　话

问_你刚到巴基斯坦时是什么感受？
张峰_刚下飞机，尤其是住进了商会别墅的时候特别紧张，因为我看到保安都荷枪实弹。刚来的头两天，我都没有出别墅大门。后来我的巴基斯坦朋友带着我去参观，看到了当地人的平静生活，心情才慢慢放松下来。我来巴基斯坦之前想过安全问题，现在住了些日子，觉得这里安全情况还好。

问_为什么要来巴基斯坦？
张峰_巴基斯坦有朋友，想着年前过来玩，却没有合适的机票，最后订到了初九（2 月 13 日）的机票。我从西安飞拉合尔，经停乌鲁木齐，单程票价 2000 多元。本来目的就是出来玩，但到了这里，听商会老板说，既然来了，就该考察考察，考察好了，也许是商机。所以我也打算考察一下，看看机会。

问_你看到什么商机了吗？

张峰_朋友告诉我，巴基斯坦的很多领域是空白的，很多项目可以做。我对一个小项目比较感兴趣。这里夏天比较长，长达七八个月，我觉得冰激凌会受欢迎。我想如果利用国内现成的生产冰激凌机器的技术，在巴基斯坦开生产冰激凌机器的工厂，会不会是一个好主意？我打算好好考察一下，看看批发零售冰激凌和制作冰激凌的情况。现在我还没有开始自己跑，因为语言不通，我打算找一个翻译，一起去跑一跑。行就行，不行就算了。

问_这个生产冰激凌机器的工厂，需要多少投资？怎么考虑风险？

张峰_这是小规模的，投资大约30万元。30万元，我能拿得出来，即使打水漂全没了，也可以接受。如果真要投资，我就要在巴基斯坦住下了。我看到我常去的那家中餐馆的老板老板娘干了三四年了，干得挺好，也没想回去。

问_如果你打算投资，是不是要雇用当地人？

张峰_如果投资，肯定要雇人。不过感觉当地人时间观念和我们不一样，比如中餐馆雇的当地人，说不来就不来了，老板只能记考勤，到发工资的时候扣钱。所以将来如果雇人，还真没想好如何管理。

问_你觉得中国人比较守时？

张峰_我自己比较守时。比如，我说今天等你，就一定会等。我们做餐饮的都比较守时，如果没有时间观念，该放冰箱里的菜不放进去，马上就坏掉了。没有时间观念的人做不成餐饮。我交朋友就看对方是不是守时，如果连时间都不在乎，那他可能也不在乎别的事情。所以遇到不守时的人，我是不会深交的。

瓦西姆

民宿别墅经理

在拉合尔，我们继续我们的小项目——采访爱彼迎民宿房东。但拉合尔的情况有点特殊。

我们住的别墅位于拉合尔富人区。据说，两年前，房子的主人购买这套别墅，本来想自己住，装修和家具用的都是最好的，但后来他搬到国外，就把房子租给了沙米尔·汗——我在爱彼迎遇到的二房东。沙米尔·汗在拉合尔 DHA 富人区承租了至少三套别墅，他将别墅分割成一居室和两居室，请了酒店经理瓦西姆·古泽尔来打理，而他本人生活在伊斯兰堡。瓦西姆经验丰富，他曾在老挝一家酒店担任总经理。

2 月 26 日晚，我们采访了瓦西姆。瓦西姆今年 34 岁，老家在伊斯兰堡，在拉合尔工作生活了四五年。对拉合尔他很有感情，他觉得拉合尔不仅是旁遮普省的心脏，更是巴基斯坦的心脏。他还觉得，拉合尔人很重感情，都说大城市人情淡漠，但老社区的邻居仍保持着紧密的情感联系。拉合尔还是一个多元的城市，既有老城、窄街道、斜阳和小贩的沿街叫卖声，也有 DHA 这样的高端别墅区。他喜欢徜徉在古老的窄街道里，观察街道两边市民的生活，了解世间百态。

我们的话题围绕"家与亲情"展开。对于家，他说，家不仅是一个物理概念，更代表着亲情。他还说，巴基斯坦人家庭的规模越来越小：越来越多的人从大家庭中走出来，经营起自己的小家。

谈到亲情，瓦西姆说，每次回家都会见到很多亲戚，大家都很热情，都希望和他见面聊天。但同时，如果哪家亲戚没走到，又会被挑理，因此最简单的方法是不在脸书上发回家的消息，悄悄回家，悄悄地走。不然休假回去一次，几十名亲戚接机，然后亲戚家全走一遍，也到该走的时候了。

对于中国，他说，巴中之间有着牢固的友谊，现在有了中巴经济走廊，人们交往更多。他看到，中国品牌手机的价格不到国际品牌的1/4，而且质量也不输于后者。他觉得，中国商品让生活更容易了。

对　话

问_对于旅游者来说，拉合尔最好的季节是什么时候？
瓦西姆_从9月到第二年1月，拉合尔的气温非常舒适，2月开始就会比较热了。

问_在拉合尔，你白天和晚间分别有什么娱乐活动？
瓦西姆_白天，我喜欢去清真寺，巴德夏希清真寺，那里会让我感到内心安静。晚上，我们会去阿纳克利（Anarkali），这是一个很古老的市场，晚间有茶馆，我喜欢和朋友一起喝茶聊天，互相开些玩笑，这是我们最喜欢的消遣方式。

问_ 请给我们推荐在拉合尔的一个美丽的地方。
瓦西姆_ 这是很难回答的一个问题,因为拉合尔有太多好地方了。我觉得有个地方,游客可以感受到拉合尔人的激情,那就是瓦加口岸,现场氛围就像看一场足球比赛。

问_ 请推荐一道菜。
瓦西姆_ 拉合尔人喜欢吃,他们因为爱吃而闻名全国。巴基斯坦人有句谚语,说人分两种,一种是吃是为了活,另一种是活着为了吃,拉合尔人认为自己属于后者,而且对此很自豪。所以你在拉合尔可以找到多种多样的美食,有辣的,也有不辣的。拉合尔的食物不仅美味,而且还很便宜,即使窘困到身上只有 1 美元,也能体面地吃上一顿。推荐一道菜的话,我推荐"辣味锅子羊肉"(spicy lamb karahi),这道菜是浓汤炖肉,撕下一小块馕,包一块羊肉,放入嘴中,简直是人间美味。

问_ 请推荐拉合尔最好的购物场所。
瓦西姆_ 如果想买一些传统而且价格便宜的东西,我还是推荐阿纳克利市场,那里不仅有实惠的美食,还是绝佳的购物场所。那里的服装、首饰、手工艺品都很有当地特色。

问_ 请你说说这栋房子的特别之处?
瓦西姆_ 这栋房子的主人本来是自己和家人居住的,所以每一件家具、每一个挂件都是房主精挑细选的。这就是选择民宿的魅力——你不会感觉住在房间布置得千篇一律的旅馆里，在这里你会有家的感觉。两年前当主人建好这栋房子后，又不得不出国定居，因此就把房子委托给了我们。

问_ "家"对你意味着什么？
瓦西姆_ 家是亲情。我们生活在一个屋檐下，彼此有深厚的感情。现在，姐姐搬到加拿大生活，但我们每天都会联系，真的是每天。她会问我在哪里，晚上吃的什么，非常关心我。与亲人的至深情感是我们文化的重要部分。

问_ 你所定义的"家"应该是个大家庭还是小家庭？
瓦西姆_ 大家庭的观念比较老了。在城市里，很多都是小家庭。以前的传统是，女孩子出嫁，就要离开自己的娘家，与婆家生活在一起。现在生活条件提高，年轻夫妇从结婚那天起就开始独立生活，当然这种变化也是最近这些年才出现的。

问_ 拉合尔有哪些重要节假日？人们如何度过？
瓦西姆_ 每年最大的节日是开斋节。到了开斋节，人们会穿新衣服，烹饪甜品，家人们会从各地赶回来，尽情庆祝三天。值得一提的是，开斋节前，我们通常会斋戒一个月（斋月）。这一个月，我们要体会穷苦人的生活，想象自己没有钱果腹该怎么办；如果自己有余力，是不是该帮助别人。

问_ 家庭聚会时，男女用分开吗？
瓦西姆_ 这因所在地区和所在家庭而异。以我的家庭来说，如果是至亲，我们是不用分开的；如果聚会包括远亲，我们会分开。

不得不说，人们有些过于重视亲情关系了。有一次我母亲患病，我必须从老挝赶回来，但我是悄悄回来的，没有在脸书上发任何信息。不然的话，我会有几十个亲戚到机场来接机，我的行程会被占满。

问_ 在当地，邻里之间怎么相处？
瓦西姆_ 这也要分情况。这里是富人区，家家住别墅，有钱人没时间串门，如果在街上碰到，仅仅行点头礼。当然，他们的仆人整天在这个社区，彼此更熟悉。

如果是在乡下或者老城，人们在一起生活了几十年，关系会比亲戚都亲。比如说做饭时突然发现土豆、洋葱或者烹调油用完了，你去邻居家，甚至都不用敲门，直接和邻居提出要求，邻居肯定会满足你。

问_ 当地人如何招待朋友来访？
瓦西姆_ 我们首先会准备饮料。如果天冷，我们会准备茶，比如绿茶、奶茶；如果是夏天，我们会准备放冰块的鲜榨果蔬汁。如果说好下午两点来，我们会为客人准备一顿丰盛的午餐（巴基斯坦人用午餐的时间通常是下午两点）。

第 5 站

苏库尔

24小时寻古

سکھر

除了报道"一带一路",此行我们还计划考察巴基斯坦的历史,其中古印度文明、贵霜帝国、莫卧儿帝国和英属印度帝国几段极具代表性的历史时期是我们的考察重点。因此这一站我们必须去古印度文明的发祥地——摩亨佐·达罗。

我们计划在信德省中部的摩亨佐·达罗及附近城市苏库尔停留24小时,再坐同一次火车继续南下到卡拉奇。时间虽然短,但苏库尔却给我们留下了深刻印象。

遇到警察

2月28日早晨7点,我们在罗赫里下车。GEO电视台摄像师乌萨马和一名持枪警察已经在站台上等我们了。乌萨马特别细心,提前半小时就给我打电话,生怕我们睡过站。火车站外,他们雇的出租车也备好了。

乌萨马介绍,罗赫里紧邻另外一座城市苏库尔,两座城市被印度河分隔。他还介绍,我们所在的信德省的"信德",也是印度的意思,只是拼写和发音有些改变。

第5站 苏库尔：24小时寻古

苏库尔人口接近200万。到苏库尔的旅馆大约用了半小时，在车上，司机正为我们播放宝莱坞歌曲。乌萨马告诉我，大家都喜欢宝莱坞的歌舞，尽管现在印巴冲突正如火如荼。

到了旅馆，我们抓紧时间吃了点早饭，然后趁着李英武给乌萨马拍照的工夫，我到楼下去换钱。正在这时，我看到一位穿着正式、头发梳得齐整的中年男子站在柜台前，他手里竟然拿着我和李英武的护照复印件。

我的确把护照给过旅馆前台登记，但这家小旅馆没有复印机，想必这些复印件来自我之前传给穆凯什的电子文件，这位男子该是事先把文件打印了出来。当时穆凯什说，当地警察要我们的身份文件，要我传过去。我不能确定这位男子的身份，但很显然，他对我们很感兴趣。

他看到我也是一愣，就跟我寒暄起来。首先问我们从哪里来，他手里有我们的护照复印件，这显然是明知故问。鉴于在阿伯塔巴德的遭遇，再加上我们本来就是光明正大来采访的，不用遮遮掩掩，因此我索性给了他更多信息——我们来自北京，是记者，在这里做中巴经济走廊的采访，同时希望了解巴基斯坦的历史和文化，因此来参观摩亨佐·达罗。我手机里正好存着我们刚出版的"一带一路"探访巴基斯坦系列报道的电子刊样，我也指给他看。看来他对我的回答很满意。

我趁机问他是做什么的，他却支支吾吾，感觉是他不知道怎么告诉我。站在柜台内的店员笑着说，这是我们的警察队长。果不其然！

我立即对他们的保护表示感谢，但同时我说，我们在很多地方采访都不愿惊动警察。他笑着说："我们这里有些不安全，曾经出现过针对中国人的袭击，因此我们有必要派出警力保护你们。"这时他想结束谈话，我赶紧问他，是否可以拍个自拍，他犹豫了一下就同意了。

现在，我拿着手机里的这张照片回想当时的场景，还是猜不透他的目的——警察在旁边，到底是保护我们还是监视我们。我们在阿伯塔巴德曾被怀疑过是间谍，让我们百口难辩。苏库尔地方不大，外国人来访不多，是不是又被怀疑了？但我们心里坦荡，也明确表达了来访目的，不管他们是什么目的，我该做什么就做什么好了。

等了一会儿，穆凯什的两位朋友来了。穆凯什说，乌萨马还要去采访，Dunya新闻电视苏库尔记者站的站长阿卡·利兹维和GEO电视台在苏库尔的数字网络技术经理瓦希德来陪我们一整天。由于正值印巴冲突，乌萨马这几天都很忙，他要去跟拍民众示威现场，还要去拍摄军官检阅学生兵。他说，晚上他就有空了，我们再见面。他还说，苏库尔记者俱乐部的领导知道我们来，准备款待我们。

我怕给人家添麻烦，便问道："是不是太隆重了？感觉打搅别人了。"乌萨马说："完全没有，晚上会很放松。"

阿卡和瓦希德带着我们上了一辆面包车，持枪警察坐在司机旁边，我和李英武坐在中间，阿卡和瓦希德坐在后排。我估计在车上时间会很长，就在加油站的商店买了不少零食和水，防备中午找不到干净的地方吃饭。

也许是因为刚才与警察不期而遇，阿卡给我的第一印象也像个警

第 5 站 苏库尔：24 小时寻古

1 苏库尔的警察
2 GEO 电视台摄像师乌萨马

199

察——身穿西服，脚蹬皮鞋，说话带着官腔。我特意跟他说了我在旅馆偶遇警察的事情，还把照片给他看，他的口径和警察一样，说是这里不太安全，外国人需要警察护卫。他说，前几年还发生过外国人遇袭的事情，毕竟这里离奎达（俾路支省首府）很近。我当时从以上这些信息判断，和他交往还需谨慎些，不过事后在记者俱乐部的活动证明我多虑了。

布托家族故里

阿卡告诉我，从苏库尔到摩亨佐·达罗大约要行驶三个小时，这意味着我们有的是时间聊天。我看到路边有很多巨幅海报，海报上贝·布托（全名贝娜齐尔·布托）和儿子比拉瓦尔·布托·扎尔达里的肖像照最显著，于是我们在车上就从布托家族和人民党聊起来。

贝·布托的父亲阿里·布托在 1967 年建立了人民党，50 多年来，人民党在巴基斯坦政坛上发挥了巨大作用，目前仍是该国最大的政党。布托家族在人民党作用显著，阿里·布托之后，贝·布托本人和丈夫扎尔达里都担任过人民党主席，31 岁的比拉瓦尔是现任人民党主席。

30 多年来，巴基斯坦的政权除了曾被穆沙拉夫控制过，一直都在人民党的布托家族和穆斯林联盟的谢里夫家族之间传递。直到 2018 年，以伊姆兰·汗和支持他的正义运动党为代表的第三支力量杀入政坛。目前，人民党是在野党，而在信德省，人民党保持着绝对影响力。

说到贝·布托，我想起看过的一部 NHK（日本放送协会）制作的纪录片，记录了2007年贝·布托遇刺前后的巴基斯坦政局，印象最深的是信德省民众在贝·布托的墓前悲伤追悼。

这时阿卡告诉我，贝·布托的墓就在附近，开车一个小时，也不算绕远。就这样，我们临时决定去布托家族墓园。

布托家族墓园大约有一个足球场的面积，四面白墙围出一个大广场，高大拱顶建筑里就是布托家族墓地。墓地正中的巨大石棺是贝·布托的父亲阿里·布托的墓。左手边是阿里·布托妻子的墓，右手边便是贝·布托的墓了。贝·布托的石棺上面不仅盖着毯子，还撒上了花瓣。在不远处还有两个石棺，是贝·布托两个兄弟的墓。

布托家族是信德省的名门望族，更是著名的政治家族，然而血腥的政治也让这个家族付出了惨痛代价。1973年，阿里·布托成为第一位民选总理，1977年却被军事政变推翻，后于1979年被施以绞刑。阿里·布托的长女贝·布托本来先后在哈佛大学、牛津大学就读，1979年回国后开始长达5年的软禁生活。1988年，35岁的贝·布托当选总理，她一共两次当选，又两次被总统解职。贝·布托的两个兄弟一个在20世纪80年代死于毒杀，一个在90年代被刺杀。贝·布托本人也屡次成为袭击目标，虽之前都侥幸逃脱，但还是在2007年12月被刺杀身亡。贝·布托遇刺事件在当地人中议论纷纷，有人甚至猜测是她的丈夫扎尔达里干的。但证据表明，贝·布托的死与塔利班有关，当时，塔利班试图破坏巴基斯坦大选。当然，时任总统穆沙拉夫也逃不了安保不力的责任。

当地人觉得，布托家族为国家做出很多牺牲，因此布托家族墓园

是的，我们去了巴基斯坦

1　贝·布托墓冢
2　布托家族墓地

成为当地人心中的圣地，每天都有很多人前来祭奠。我们就遇到一群女学生，她们围着贝·布托的石棺祈祷，不时抚摸石棺。据说，当地每年都会举办大规模的悼念活动。

薪火相传，时年19岁的比拉瓦尔·布托·扎尔达里继承母亲的衣钵，与父亲扎尔达里一起成为人民党的联合主席，至今，比拉瓦尔仍然是人民党主席。

1988年，来自巴基斯坦建筑业富豪家族的扎尔达里与贝·布托协议结婚。2007年贝·布托遇刺后，扎尔达里继承妻子的政治遗产，于第二年以2/3的优势选票当选巴基斯坦总统。不过，扎尔达里的口碑欠佳，他有个"10%先生"的诨号——经他手的交易都要被收取10%的佣金。我向阿卡求证，阿卡说："是的，很多媒体这样报道，他也因为贪腐被起诉、被调查。"

我问："如果丈夫这么贪婪，妻子贝·布托的名声也会受影响吧？"阿卡辩称："不会的，扎尔达里来自扎尔达里家族，他不属于布托家族。布托家族的人没有贪腐。"

我不清楚其中的逻辑，但我想当地人可能是避尊者讳吧。

摩亨佐·达罗

汽车又开了两个小时，我们终于到达摩亨佐·达罗。阿卡觉得有点累了，就提议先去贵宾室休息一下。我们走进贵宾室，坐在大沙发上，一会儿工夫，仆人就端上了热腾腾的奶茶，我们边喝茶边聊天。

喝奶茶既提神又放松，我渐渐喜欢上了这一纯正的巴基斯坦人的生活方式。

慢悠悠地到了下午两点，我们才正式开始参观。博物馆按照历史发展顺序布展。最早的人类遗迹距今50万年。5500年前，一些画着动物图案的陶器制品出现，这些陶器与我在西安半坡博物馆看到过同时期的陶器制品相似。接下来，印度河流域逐渐出现了金属制品，包括武器和农具。然后，小麦也出现了，这标志着印度河文明从游牧时代转向农耕时代。

摩亨佐·达罗的繁荣期从4500年前开始，当时的埃及人已经建造了世界上最大的胡夫金字塔，苏美尔人进行了人类历史上第一次政治改革，中国的祖先也逐渐从神话时代进入农耕时代，而在摩亨佐·达罗，古印度人已经建起了拥有大约4万人口的大城市。城市中，不仅有王宫和民居，还有浴室、学校、粮仓、会客厅等公共场所，深井和排水系统也相当发达。

摩亨佐·达罗的古印度人掌握了农业技术、制陶技术和冶炼技术，他们能制作农具、武器、铜镜、象牙梳子、首饰和玩具。玩具里不仅有陶土捏制的小动物玩偶，还包括色子和类似今日国际象棋的游戏。他们不仅有自己的文字，还掌握了十进制计数法。

博物馆还展出了在摩亨佐·达罗发现的许多来自南亚次大陆其他地方乃至西亚两河流域的出土之物，说明了当时广泛的商业联系。如许多宝石来自伊朗、阿富汗和我国西藏，制造首饰的黄金来自德干高原，作为装饰和镶嵌的介壳大多来自印度沿海和波斯湾。这些都要经过长途运输，要有相当成熟的商业贸易系统。

公元前18世纪，摩亨佐·达罗突然被毁灭了。至于原因，有人说遇到了核爆炸，有人说他们被雅利安人屠杀。一些证据表明，他们遇到了史上罕见的洪水。巧合的是，《圣经》里的"挪亚方舟"、美索不达米亚的文字记录和中国的"大禹治水"传说，都记载了一次超级大洪水，只是结果各异。

在众多文物中，最著名的是摩亨佐·达罗出土的一件男子胸像，它18厘米高，可能是国王兼祭司的塑像。这位国王兼祭司身上的衣着，显示了3000年前印度河流域已经有了纺织和花版印染技术。印染图案现在被称作信德艾吉拉格，用雕版方式来印染棉布和披肩的传统至今犹存。

人类学家把宗教看作社会组织的主体。这个社会是由国王兼祭司借助他们与宗教仪式、诸神的结合进行治理的，摩亨佐·达罗可能是独立国家的都城或城邦联盟的中心，但这只是一种推断和猜测。

人类进入文明时代的一个重要标志就是文字的发明。我国古代有甲骨文，两河流域有泥板楔形文字，古埃及有写在莎草纸上的象形文字，而古印度河流域的文字却刻在印章上。巴基斯坦各地发掘的印章共达2000多枚。这些印章大多是用皂石刻制，也有一些使用黏土、象牙和铜。印章的大小不等，通常使用的是2.3厘米的。印章一般为方形，所以也叫方印。印章上有许多形象生动的凹刻，有的刻画一些神怪动物，有的刻画狩猎、航行和娱乐的情景以及宗教神话等。印章上面通常也有用早期文字刻写的简短铭文，如同护身符上的字符一样。

目前已发现 600 多个文字。虽然有许多人试图解读这些文字，但目前仍然未能破译。

摩亨佐·达罗是如何发现的呢？ 1922 年，印度考古学家在摩亨佐·达罗发掘佛塔时，意外地发现了刻有动物形象和文字的印章。随着考古的进一步深入，人们在这里发掘出一座古城的遗址，其历史至少可以追溯到公元前 2500 年。同年，在距摩亨佐·达罗 600 余公里的哈拉帕又发掘出一座与摩亨佐·达罗同时代的古城遗址。但这并没有结束，迄今为止，属于这一文化的遗址被发现的已多达 200 余处。这些遗址分布范围北起喜马拉雅山麓，南至纳巴达河，西至伊朗莫克兰海岸，东达恒河盆地。

死亡之丘

从博物馆出来，我们步行走到摩亨佐·达罗遗址。虽然此时是 2 月，但遗址上没有树荫遮挡，太阳直晒到身上，似有烧灼感。难怪在信德方言中，摩亨佐·达罗的意思就是"死亡之丘"。

我们首先登上佛塔山。当年考古学家就是在这里发现了一些奇怪的符号，因而发现了摩亨佐·达罗。从佛塔山四望，即是摩亨佐·达罗这座城池。

经过多年挖掘，这座城池已经完整展现在世人面前。该城面积约为 2.5 平方公里，估计当年人口为三四万。城市布局为两部分：西面稍高的卫城和东面较广而低的下城。卫城建造在一座最高 12 米的人造

第 5 站　苏库尔：24 小时寻古

1　摩亨佐·达罗遗址
2　摩亨佐·达罗遗址的列柱厅

是的，我们去了巴基斯坦

1 砖结构的摩亨佐·达罗遗址
2 遗址附近的小贩（一）
3 遗址附近的小贩（二）

山岗和开阔坡地上，呈长方形，是统治阶层的住地。四周建有防御用的砖城墙和壕沟。建筑材料普遍使用的是在窑内烧成的砖，而古埃及的建筑物是用石头，两河流域用太阳晒干的土坯。

摩亨佐·达罗的大浴池很出名，它位于卫城北半部中央，长12米、宽7米、深2米多，两边都有八级砖梯，周围环绕廊房以及给水和排水设施。此浴池由烧砖砌成，沥青勾缝防渗水，接缝处极其精细严密。这里可能用作公众净身，以履行某种宗教仪式。

卫城南部有座带柱子的大厅（列柱厅），25平方米，厅内有20个石基，排成4行，每行5个，显然是柱基。柱行之间有一些矮凳，感觉这里可能是一个会议厅。

下城分为三部分，分别为富商、市民和手工业者的住所。城内街道纵横交错，建筑物坐落井然有序。住宅通常为多间平房建筑，间或还有二层楼房，楼上是居室，楼下是厨房、储藏室和浴室。

令人难以想象的是，住房地板下都有砖瓦砌筑的排水道，利用陶管导水，并与户外道路的排水管道相连通，使用十分方便。4000年前，就有如此完善的污水处理系统，令人称奇。摩亨佐·达罗的市政布局和设施，表明它是古印度河流域文化成熟期最有代表性的城市。

一路上阿卡和瓦希德都陪着我们，还有一位毛遂自荐的当地向导给我们做讲解。这位向导讲的英文有浓重的口音，大多数我们都没听懂。下午4点，我们给了向导400卢比（20元人民币）小费，然后拖着疲惫的身体又回到了贵宾室。阿卡再次为我们点了奶茶，这时候也只有奶茶能让人重新振作起来。

是的，我们去了巴基斯坦

1　参观摩亨佐·达罗的学生
2　参观摩亨佐·达罗的小学生（一）
3　参观摩亨佐·达罗的小学生（二）

我们就要返回苏库尔了,这时我想请阿卡和瓦希德一起吃饭,阿卡说不用了,苏库尔记者俱乐部已经为我们准备好了晚餐,现在只需要花三个小时的车程赶回去。

记者之夜

回到苏库尔已经晚上8点,我们肚子很饿,身体很疲劳,精神也跟不上,但苏库尔记者俱乐部的领导正在等我们,所以说什么也要打起精神。

记者俱乐部位于苏库尔市中心,俱乐部有一个大院子,苏库尔的记者劳累一天,喜欢到这里休息、放松和交流。阿卡是记者俱乐部的副主席,他首先带我们见到了记者俱乐部的主席拉拉·阿萨德的弟弟、秘书长拉拉·沙巴斯。拉拉个子很高,看起来岁数不大,但地位最高,因为在场的所有记者,包括头发花白的记者,包括副主席阿卡,都以拉拉为中心。显然,拉拉就是这次聚会的东道主。我作为主宾被安排坐在拉拉的旁边,李英武坐在我的旁边。当时我没好意思问拉拉是干什么的,后来穆凯什告诉我,拉拉本人是当地一家媒体的主编,而拉拉的家族是苏库尔的大家族,在当地很受尊敬。

拉拉首先给我们准备了礼物——信德艾吉拉格围巾。这件礼物看似平常,却很珍贵,因为它的基因可以追溯到摩亨佐·达罗时代,之前看到的国王兼祭司雕像身上的围巾正是用雕版印染而成的。

见过拉拉,阿卡带我们参观俱乐部。俱乐部始建于1960年,由时任外交部部长的阿里·布托剪彩。目前,俱乐部正在装修改造,奠基人正是阿里·布托的外孙比拉瓦尔·布托·扎尔达里。现在主楼装修已经进入尾声。

主楼一共三层,包括记者办公室、健身房、棋牌室、食堂、新闻发布厅和大礼堂等。其中,新闻发布厅是苏库尔政府或企业开记者会的地方。与中国不同,这里的记者有时就是在俱乐部坐等新闻上门。大礼堂正在装修中,据说这是苏库尔最新的礼堂,可以举办交响乐会。食堂从早到晚提供饭菜,即便是深夜,记者也可在这里用餐。这么好的设施,一共有200名记者会员有资格享用,而记者每年只需象征性地交200卢比(10元人民币)的会费。

阿卡说,根据联合国文件,记者俱乐部享有外交礼遇,政府、军队、警察都不能擅闯,这是保护新闻自由的具体措施之一。因此,这里会给记者家一般的感觉。这真是一种全新的体验。我当记者快20年了,却从没有进入这样的记者之家,甚至闻所未闻。

参观完记者俱乐部,我们又回到拉拉身边,这时拉拉已经为我们准备了小吃——烤鸡。我们以为是晚餐,因为实在太饿了,几乎一天没正经吃饭,等我们狼吞虎咽吃完之后,又被告知,正式的晚餐还在后面。

工作人员为我们打开投影,最新的宝莱坞歌曲响起来,随着音乐,我们一起唱歌跳舞。他们都很善于跳舞,而我和李英武显然没有天赋,但这不妨碍热闹的气氛,最后宾主尽欢。拉拉很尽兴,他说,我们不必赶第二天一早的火车了,就留在苏库尔,第二天晚上有朋友结婚,

第 5 站　苏库尔：24 小时寻古

苏库尔餐馆一角

是的，我们去了巴基斯坦

1　苏库尔的烧烤摊（一）
2　苏库尔的烧烤摊（二）

我们可以和女士一起跳舞。与女士跳舞，这在中国稀松平常，但在巴基斯坦却有些前卫。这里连下馆子都要男女分离，更不要说一起跳舞了。可我们已经买好了明天去卡拉奇的火车票，于是如实告诉了拉拉。

拉拉说，火车票这点钱算什么，他派专车送我们去卡拉奇，我们是他的客人，在这里多待几天，看看巴基斯坦人是怎么招待客人的。拉拉实在太热情了，我很受感动，但我们也左右为难，看来我必须先答应留下来再见机行事了。听到我答应下来，所有记者都欢呼起来。

夜里12点，终于到晚饭时间了。俱乐部老楼的二层露台已经摆好了长条桌，长条桌上菜品丰盛，我记得椰子咖喱鸡味道不错。当时还奇怪，为什么到了凌晨还叫"吃晚饭"，该叫"吃夜宵"才对，后来穆凯什告诉我，这就是当地人的饮食习惯，凌晨才开饭。

记者俱乐部的这个晚上，令人难忘。

继续南下

聚会到凌晨1点30分结束，乌萨马送我们回旅馆。我和乌萨马交了底：接下来的行程已经安排好，虽然拉拉盛情邀请，我也当众答应了，但我们不得不继续出发，还请谅解。乌萨马表示理解，他说，拉拉也会理解的，无论如何，工作更重要。

回到房间已经接近两点，我这两天一共也就睡了一个多小时，于是简单洗漱后就躺在了床上，再睁眼已经是凌晨5点，我们要去赶7点的火车了。

出租车已经备好，持枪警察也在等着我们，又要出发了。到罗赫里车站正好7点，我们生怕赶不上火车，到了火车站像没头苍蝇一样乱撞。还好，当我们把行李全部抬上车厢后，离开车还有10分钟。

火车开得很慢，这条线也是巴基斯坦的南北主干线。拉合尔到卡拉奇相距1000多公里，但火车竟然要开17个小时，平均时速不到70公里，无法和中国复兴号350公里的时速相比。中巴经济走廊计划中也包括建设高铁，如果建成通车，穿梭两地只需三个小时，那该有多方便。

不过，我怀疑巴基斯坦能否顺利修建这条高铁。高铁需要征用大片土地，而中巴两国国情不同，巴基斯坦土地私有，政府需要跟沿线的土地所有者都谈好征地价格。如果遇到"钉子户"，高铁轨道又不好拐小弯，政府还不能强占土地，这样，政府就需要以阻碍公共建设为由提起诉讼，再等待法院审理和判决，还不知道什么时候可以搞定。有人认为，法治社会效率低下，有人却认为法治能限制政府的权力，保护私有财产。观点分歧对立，见仁见智吧。

这次"两程"一共17个小时的火车之旅收获颇丰。当我们把乘坐火车的经历与中国港控董事长张保中分享时，张保中非常吃惊："你们敢坐火车？真是无知者无畏啊！"他说，火车在巴基斯坦被评估为不安全的交通工具，所以他们公司规定，禁止员工乘坐火车。我们的确不知道坐火车的危险性，不过还是很珍惜这次经历——偶遇，交谈，世界文化遗产，布托的家乡，记者俱乐部的友谊，都因这次火车之旅。

第 5 站　苏库尔：24 小时寻古

早晨 7 点，从罗赫里火车站天桥上俯拍

阿卡·利兹维

土生土长的苏库尔人

41岁的阿卡·利兹维是Dunya新闻电视台驻苏库尔的记者站站长，也是苏库尔记者俱乐部的副主席。2月28日，阿卡一直陪着我们。行程很紧张，我们不仅要参观摩亨佐·达罗，还抽空去了布托家族墓园。当地没有合适的爱彼迎民宿，这次我们住进了旅馆，没有房东可采访，但"城市大使"项目还要进行，正好阿卡出生在苏库尔，可以向我们介绍他的家乡。

对　话

问_苏库尔值得参观的地方是哪里？

阿卡_我觉得在苏库尔地区，最值得参观的是世界文化遗产摩亨佐·达罗，这是有4000多年历史的印度河文明的代表，值得一去。还有就是布托家族墓园，布托家族为人民牺牲，受到人民的尊敬，很多游客都慕名前来参观。

问_苏库尔最好的季节是哪个季节？

阿卡_冬天来我们这里会比较舒适，白天大约10℃左右。如果到了夏天，实话说，这里会非常炎热。

问_ 苏库尔的晚间有什么娱乐项目？
阿卡_ 我认为苏库尔的晚间娱乐正在发展的过程中。公共场所的话，晚上我们会去餐馆喝茶、聊天。在私人场所，每晚都有很多家庭聚会。

问_ 苏库尔的美食你有什么推荐？
阿卡_ 我推荐 Saag，这是一种蔬菜泥，通常是用菠菜或者芥菜制作，上面洒上酸奶酪块，我们用馕裹着吃。全麦馕也是我们这里的特色，很好吃，还健康。

问_ 苏库尔的特产是什么？
阿卡_ 我们的艾吉拉格围巾很有名。这种围巾通过雕版方式印染而成，很有纪念意义。

问_ 如何到达苏库尔？
阿卡_ 从卡拉奇到苏库尔走国道，开车大约需要 7 个小时。目前，中巴经济走廊的一个项目是建设卡拉奇到拉合尔的高速公路，到时来苏库尔可能只需要 4.5 个小时。

从卡拉奇到苏库尔乘火车，大约需要 7.5 个小时。我还听说，中巴经济走廊的一个项目是建设高铁，从瓜达尔港到拉合尔，途经苏库尔，到时从卡拉奇或拉合尔来苏库尔会更方便。

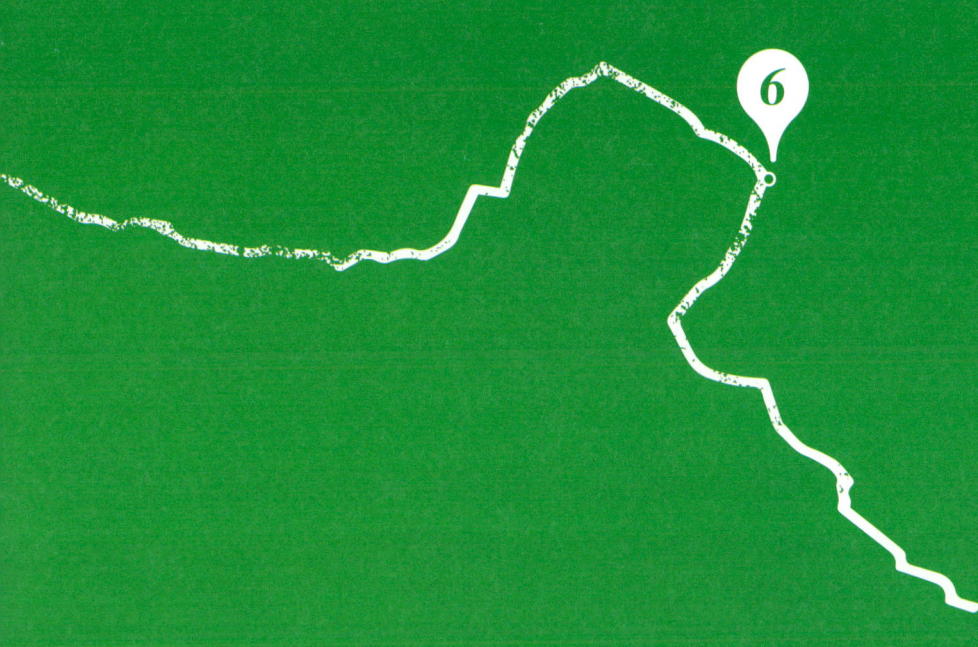

第 6 站

卡拉奇
传统与现代交融

كراچی

3月1日，我们坐上去卡拉奇的火车。去卡拉奇意味着我们的行程已经过半，接下来是卡拉奇和瓜达尔港两站。卡拉奇是信德省的首府，也是巴基斯坦最大的城市，拥有2000万人口。我们在那里看到了巴基斯坦多元、现代的一面。

在卡拉奇，我终于见到了同学穆凯什，而他也为我们安排了一系列采访，还安排我们去了休闲娱乐的地方，体验到了别的城市所没有的夜生活。

偶遇"红帽教主"

虽然之前吐槽了在拉合尔去罗赫里的火车上没睡好觉，但从罗赫里到卡拉奇最方便的交通工具还是火车。我们依然买了最贵的商务车厢，两个人一共花了6000卢比（300元人民币）。早上7点上车，下午1点30分到达，想着坐卧铺可以补补觉。

进入车厢，隔间里的4个人刚起床，其中"红帽教主"（他有顶漂亮的红色帽子，其他三个人好像是他的随从，于是李英武给他起了这个外号）引起了李英武的好奇。

第 6 站　卡拉奇：传统与现代交融

我找了个上铺迅速睡去。不知过了多久，再醒来时，看到李英武坐在下铺，边给红帽教主拍照边和他聊天。

我们对巴基斯坦的等级差别很好奇，我不清楚这种猎奇式的关注

"红帽教主"

是的，我们去了巴基斯坦

1　男女老少数十人在站台上迎接"红帽教主"
2　"红帽教主"的随从们

第6站　卡拉奇：传统与现代交融

是否会冒犯当地人，但我们不由自主地会对他们多加观察。"红帽教主"的衣食住行都由三位随从打理，红帽教主躺下休息时，还有一个随从坐在他脚边帮他捏脚。"红帽教主"似乎觉得一切都是理所当然，而随从们也觉得做这些都是理所当然。

我看了时间，离终点站卡拉奇还有两个小时，但他的随从正在收拾行李，原来他们到站了。"红帽教主"果然是个人物，下车后，有一众老少上前迎接，还给他们送花，李英武也凑热闹地跟着下了火车去拍照。可惜我只顾睡觉，没机会问他们是做什么的。

6个人的隔间突然只剩下我们两个人，难得的平静，我也终于有时间看看窗外的景色了。

初探卡拉奇

3月1日下午1点30分，我们准时到达卡拉奇军营火车站。通过优步叫了一辆出租车，我们来到在爱彼迎上订好的一处有两个卧室的公寓。

公寓在DHA六区。和伊斯兰堡、拉合尔一样，DHA意味着是新建富人区，我们的公寓位于小区里的商业区。商业区主要是餐馆、超市和服务设施，此外还建有一些公寓。我们订的公寓在二楼，这是一套东西通透的两居室，东边还有个可爱的阳台，可以看看街景。

街对面也是公寓楼，当地人都窗帘紧闭，我们却没有拉窗帘的习惯。这样的情况在伊斯兰堡也遇到过，那次我们也是住的公寓楼，人们似乎很在意隐私。当地人还告诉我一个原因,女眷在家里不戴头巾,他们只有紧闭窗帘才能防止外人窥视。

公寓的房东是一位年轻医生,他工作很忙,我们始终没有见到他。我们的计划是要在这里住9天,然后去瓜达尔港5天,再回到这里住3天,最后回北京。

安顿下来以后已经是下午4点,我们想先找个换钱的地方,然后再去吃饭。人生地不熟,打了两次车,终于换好了钱;再走路300米去"每日迪拜"餐馆,这家餐馆提供正宗巴餐,我们也吃到了当地特色的烤鸡。

看谷歌地图,这里离克利夫顿海滩不远,我们打算去看看。克利夫顿海滩原是英国殖民者修建的健身场所,现在是卡拉奇人老少皆宜的度假场所。海滩很宽,踩着沙滩走到海里,足足走了300米。海滩上有穿戴鲜艳的骆驼和马可以供游客骑,还有沙滩车时不时呼啸而过。

我看了下表,时间是6点20分,太阳尚有余晖。想想从2月8日出发到现在,时间已经过了20天,从北部一步步向南,终于到达巴基斯坦的南端,见到了大海——印度洋。行程过半,也意味着离回家不远了。

天色渐渐暗下去,我当时贪玩,想走走沙滩,现在发现问题来了,海滩上没有冲脚的水龙头。就在这时,我发现路边有个少年在卖水,过去一看,正是卖洗脚水的,20卢比(1元人民币)一大可乐瓶的水。我毫不犹豫地买下一瓶,等冲到一半才感觉水里隐隐有股臭味,难道是附近河沟里的水吗?有总比没有好,也别太讲究了。

第 6 站 卡拉奇：传统与现代交融

1 克利夫顿海滩（一）
2 克利夫顿海滩（二）
3 克利夫顿海滩（三）

我们沿着滨海路向西走，竟然见到大字海报上写着"海滩音乐节"。隔着栅栏，里面像是在办庙会，有各种食品摊。在强光照射的中心舞台旁边，人们已经围了里三层外三层。台上的演员还在调试乐器，看来演出还没有正式开始，我们觉得应该进去瞧瞧。海滩音乐节在中国不稀奇，但在巴基斯坦还是让人感觉眼前一亮。

我们在门口向工作人员问票价。工作人员说，每人450卢比（22.5元人民币）。价格并不便宜，但我们没有犹豫，而正当我们掏钱时，他继续说：

"但是，这里谢绝单身男士进入。"

"对不起，你可能误会了，我们都有家室、有孩子了。"

"哦，那请把他们带来，你们就可以进入了。"

"他们在中国呢！"

"那你们就是单身男士啊！"

弄清楚他们定义的"单身男士"之后，我们备感无助。上次遇到类似情况是在伊斯兰堡的餐馆，但在男士区域还可以正常用餐；现在可好，作为"单身男士"都没资格买门票。

这时我才发现，门口有几十个单身男青年，他们骑在摩托车上，抻着脖子向里张望，试图窥到一些欢乐的场景。看到此景，真有点可怜他们。

为这事我分别和阿瑞布、穆凯什抱怨，他们都答应和家里人商量一下，看看自己家的女士愿不愿意带我们进去，后来没了下文。我想，劳烦他们的家属只是为了满足我的好奇心，这的确有点说不过去。海滩音乐节只有三天（3月1—3日），我们最终没能进入。

海景酒馆

终于见到了穆凯什，他没有太多变化，只是肚子大了点。他很高兴地说："杨，真没想到我们会在巴基斯坦见面！""是啊！阿弗雷迪也这么说。说真话，我这次拿到项目资金后，最想来的就是巴基斯坦，这样就可以跟你和阿弗雷迪见面了。"

穆凯什带着我上了他的车。他的车是一辆新款本田思迪，车上有司机。司机20来岁，24小时跟着穆凯什，同时做贴身男仆。在司机面前，穆凯什的指令总是简单而威严。

刚上车，穆凯什就问："想喝酒吗？"

我也不客气地说："走！"

他带着我来到了他常喝酒的酒馆，他管这里叫"Seaview"（海景酒馆）。这里离克利夫顿海滩很近，海风比较大。海景酒馆从外表看不像是一家酒馆，而更像是一家不起眼的小卖部，但当地人都知道这里卖酒。这是印度教徒开的酒馆，印度教徒不限制饮酒，很多当地人来这里都是轻车熟路，进入小卖部，买了酒就走。

我们买了酒去酒馆老板家里，一会儿工夫，穆凯什的好朋友——酒馆老板的堂兄、贸易商人拉贾也来了。酒馆老板原是一位著名的医生，但在信德省当医生不赚钱，他就在政治家堂兄的帮助下拿到了售酒执照，开起了酒馆。医生说话声音很细，很爱笑，也很爱讲笑话，而且还总是自己先乐起来。虽然是酒馆老板，但大家都叫他医生。大家一会儿工夫就聊开了。我很想知道医生的生意如何，毕竟一听 500 毫升的当地啤酒要 400 卢比（20 元人民币），价格是中国的 4 倍。医生说，生意还好，但不是想象的能赚大钱，因为酒本身进价就贵。他说："比如一瓶红标尊尼获加（Johnny Walker），我们的进货价每瓶 70 美元，因为它是回国的朋友背回来的。"我查了查，在中国，红标尊尼获加的零售价为 100 元人民币出头。

医生有个大肚子，他堂兄拉贾的肚子比他的还要大一号。拉贾哥的口头禅是"It's fun!"（这很快乐！）他喝了大酒会说"It's fun!"；姑娘好看追到手，他也说"It's fun!"。

从海景酒馆贵宾包间向外看克利夫顿海滩

第6站 卡拉奇：传统与现代交融

我们也聊些正经话题，比如，医生觉得印度教徒有时受歧视。他给我看了当天的一则新闻：一位印度教徒当街被打，原因就是他的宗教信仰，当时正值印巴冲突敏感期。他觉得在巴基斯坦，印度教徒不被信任，不被委以重任，而在印度那边，2亿穆斯林却生活得挺好。

穆凯什不太同意医生的观点。他说他现在是雅各布阿巴德记者俱乐部分会的主席，他的印度教徒身份并不是障碍。同时，他觉得大多数情况很好，只是在冲突敏感期会有些问题，比如现在。但穆凯什也说，他有两个兄弟在印度当医生，按说他可以去印度走亲戚，但他一次都没有去过。他担心去了印度后再回来，对他的工作可能有影响。

穆凯什试图把话题转移开。他打开手机，给我们当时在美国的其他同学打视频电话，有在孟加拉国的阿劳丁、斯里兰卡的谢夫，大家回忆起当年的囧事都哈哈大笑。电话打到阿弗雷迪那里，阿弗雷迪有些不高兴，他抱怨穆凯什："你把杨带坏了，他在我这里从来不提喝酒。"和虔诚的阿弗雷迪不能提酒的事，所以我们赶紧岔开了话题。我心里想，白沙瓦那么纯净的环境，还真不敢提喝酒。也许在白沙瓦生活两个月，真能把酒戒掉。

卡拉奇的夜生活

从白沙瓦到拉合尔，一路上，我都问当地人的夜生活有什么。我得到的回答都是，这里没有想象中的西方式的酒吧等公共场所。然而当我到了卡拉奇，我们有幸体会到巴基斯坦的夜生活。

海景酒馆后来成了我常去的地方。在那里你会看到各种人。比如，有个小男孩，手里拿着一朵用玻璃纸包裹的塑料花，希望我买下来，我给他 50 卢比（2.5 元人民币），然后让他保留那朵花。有的就有点重口味，比如一些穿着女士衣服、挎着坤包、化着浓妆的男人，当地人称他们是"shemale"（人妖）。他们走过来向顾客要钱，有的人会给他们几十卢比；如果他们缠着顾客，酒馆伙计会帮忙把他们轰走。

我看过一部纪录片，片子中说，有的男人穿女士服装就是为了便于乞讨，因为在巴基斯坦，易装男人被认为是找不到工作的。《国家报》的编辑艾莎·汗告诉我，她曾经关注过易装人群。她说，易装男人在街上讨钱有利可图，有时一天可以赚到 6000 卢比（300 元人民币），这在当地是一笔不小的收入。纪录片也提到，有的易装男人是真心喜欢穿女人衣服，甚至还交了男朋友。同性恋在巴基斯坦是违法的，但卡拉奇还是默许给他们一定的生活空间。艾莎·汗采访过一位来自拉合尔的易装者，他说自己时常遭到侮辱，人们不理解他的选择，他希望被理解，被公平对待。

除了去海景酒馆，我还有机会去了高档消费场所。在见到穆凯什的第一天晚上，我们在海景酒馆老板家里喝完酒时已经是晚上 10 点，我以为就可以回家了，没想到穆凯什和拉贾把我们拉到第二场——一家高档茶馆。穆凯什要让我体验卡拉奇完整的夜生活。

茶馆笼罩在紫色装饰灯的灯光下，宽大的椅子上，人们半卧半躺。大屏幕上播放着体育赛事，周围音响播放着流行歌曲，但人们对这些都不在意，只在意和朋友一起聊天。这是穆凯什常去的夜店。

穆凯什点了水烟。我第一次抽水烟是2006年在耶路撒冷的一家黎巴嫩菜馆。抽水烟是阿拉伯人的嗜好，听说比抽香烟危害小一点。穆凯什介绍，这是卡拉奇的夜生活，人们喜欢在这里喝茶聊天，抽一袋水烟，极其放松和享受。

此时，我已经感觉困得眼睛都睁不开了，穆凯什见状，赶紧叫晚餐。他跟我说，他们都是在12点以后才吃晚餐，回到家两三点钟才入睡，一般第二天会起得晚，但如果有事，六七点钟也起得来。

我很纳闷："照你这么说，这里的人们每天就睡三四个小时？"

"是的，朋友们都这么生活。"

李英武说："夜里吃饭，容易长胖。"

穆凯什承认："对，这是个问题。"

我想起在苏库尔，那些记者朋友也是过了12点才用晚餐。我不知道当地人晚睡的习惯是怎么形成的，但我想，信德省干旱炎热，白天晒得没精神，到晚上天气凉爽宜人，人们可能不想早早睡下。

3月3日，也就是高档茶馆夜生活第二天的晚上10点，穆凯什又带我去了萨吉德（Sajjad）餐厅。这是一家临海的高档餐厅：脚下是木地板，过道用装饰灯打亮，人们在一个个亭子里用餐，轻纱幔帐，人影若隐若现。前几年，我们在美国的教授比尔·斯考克曾携夫人来到卡拉奇，穆凯什也是在萨吉德招待的他们。

这天是周日，当地人会带上家眷一起用餐。与中国不同，这里晚上10点才是餐厅最忙碌的时刻，这是当地人的作息时间。不仅大人们精神十足，连一些三四岁的小孩子看上去也毫无困意，大一些的孩子更是跑来跑去，好像他们明天一早都不用上学一样。穆凯什带上了自己的夫人，还有他姐姐一家及孩子们。他说："大家早就听说了你，因此今天要一起见你。这是我们的礼仪。"我受宠若惊，这是我们第一次遇到有女士出席的宴请。

用餐遵照传统，我和穆凯什、拉贾、穆凯什姐夫等男人们一桌，女士们在另一桌。这个安排让我想起在山东体验家宴的经历，也是男人一桌，女人一桌，男人们推杯换盏，女人们聊着家常。我们大家边吃、边喝、边聊，穆凯什最受宠的小女儿到了我们这桌，她向我问好，并对我说"湿婆节快乐"。

我这才知道，第二天（3月4日）是印度教的湿婆节。湿婆神是印度教三大主神之一，湿婆节是印度教的重要节日。穆凯什说明天带我去看看印度神庙，看看他们怎么庆祝湿婆节的。

穆凯什有4个孩子，大女儿和大儿子已经上大学，另外两个女儿一个上了中学，一个即将上中学。我这次有机会和他18岁的儿子格里什聊天。我问了他同一个问题："你怕你爸吗？"阿弗雷迪16岁的儿子阿里背着他爸不说话只做鬼脸，而格里什却当着他爸爸的面说："不害怕，我们是朋友，有时我会听他的建议。"我觉得，这一点和中国家庭很像，家庭教育理念没有谁对谁错。只是难为了阿弗雷迪，本来一个幽默的人，却在孩子面前扮成了严父。

晚餐进行了三个多小时,主人们吃过后,几家人的司机和仆人开了第三桌。据说,当地规矩是,主人吃什么,仆人就能吃什么,因此主人吃过饭,要给仆人点同样的饭菜,再请他们过来吃。

饭后我们一起合影,夜里两点才回家。

聪明的塔萨瓦

3月3日,我见到同学塔萨瓦·卡里姆。和穆凯什一样,他也比以前胖了,我们又聊起了往事。

2010—2011年在美国的时候,汉弗莱项目有两所大学接待新闻专业方向的学者,我在凤凰城的亚利桑那州立大学,和阿弗雷迪、穆凯什一起学习生活了一年。塔萨瓦在位于华盛顿的马里兰大学学习,和在伊斯兰堡见到的达拉瓦尔·江是同学。两所大学的学者大多是记者,在美国一年的时间来往频繁,因此我们在美国就彼此熟悉了。

当年,中国和巴基斯坦学者是汉弗莱项目中人数最多的两个群体。巴基斯坦学者有22人,中国学者有10人,我们找机会就向对方表示我们的友谊。记得在毕业典礼的时候,两国学者在酒店花园巧遇,大家都用英语说"中巴友谊万岁",周围的别国同学笑着摇头,我的同屋、来自孟加拉国的阿劳丁笑着说:"美国人肯定醋意大发。"

塔萨瓦曾和穆凯什都在巴基斯坦的私人电视台 GEO 共事。塔萨瓦天资聪颖,很年轻就成为制片人,负责一档颇为热门的谈话节目。当年在美国,穆凯什就说,塔萨瓦是他见过的最聪明的人之一。

2015年，塔萨瓦从GEO辞职"下海"，开办了一家视频制作公司，接一些广告和企业宣传片，有时也合作拍摄纪录片。等有机会和塔萨瓦单独聊天的时候，我们一起说到记者的职业瓶颈。塔萨瓦说，他很年轻就赚到高薪，但很长时间都没找到突破口。他不是靠走关系获取灰色收入的记者，希望自己凭本事吃饭，所以觉得该出来闯一闯。作为专业技术人员，从商这一选择跨度比较大，尽管塔萨瓦的公司仍以专业电视制作技术见长，但单凭技术还不够，他还需要到各处找业务，有时作为乙方要具有灵活性。

不过聪明人总能想到好办法。他带着我见了他的老师，即巴基斯坦哈姆达德大学的副校长萨义德·哈桑。他说，他的公司可能会成为哈姆达德大学新闻专业学生校外辅导的指定机构，他十几年的资深电视行业工作经验可以帮助新闻专业的学生尽快入行。他还希望从我这里打听，在巴基斯坦工作的中国人是否与他有合作的可能，我答应帮他问问。

塔萨瓦的肤色比周围人都显得白一些，这是因为他是吉尔吉特人。他的老家在克什米尔地区，离中国不远。他对自己的家乡很自豪，他说，老家人一般都很长寿，原因是他们的饮用水来自高山融化的雪水。他说，看哪里干净，关键是看饮用水是否干净，这就不奇怪巴基斯坦人为什么把吉尔吉特称作"香格里拉"了。

这里要插一句，《消失的地平线》一书掀起了人们寻找香格里拉的热潮，印度、巴基斯坦、尼泊尔、中国都声称香格里拉在本国。而在中国，丽江、迪庆、稻城也分别宣称自己就是香格里拉，直到1997年

第 6 站　卡拉奇：传统与现代交融

塔萨瓦·卡里姆

中甸改名香格里拉才一锤定音。

塔萨瓦听说阿弗雷迪给我们吃了最好的抓饭,就说:"我带你吃更好的。"卡拉奇的鸡肉抓饭比巴基斯坦北方地区的辣,这正好符合我的口味。我们还吃到卡拉奇特色的烤肉串(Reshmi Kabab)。它和普通肉串不一样,Reshmi Kabab 是用调味肉馅捏成的,然后再上烤炉烤,吃起来有点像麦当劳汉堡里的牛肉饼,口感很新鲜。

和穆凯什不一样,塔萨瓦有着学者风范,听说穆凯什常带我去喝酒,他说:"我知道在海滩奢华酒店(Beach Luxary Hotel)正好有个文学节,想去看看吗?"我说:"太好了!"

到了地方我才明白,这是牛津大学出版社主办的第十届"卡拉奇文学节",它吸引了很多读者前往。塔萨瓦告诉我,在卡拉奇,作家、诗人的地位很高,有着明星般的待遇,甚至还有自己的粉丝群,因此文学节总是人山人海。我们到了那里,果然只能挪步前行。

在主会场,主办方正举办文学研讨会,参与方有作家和文艺评论家,整个会场都坐满了人,工作人员把座椅摆到了会场外。尽管天很热,但人们都坐下来认真倾听。

主会场外面也是人头攒动,很多商家借机招揽生意,有小吃区域,有商品推介区域。美国百事集团正在免费发放矿泉水,这是他们在极力推广的矿泉水品牌。美国大使馆也摆了摊,他们有个类似于英语角的林肯中心,工作人员正在发放宣传单,希望年轻人能参加他们的活动。还有家银行请来乐队现场演奏,曲风有点儿加勒比风格。有些年轻人围成一圈,干脆即兴自弹自唱起来,也吸引了人们驻足观赏。虽然没有去成海滩音乐节，但在文学节也能感受到巴基斯坦人的夜生活。

湿婆节

海边的萨吉德餐厅给我留下深刻的印象——3月4日白天一整天我都没出门，因为我终于闹肚子了。为什么说是"终于"呢？因为李英武刚到巴基斯坦就开始闹肚子，之后肚子时好时坏，而我的肚子一直比较坚强。

我们一路上都提心吊胆，生怕闹肚子影响采访行程。每次吃饭都像是一种冒险，而我们发现，通过不断尝试，能吃的东西越来越多。首先我们发现，吃烤馕没事，即便放烤馕的毯子人们光脚踩，感觉不干净，但吃了也没事。此后我们尽量吃烤馕，虽然食物比较单调，但不生病是关键。后来在奘格里村，我们随着主人，不洗手也能大快朵颐地吃大羊肉串，事后发现竟然也没事。为什么没事呢？我们总结，烧制过的食品就等于消毒了。另外，看上去不卫生，比如没洗的手、尘土等，其实可能并不比那些被化学品污染的食品脏。当然，我们也只是依经验总结，没什么科学依据。

或者，就像塔萨瓦所说，闹肚子跟喝的水有直接关系。我想起来，我们在萨吉德餐厅，喝了那里的冰水，可能问题就出在水上。我只是怀疑，因为穆凯什和拉贾都没事，也许这就是中医常说的水土不服吧。直到傍晚，我把肚子都腾干净了才敢出门。我还体会到，黄连素简直就是救命药，吃下去就能好一半。

是的，我们去了巴基斯坦

1　湿婆神庙门口
2　湿婆神庙外的印度教徒

今天是湿婆节,是印度教徒最盛大的节日之一。下午6点,穆凯什如约带我去卡拉奇克利夫顿湿婆神庙参观。我看到,印度教徒乘坐着各种交通工具:有钱人家开车来,条件一般的家庭骑摩托车来,有的一家四口挤在一辆摩托车上,还有的是十多个人坐在小型皮卡车的后车斗里。停车场停满了车,小贩穿行其间,也有不少伸手要钱的乞丐。穆凯什乐意把钱散给他们。周围有很多小孩子,他们的眉间都点了一个红点。据说,印度教徒相信眉间的一点红可以保存人体内的能量,并且控制不同等级的专注力。

必须承认,这时候我有些心不在焉,因为我时刻担心自己肚子出现反复。当知道进入寺庙还要脱鞋时,我怕受凉,就推说体力不支先回车上等了,请李英武再多拍些照片吧。

回来我想,虽然巴基斯坦国名全称叫"巴基斯坦伊斯兰共和国",但并不排斥其他宗教。据了解,在巴基斯坦大约有1000万印度教徒,巴基斯坦给予了他们相对宽松的空间,比如对饮酒的包容。

当然,也不排除有些人对印度教的偏见,有些还因此引发冲突,这主要看国家、政府是如何引导民众看待少数族裔和其他宗教的。民族问题、宗教问题在哪里都是一个比较敏感和棘手的问题。

卡拉奇记者

3月4日晚上和3月5日白天,穆凯什帮我安排了一系列的访谈,这些采访对象都是各个领域的新闻记者。

3月4日晚，我们先到了记者伊姆达德·索姆罗先生的客人公寓（guest house）里。这里需要解释一下什么是"客人公寓"。客人公寓或者客人房是卡拉奇有一定经济实力的人家的传统，这和白沙瓦一样，男性客人来访，并不能直接请进屋面见主人的女眷，而是在男人会客厅里被接待。

索姆罗的客人公寓就在我们住处附近，是一个位于顶层的两居室，目前住着穆凯什本人和司机。由于穆凯什的三居室正在装修，最近他来卡拉奇，都是住在索姆罗的客人公寓里，索姆罗本人则另有住处。

索姆罗是英文报纸《新闻报》的资深记者，他专注的领域是反恐，在当地很有名气，在脸书的好友数量已经到达 5000 人上限，要加新人

卡拉奇记者俱乐部外示威的人群

就必须先踢人才行。我们就最近针对中国人的袭击展开讨论，以此了解巴基斯坦的反恐局势。

其间，穆凯什知道我的肚子不舒服，于是按照当地人的疗法，给我叫来普什图族人爱喝的绿茶。这种绿茶含有特殊香料，别说还真管用，喝了绿茶，逐渐感觉缓过来了。

过后，我们又去了一家电视台——巴基斯坦新闻台（News Pakistan）。电视台总经理贾迈利正在办公室等我们。这家电视台没有播出频率，也不是有线电视，而是通过互联网传播新闻，换句话说是一家网络电视台。他们和BBC（英国广播公司）展开内容合作。

第二天（3月5日），我们受贾迈利邀请，来到卡拉奇记者俱乐部。记者俱乐部的秘书长萨比尔带着副主席萨巴兹和《俾路支快报》总经理阿瑞夫等以午餐会的形式招待了我们，我们的话题集中在中巴经济走廊上。

在卡拉奇记者俱乐部采访时，我突然发现门外有示威游行。人们高喊口号，情绪激动，游行人群中还停着一辆车，车上展示着一枚导弹模型。俱乐部秘书长萨比尔告诉我，民众在发出"支持军队，反对印度"的声音。他说，游行示威是记者俱乐部门前的日常场景，目的是希望记者来报道。

巴基斯坦国服：沙尔瓦·卡米兹

伊姆达德·索姆罗告诉我，为了避免出现安全问题，他提醒外国人要穿巴基斯坦国服沙尔瓦·卡米兹（Shalwar Kameez）。并不是说西方人长相与巴基斯坦人相似，穿沙尔瓦·卡米兹容易伪装，中国人也该穿。索姆罗说，巴基斯坦有与中国人"撞脸"的哈扎拉人，因此中国人穿国服也不会太奇怪。

沙尔瓦·卡米兹在南亚和中亚一些国家很流行，它是一种过膝的长衣，男女都可以穿。男性的是两件套，包括宽松长裤（Shalwar）和束腰长袍（Kameez）；女性的是三件套，包括宽松长裤、无领长袍和头巾。人们可能对沙尔瓦·卡米兹不太了解，但到了巴基斯坦你会发现，几乎所有巴基斯坦男人都穿它。

沙尔瓦·卡米兹宽宽大大的，穿着很舒适，而且巴基斯坦夏天炎热，长衫可防止皮肤裸露在外。我还发现，宽宽大大的沙尔瓦·卡米兹很适合有大肚子的男人穿，因为多大的肚子都不显。

沙尔瓦·卡米兹是不分贫富、不分老幼的全民服饰，不管多么贫困，家里都会为男孩子做一身。有钱人家的孩子也穿沙尔瓦·卡米兹，只是面料和设计会更讲究，而且每天都会换洗。

探访中国港控卡拉奇办事处

3月8日，我们要采访瓜达尔港的建设方和运营方中国港控的董事长张保中。按计划，我们本来该在下一站瓜达尔港采访他，因为印巴冲突导致巴基斯坦商业航班在2月27日到3月7日禁飞，张保中的行程被耽误，他必须把失去的时间赶回来，因此商定把采访地点改在

第6站 卡拉奇：传统与现代交融

卡拉奇。

上午11点，中国港控的司机带着保安来接我们。实际上我们的公寓和中国港控的办公楼相距不远，汽车开了不到20分钟就到了其办公楼的楼下。

出了电梯，迎面不是公司前台，而是一堵墙。后来得知，由于2018年11月发生了针对中国驻卡拉奇总领馆的恐怖袭击，中国企业都加强了安保，比如出行要配保安，比如新建的这面隔离墙。

张保中的办公室摆着中巴两国国旗，背后是一张巴基斯坦地图。张保中本人已经在巴基斯坦工作生活了很多年，谈起巴基斯坦总是带着感情。他鼓励中方员工入乡随俗，包括穿上巴基斯坦国服沙尔瓦·卡米兹。张保中本人经常穿巴基斯坦国服参加外事活动，同事们也穿成了习惯。换上沙尔瓦·卡米兹，拉近了与巴基斯坦人的距离。

3月28—29日，为了加强中巴两国经贸联系，第二届瓜达尔国际商品展销会将举办，现在张保中正在协调各方关系，争取把展会办得更具影响力。办展会的时候我们已经回到了北京，通过微信我看到，巴基斯坦总理伊姆兰·汗专程来到瓜达尔港参加了这次展会，可见规格之高。

采访结束已经过了中午，张保中带我们去了员工食堂，那里为我们准备了家乡美食。我们本来还想客气一下，但已经离开家乡整整一个月了，我们的胃强烈要求不要推辞。到现在我还记得桌上的菜：腊味炒饭、金钱肚、鸡胗儿，这些中国菜都是我们在巴基斯坦这边吃不到的。

多元与包容

卡拉奇可以感受到现代气息。尽管海滩音乐节没让我们进去,但我们往前多走几步,还是找到了一家适合休闲的多尔曼商城(Dolmen Mall)。进去后果然有惊喜:室内冷气充足,国际品牌专卖店入驻,商城有家乐福超市,一层和二层是名牌专卖店,三层是大排档。商场里,人们穿着时髦,有的女士甚至不戴头巾。在大排档,男女也混坐在一起。后来这里就是我们买必备品和吃饭的地方了。

卡拉奇2000万的人口规模在全世界能进前十,巴基斯坦1/10的人口都生活在卡拉奇。就如同中国的北、上、广,在卡拉奇我们能遇到来自巴基斯坦全国各地的人。

3月2日中午,我们在公寓附近随便找了一家餐馆,老板和4个伙计与我们聊起天。老板是卡拉奇本地人,而他的伙计则分别来自克什米尔、开伯尔—普什图赫瓦省和俾路支省。我们公寓的门卫是一位不到20岁的小伙子,他来自开伯尔—普什图赫瓦省,而不远处烤馕铺子的老板,则来自俾路支省。

大城市伴生贫富分化。我们去巴基斯坦一位高官家里采访,他家就在DHA,这个社区大多是豪宅。据了解,他这套房子价值超过200万美元。同学塔萨瓦介绍,在DHA,200万美元的房子是正常市场价。

每个大城市都有贫民窟,几口人甚至十几口人挤在一间屋里也并不罕见。当我们驱车路过一处贫民窟时,塔萨瓦说,这里被称作"孟

第6站 卡拉奇：传统与现代交融

加拉"区，因为这里住着很多贫苦的孟加拉人。

穷人生活处处不易，好在卡拉奇的物价并不高。比如我们住的DHA商业区公寓楼附近就有俾路支人开的烤馕铺。一个芝麻烤馕只卖10卢比（0.5元人民币），每到饭点时分，附近的打工仔都跑到这里买馕吃，而在不远处的高档餐馆里，单人份一道菜要2000卢比（100元人民币）也不奇怪。不过塔萨瓦不认为卡拉奇物价低，他觉得物价低的原因是因为汇率。卢比常常贬值，这造成美元有相对强的购买力。

在卡拉奇，外国人（比如我）会感觉很舒适，因为这里的生活就像是北京的生活——非常国际化，也具有包容性。

有一个现象不能否认：很多伊斯兰国家正朝着保守的方向发展。而我看到，尤其在卡拉奇，巴基斯坦世俗化的趋势很明显，难怪有的西方媒体将巴基斯坦归属于温和的伊斯兰国家。

有些传统还在坚持，比如每周五下午的主麻日，人们遵从"圣训"，放下手头工作，去清真寺做礼拜。与此同时，有些传统正在改变，比如当地男人蓄须的习惯就在慢慢变化，很多卡拉奇男人选择每天刮胡子；又比如，女性着装更为开放和国际化；认为女性应该待在家里的观念也在发生改变。

在"三八"妇女节当晚，我们正好遇到当地"大洋百货"大堂举办化妆品品牌宣讲活动，一些穿着入时的中年妇女大大方方地坐在椅子上，观看台上讲师的讲解。背景板上写着这次活动的愿景："坚强的女人建设强大的国家"。因为有女性，卡拉奇的色彩让人感觉更加柔和。

因为时间短暂,我对卡拉奇了解不深,也没有去贫民窟,而对于贫富分化、信仰差异、性别差异等分歧与矛盾,也只看到一些皮毛。但我欣赏卡拉奇的包容,也许很多人不同意少数人的行为和观念,但人们选择尊重彼此,不是寻求改变对方,而是放下成见,保留差异。

走马观花看卡拉奇

我有时觉得卡拉奇和上海很像。两座城市在19世纪时都是小渔村,都被英国殖民者侵占或租借,后来也都发展成超级大都市。现在两座城市都兼具传统与现代的特色。我们去过家乐福和多尔曼商城,与现代女性聊天,去看文学展,去看艺术工作坊,感受卡拉奇现代化的一面。我们也以历史人物为线索,探访了卡拉奇一些承袭传统且有历史感的地方。

阿卜杜拉·沙·伽兹神庙

3月9日下午,我们将飞赴瓜达尔港继续采访,穆凯什也将回到老家雅各布阿巴德。我们决定利用上午时间去参观一个历史古迹——阿卜杜拉·沙·伽兹神庙(Abdullah Shah Ghazi Shrine)。

阿卜杜拉·沙·伽兹神庙位于卡拉奇市中心,神庙古香古色,而它旁边就是现代摩天大楼,强烈的对比正体现了卡拉奇的多元化。

1000年前，阿拉伯人阿卜杜拉·沙·伽兹来到印度（今卡拉奇），他原是一位勇猛的穆斯林战士，后来成了苏菲教派的追随者。在被信德印度教徒杀死后，他的遗体被运回并埋葬在当年他们登陆的克利夫顿海滩附近，他被后人尊奉为圣徒。

　　说来有意思，虽然阿卜杜拉·沙·伽兹是穆斯林，但神庙还受到印度教徒、基督徒的崇拜，因为当地人相信，阿卜杜拉·沙·伽兹本人和他信奉的苏菲神秘主义保佑着卡拉奇远离飓风的袭击。也许卡拉奇没有被飓风侵扰的功劳有阿卜杜拉·沙·伽兹一份，但他却没能阻挡住恐怖袭击。2010年，恐怖分子袭击了神庙，造成10人死亡，数十人受伤，原因是恐怖分子认为，阿卜杜拉·沙·伽兹所信奉的苏菲神秘主义是"负面的创新"，是在"玷污伊斯兰教"。①

　　时光荏苒，当我们参观阿卜杜拉·沙·伽兹神庙时，它再次成为不同信仰的人共同的神殿。信奉印度教的穆凯什在神庙中也对阿卜杜拉·沙·伽兹的棺木跪拜祈祷。

　　据《国家报》介绍，神庙是城市贫民的庇护所，因为神庙向穷苦人提供免费餐食。神庙右边的几十口像瓮一样的容器吸引了我的注意力。凑近一看，工作人员正在用铲子在容器里上下翻炒，原来里面盛着配好香料的米饭。穆凯什告诉我，这是给吃不起饭的穷人准备的。穷人过来，只要想吃，就可以吃，吃多少都行。这些米饭的资金来自信徒的捐赠，信徒可以指定捐几口瓮的米饭。

---

① Nadeem F. Paracha, Abdullah Shah Ghazi: The Saviour Saint[EB/OL].[2014-11-23]. https://www.dawn.com/news/1145799.

是的，我们去了巴基斯坦

1 神庙外景
2 神庙内景

250

我觉得这个机制不错。尽管贫富分化严重，一些人穷得吃不起饭，但机制能保证不会有人被饿死。信徒发善心，促进了社会的向善和进步。这一机制得以运转的关键是人与人之间有比较强的信任感，而信任感由神庙来维系。人们相信神庙，是不是和神庙不收门票有关呢？这里补充一句，在巴基斯坦我拜访的所有宗教场所，不管是什么宗教，也不管建筑年代远近、知名度高低，都不收门票。

真纳墓

3月14日，我们从瓜达尔港回来，有三天的机动时间，我们用这个时间去了真纳墓和莫哈塔宫（Mohatta Palace）。

穆罕默德·阿里·真纳是巴基斯坦独立运动领袖、政治活动家，巴基斯坦伊斯兰共和国的创建者。巴基斯坦人尊称他为"国父"。真纳的名字在巴基斯坦各地都能看到，比如伊斯兰堡最好的公立大学就叫真纳大学，卡拉奇的机场叫真纳国际机场。此外，钞票卢比上印的都是真纳的头像，各大博物馆也都保留着巴基斯坦独立运动和真纳生前的珍贵照片。他在巴基斯坦人心目中有很高的地位，很多时候人们不称其真名，而以"伟大领袖"作为尊称。

1876年，真纳出生于卡拉奇的一个穆斯林富商家庭。真纳天资聪颖，16岁考入孟买大学，后赴英国伦敦学习。他博览群书，刻苦学习，同时研究英国政治制度。1895年，他取得律师资格后，在孟买高等法院注册任律师，被誉为法律界的泰坦（Titan，希腊神话人物）。他经常参加各种政治活动，发表演说，投身印度民族独立运动。

1916年和1920年,真纳两次担任全印穆斯林联盟主席。他积极支持穆斯林争取在立法议会中占有代表席位的斗争,并致力于印度教徒与穆斯林之间的政治团结,提出"团结就能得救"的口号。在促进印度国大党和穆斯林联盟的合作,谋求印度自治的活动中,真纳成为著名的政治领导人之一。1934年他被选为全印穆斯林联盟终身主席。

1940年,真纳提出"巴基斯坦"计划,"巴基斯坦"的意思是"纯洁的国土"。他首次提出,印度教徒和穆斯林为"两个民族",只有坚持政治上的平等,才能实现印度的安定和穆斯林自治。他还主张在穆斯林聚居地区建立独立的伊斯兰国家。此后,全印穆斯林联盟在政治上控制了旁遮普以外的穆斯林占多数的省份。

1947年5月,英国政府接受了穆斯林关于印度、巴基斯坦分治的政治要求,同年8月正式成立巴基斯坦自治领,真纳就任第一任总督。

1948年9月,真纳病逝于卡拉奇。巴基斯坦政府在卡拉奇修建了真纳墓,供后人瞻仰。

真纳墓是一座高大圆顶的白色大理石建筑。陵墓造型独特,具有浓郁的民族特色。陵墓主体分为两个部分:上半部是莫卧儿式的拱顶,下半部是下大上小略呈锥形的立方体。建筑物四面各有一扇狭长的北非式样的拱门,每扇门都饰以优质红铜做成的镂花门栅,雕工十分精细。红铜的门饰闪闪发亮,在色彩上给这座洁白的建筑物以鲜明有力的烘托。整座陵墓肃穆而不呆板,线条简单明快,风格浑厚凝重、朴实无华。真纳的墓冢在大厅正中,头的一侧有一块白色大理石

第6站 卡拉奇：传统与现代交融

真纳墓

253

墓碑，上面镌刻着他的名字和生卒年月，墓冢的四周用银制的栏杆围了起来。

陵墓四周各有一名士兵站岗，陆、海、空三军轮流换岗，一天 24 小时不间断。陵墓周围是一片片绿茵茵的草坪和各色鲜花，正门路上还有多座喷泉。入夜，明亮的探照灯光从四周不同的角度照射这一雄伟的建筑，又是另外一番景象。

值得一提的是，在真纳墓的正上方，有一盏中国式枝形水晶吊灯，玲珑剔透，金碧辉煌，为陵墓增色不少。1970 年，中国政府作为国礼，向巴基斯坦国父真纳墓捐赠了一盏水晶吊灯，悬挂于真纳墓纪念堂瞻仰大厅中央。该吊灯是真纳墓纪念堂中唯一一件外国政府赠品，是中巴友谊的重要标志。2016 年 7 月，中方在对巴提供的无偿援助款项下承担了原吊灯复原项目。复原后的吊灯共有 4 层，总高 26.87 米，最大直径 3.3 米，装饰有 8000 余颗水晶，采用节能技术照明。我看到在大厅中有个牌子，写着"2016 年中国馈赠"。守护陵墓的一位军官很可爱，他看我们站在牌子前，又是中国人的模样，就走过来拿一块布把落在牌子上的灰尘擦拭干净，再憨憨地冲着我们笑。

还有一点印象很深刻：真纳墓不让带单反相机进入。李英武不放心把贵重的摄影器材放到门口，为此我们费半天劲打电话申请才得到了管理处的许可。殊不知，人家的许可只是同意带相机入内，却还是不让拍照。等进入大花园才发现，原来里面有拿相机的人，还要帮我们拍照，只是需要付一些费用。

莫哈塔宫

下午，我们去了莫哈塔宫。这是一座很有民族特色和历史感的建筑。值得一提的是，这里曾是著名政治人物莫赫塔玛·法蒂玛·真纳的故居。

法蒂玛·真纳生于1893年，是穆罕默德·阿里·真纳最小的妹妹。1901年父亲去世后，她一直由哥哥抚养。1919年，她考入加尔各答大学医学系，毕业后在孟买开牙医诊所。1929年2月丈夫去世后，她关闭了诊所，当时她的哥哥也失去了妻子，于是她来到哥哥身边，此后一直陪伴其左右。

1948年真纳去世后，法蒂玛·真纳开始独立从政，致力于穆斯林妇女的教育事业和提升妇女社会地位，并且积极投身于民主运动，是全巴妇女协会的赞助者、卡拉奇妇女救济委员会主席和巴基斯坦女童子军协会的倡导者，曾任联合国儿童福利委员会所发起的巴基斯坦保卫儿童运动全国委员会主席。1953—1957年任巴中友好协会副主席。

法蒂玛·真纳在巴基斯坦享有极高声望，并受到历届政府的尊重。为了纪念她，巴基斯坦政府将2003年定为"莫赫塔玛·法蒂玛·真纳年"。

我们在伊斯兰堡的国家纪念碑前，看到浮雕上有真纳和一位女士，如果不清楚背景的话，会想当然地认为这是真纳的夫人。实际上真纳的夫人在1929年去世后，真纳就没有再娶，一直陪伴他的就是其妹妹法蒂玛·真纳。从国家纪念碑上，我们也能感受到法蒂玛·真纳的历史地位。

是的，我们去了巴基斯坦

1　莫哈塔宫
2　莫哈塔宫的两位工作人员
3　莫哈塔宫花园里的孔雀

第 6 站　卡拉奇：传统与现代交融

莫卧儿帝国与英国殖民风格的莫哈塔宫建于1927年，原是一位富商的宅第，在印巴分治后成为巴基斯坦外交部。1964年，外交部搬到伊斯兰堡后，政府将莫哈塔宫送给了法蒂玛·真纳。不幸的是，法蒂玛·真纳于同年去世。后来为了提高民众对巴基斯坦和信德文化遗产的认识，政府将莫哈塔宫改造成了博物馆。

参观莫哈塔宫遇到一些周折。我们到了才被告知，今天是周五，下午1~3点是主麻日祈祷时间，暂停营业。有位女学生看我们被堵在门口，就帮我们求情，门卫被说服，放我们进去了，但还是不能进入建筑内参观。我们在花园里休息了一会儿，虽然花园很漂亮，还有孔雀在其间走来走去，但我们觉得这么等实在浪费时间，就打道回府了。第二天我再次来到莫哈塔宫，才终于一睹芳容，并参观了其主题摄影展——世界文化遗产塔塔城遗址。

打卡世界文化遗产：塔塔城遗址

3月16日，我从头一天打车的优步司机中挑选了一位英语比较好的，和他谈好价格，请他带我们去1981年被评为世界文化遗产的塔塔城遗址参观。

巴基斯坦一共有6处世界文化遗产，我们一路已经参观了三处：伊斯兰堡附近的塔克西拉，它是犍陀罗文明的代表；拉合尔古堡和夏利玛尔花园，它是莫卧儿帝国时期的代表；具有4500年历史的摩亨佐·达罗，它是四大文明古国之古印度的代表。现在，我们又从卡拉

257

奇驱车两小时来到了塔塔城遗址，它是信德省伊斯兰建筑的代表。

塔塔城遗址，位于距离卡拉奇东南 100 公里的印度河畔，在今信德省塔塔县。14—18 世纪，塔塔曾为信德的首府和商业中心，此后由莫卧儿帝国统治。500 年间，塔塔历经萨马苏丹时期（Samma Sultan）、阿鲁浑王朝时期（Arghun）和塔克汗时期（Tarkhan）。1592 年后，莫卧儿帝国统治了塔塔，直到 1739 年割让给了波斯。后来，塔塔逐渐衰败，现在这里留下了陵墓、清真寺和近百万个坟墓，被人们称为"逝去的城市"。

塔塔古墓群沿马克利山（Makli）绵延近 10 公里，在塔塔城遗址，陵墓种类甚多，这里不仅有将军、学者和圣人的墓穴，还有莫卧儿帝国时信德总督的坟墓。塔塔古墓多由砖石建造，墓碑和坟墓通常精心雕刻有几何图案和交错的阿拉伯铭文。

塔塔历代总督的陵墓尤为宏伟豪华，陵墓外围有大理石雕刻的巨柱，上面是石刻的飞檐，正面是大理石砌成的拱门；墓地中间大理石寝殿顶部的 5 个拱形琉璃瓦塔顶，直插云霄；大理石地面正中间是放置在方形洁白大理石台基上的象征性石棺，死者则根据穆斯林习俗深埋地下。台基和石棺上的浮雕花纹精美、细致，显示了莫卧儿帝国的灿烂文化。次一等的陵墓为一种用石柱支撑的圆顶或方顶亭子。有的仅以石头砌成墓台，上置石棺，上面再砌以层数不等的石块，从上到下均有浮雕。塔塔城遗址是历史信息资源最富有的地区之一，难怪会被列入世界文化遗产。

参观塔塔城遗址没到 10 分钟，我们又遇到了警察。军警和我们是

"老朋友"了：在阿伯塔巴德采访时遇到军队盘查，在白沙瓦被警察堵门口，在苏库尔有警车全程护送，这次是在塔塔。

警察先是请我坐下，问明我的来意。我给他们看了护照、名片和报道文章，他们似乎比较满意。我提出和他们照相，但被拒绝，其中一位警察举起手机给我和司机分别照了相。在确认没有问题后，警察负责人说，这里不安全，要有警察陪同才能继续参观。

结果，一位66岁的老警察带着枪跟着我们参观。我很是不解，这里是墓地，没有活人，只有死人，而且还是死了至少400年的古人，能有多危险？但警察的安排不容置疑，我们言听计从。

出了塔塔城遗址，我们又到了临近的沙·贾汗清真寺。

这座清真寺建于1644—1647年，在莫卧儿国王沙·贾汗统治时期，这是送给信德百姓的礼物。它是用红砖砌成的，上面有蓝色的琉璃瓦，色彩绚丽灿烂。清真寺由两部分组成：前面是幽雅的林园，有树丛、甬道、喷泉、花圃、草坪；后面的寺院有宏伟壮观的祈祷广场和别具匠心的经房，拱门上饰有藤蔓花纹、几何图样以及流行的花卉图案，上面还错综地写着《古兰经》的经文。清真寺总共有93个穹顶，站在穹顶下轻声呼唤，隔着广阔的祈祷广场，在对面的穹顶下清晰可闻。总体来说，这座清真寺与沙·贾汗的夏利玛尔花园有些类似。

回去的路上我有些累了，就请司机找个地方喝些水。我们来到一家大车店，店里摆着的就是奘格里村院子里见到的那种藤床，人们躺在床上休息。服务员见我们过来，就送给我们每人一瓶冰镇可乐。

路上和司机聊天，他今年21岁，有4辆车，雇了3个司机，俨然是一个小老板。他有 8 个兄弟姐妹,他是男孩中最小的,一个哥哥在阿联酋做生意,两个哥哥在卡拉奇做生意。

　　这次谈车费,我吸取了上次去白沙瓦时被司机临时涨价的教训。我先把价格压下来,等到结账的时候再以小费的形式给他,这样双方都很满意。

库姆尔·乔拉

为自己有一番事业而骄傲

我对穆凯什说，我们一路上除了采访到同学萨蒂亚之外，就没有采访过别的女性，我希望采访对象能在性别上平衡一点。但我听说，巴基斯坦男人把女人当作宝贝，喜欢藏在家里，很少拿出来在外人面前展示。我觉得这样的评价带有偏见，不过却似乎印证了我们的感受——大街上很少见到女性，而在白沙瓦的大街上，少见的女性都穿着从头罩到脚的"布卡"（穆斯林妇女穿的罩袍），连眼睛都看不见。

穆凯什说，在中上层社会或大城市，抛头露面的女性现在越来越多了。3月3日下午，我们采访到24岁的新锐婚纱设计师库姆尔·乔拉。一年多前，她从卡拉奇亚洲时尚设计学院毕业，在家人的资助下，开办了婚纱设计工作室。2018年底，她参加时装秀大获成功，从此订单应接不暇。她的一套订制婚纱要20万卢比（1万元人民币）起，价格虽然昂贵，但生意非常好，她希望以此为事业。目前她的工作室有8名员工。

我很惊讶，出身富裕家庭的库姆尔居然可以出来工作。她说，虽然在巴基斯坦其他地区，职业女性不常见，但在卡拉奇，很多女性都出来工作，很多家庭支持家中的女性出来工作，她享受事业给她带来的快乐。关于服装,库姆尔说,巴基斯坦女性日常的服装也在发生变化。这也让我又一次感觉到,似乎这是一场传统观念与现代生活理念之间无休止的拉扯。

这次采访,库姆尔请来她的好朋友卡瓦尔·芭莎担当婚纱模特。卡瓦尔·芭莎今年 21 岁,她是护士也是设计师,兼职做模特。我们的采访从两个主题展开:工作女性所面临的挑战,以及女性服饰的变与不变。

对　话

问_ 作为职业女性,你的感受是什么?
库姆尔·乔拉_ 我觉得很骄傲,我正在做我喜欢做的事情。

问_ 很多年前,人们的观念曾经非常保守,认为女性应该待在家里,我说的这种情况也曾发生在中国。而我看到,在巴基斯坦一些地方,女性仍是被要求待在家里,你怎么看?
库姆尔·乔拉_ 近几十年,巴基斯坦正在发生变化。我很高兴,我的家庭支持我出来工作。我的哥哥们都说:"我们把你看成弟弟,你可以做任何你想做的事情。"

问_ 是被当成男孩子看待吗?
库姆尔·乔拉_ 他们的意思是我可以像男孩子一样出来做事情,与外人接触，做想做的事情。

问_ 如果你未来的丈夫反对，你会怎么办？
库姆尔·乔拉_ 如果未来的丈夫反对，他一定有一个能说服我的理由。我现在为事业付出很多，而且取得了一点成就，我很珍惜现在的事业。将来是不是要放弃事业回到家庭，我还没有想清楚。

问_ 一个女孩子出来工作，是否感受到社会的压力？
卡瓦尔·芭莎_ 出来工作不是干坏事，尤其是在卡拉奇这样的大城市，人们已经逐渐接受了。

问_ 我看到街上很多女性都穿着罩袍，而你的设计突出女性线条，这些婚纱露出了后背和胳膊，这是否是一种对社会习俗的挑战？
库姆尔·乔拉_ 婚礼上穿的和平常穿的不一样，社会已经逐渐接受了现代婚纱样式。但同时，我们做订制婚纱，如果有顾客觉得裸露肩膀不舒服，我们也会给接上袖子。平常有的女孩子会穿罩袍，有的女孩子会穿短袖衬衫和牛仔裤，因人而异。

问_ 如果穿着像美国女孩子那样可以吗，比如穿短裤上街？
卡瓦尔·芭莎_ 可以穿得像美国女孩子那样，但是短裤不行。出了国可能可以随便穿，但在巴基斯坦，我觉得人们看到穿短裤的女孩子还是会感到不舒服。

问_你的婚纱生意做得如何?

库姆尔·乔拉_非常好,需求量很大。我们的婚纱是订制婚纱,20万卢比起,上不封顶,这与街面上1万卢比(500元人民币)的成衣婚纱有很大不同。

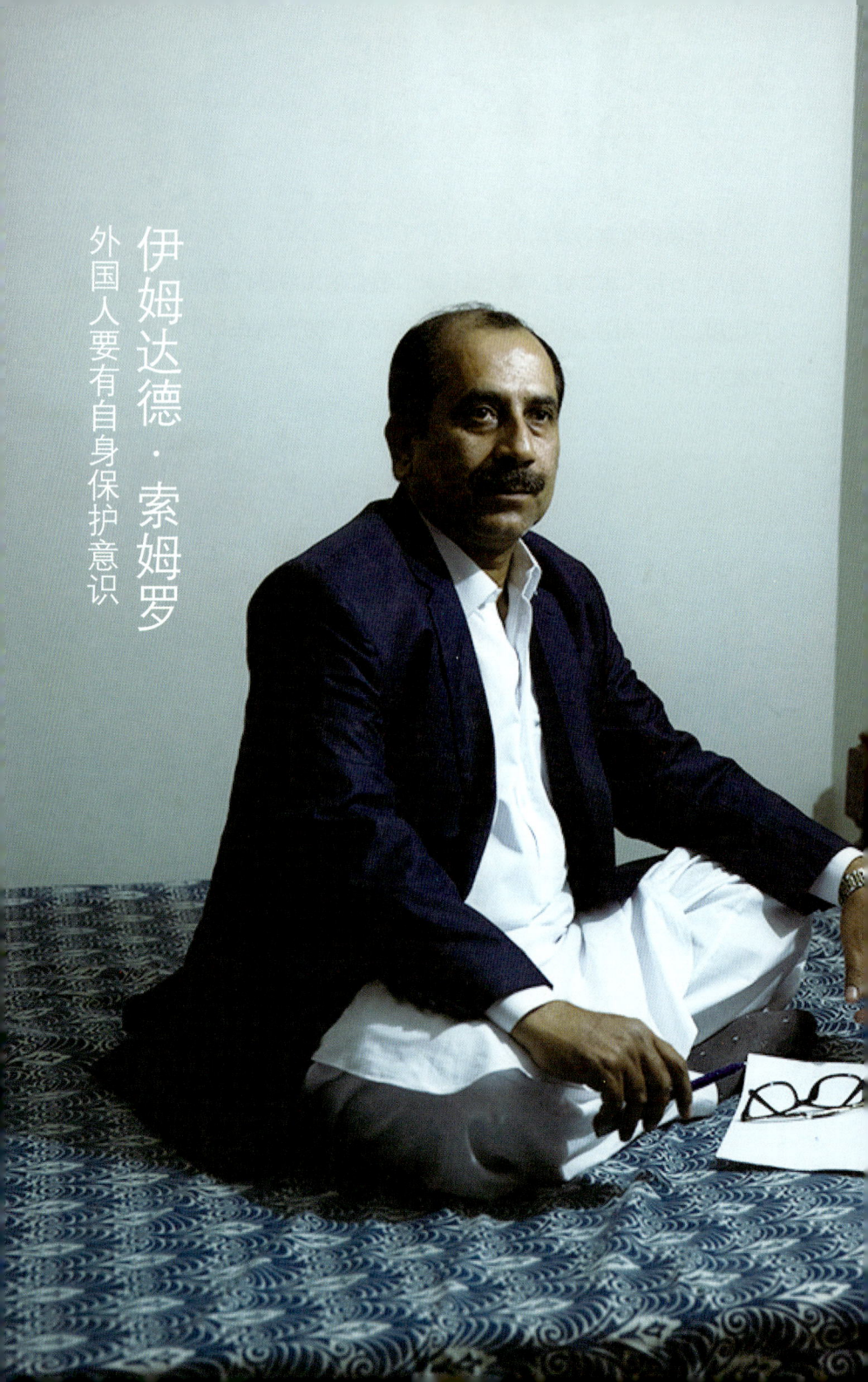

伊姆达德·索姆罗

外国人要有自身保护意识

第6站 卡拉奇：传统与现代交融

3月4日晚，我们采访了资深调查记者伊姆达德·索姆罗。伊姆达德在反恐、安全领域报道出色，在巴基斯坦很有影响力，而他自己也因为报道而受到威胁，不得不雇请一位保镖，24小时被贴身保护。

卡拉奇虽然让人感觉繁荣与祥和，但一旦出现恐怖袭击就没有任何预兆。人们无法预料，2018年11月来自俾路支省的恐怖分子会突袭中国驻卡拉奇总领馆；2002年，《华尔街日报》记者丹尼尔·珀尔来卡拉奇采访，却被绑架，最后被砍头。

索姆罗觉得，虽然现在看不到威胁，但预防措施必不可少。外国人在巴基斯坦生活应该本土化，比如穿上国服沙尔瓦·卡米兹伪装一下，总是会好一点。

对　话

问 _ 为什么巴基斯坦的安全形势时常让人担心？
索姆罗 _ 我们的敌国起到不好的作用。他们给恐怖组织提供庇护、资金甚至武器。

问_ 你手里有证据吗？

索姆罗_ 倒不是有没有证据的问题，这是显而易见的。

问_ 结合目前巴基斯坦的安全形势，你对中国人有什么建议？

索姆罗_ 卡拉奇是巴基斯坦第一大城市，又是交通枢纽，在信德省和俾路支省工作的中国人都会来卡拉奇。目前，中国人受到信德省和俾路支省分离主义者的威胁。是的，信德省也有分离主义者。他们的头目生活在德国，经常通过脸书发表仇视中国和中巴经济走廊的言论。

巴基斯坦政府很重视中国人的安全。目前在巴基斯坦的4个省，每个省都有由2000人组成的安全部队，专门负责中国人和中国项目的安全。

问_ 我们一路走来，都说巴基斯坦有安全问题，但我们并没有遇到什么问题，是不是外界有些小题大做了？

索姆罗_ 自从2018年11月在卡拉奇发生针对中国总领馆的袭击之后，安全形势有所好转，但中国人仍应该注意安全。比如，我曾受到人身威胁，为此我雇请了一位保镖，24小时保护我。我的确没有遇到危险，但预防措施还是必要的。

中国人也要有自身保护意识，比如穿沙尔瓦·卡米兹就不太会引起别人的注意。

问_你的提醒可能适合西方人,毕竟你们长相相似,但中国人的长相恐怕穿沙尔瓦·卡米兹还是会被认出吧?

索姆罗_我们国家有长得像中国人的人,他们是哈扎拉人,他们的祖先是蒙古人。他们就穿沙尔瓦·卡米兹,中国人穿上会好一些。

萨义德·哈桑
要抓住中巴经济走廊的发展良机

第6站 卡拉奇：传统与现代交融

3月6日的采访很紧张。今天我们要采访两个人，中午塔萨瓦带我们去哈姆达德大学采访副校长萨义德·哈桑，晚上要采访巴基斯坦前卫生部部长和体育部部长贾赫拉尼。

经过两个小时的车程，我们到达位于信德省和俾路支省交界处的哈姆达德大学。哈姆达德大学外面沙漠环绕，校园却是一片绿洲，风景宜人。当我们进入办公室时，萨义德·哈桑已经在等我们了。

给我印象深刻的是萨义德与我的观点很类似。采访进行了一个小时，而后他和教务长一起请我们吃午饭。他向我们介绍哈姆达德大学的历史。原来这所大学的创始人是哈希姆·萨义德。他是一位东方医药发明人，他的哈姆达德品牌药受到巴基斯坦人的欢迎，他本人也获得了商业上的成功。同时哈希姆·萨义德也是一位政治家，他在20世纪90年代当过信德省的首席部长。1991年，哈姆达德大学成立，并迅速成为巴基斯坦最大、最著名的私立大学。1998年，哈希姆·萨义德去世，他的女儿继承了哈姆达德基金会，并担任哈姆达德大学校长至今。

采访中，萨义德·哈桑就"一带一路""中巴经济走廊"等主题回答了我的提问。

对 话

问_ 中国经济发展了,但同时也面临环境问题。中国的发展过程对巴基斯坦有什么启示?

萨义德·哈桑_ 我们看到中国经济迅速发展,同时也遇到环境问题的挑战,我们会对此进行研究,在发展本国经济时努力做到兴利除弊。我认为,经济发展与环境问题是一对短期效益和长期效益的矛盾。我们国民渴望迅速改善生活,而保护环境又是一个长期利益所在,解决问题需要在两者之间找到平衡点。

问_ 我看到巴基斯坦越来越开放,在一些大城市,知识女性走出家门,走上工作岗位,但我也看到在白沙瓦,女性仍然待在家里。你如何看待女性权利?

萨义德·哈桑_ 在很多大城市里,人们的观念正在发生变化;而在白沙瓦,人们的观念还没有太多改变。但是像女性出去工作的现代化趋势总会发生,它不受人们观念的影响。不要认为传统会一成不变,传统也会改变,即使在白沙瓦也会有改变。当然,改变肯定不会在明天发生。

第 6 站　卡拉奇：传统与现代交融

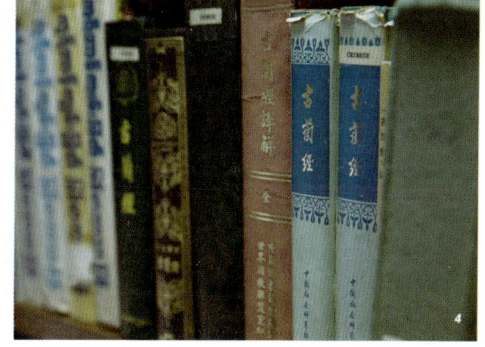

1　哈姆达德大学一角
2　哈姆达德大学校车
3　男生们在校园踢足球
4　哈姆达德大学图书馆的中国藏书

273

1 哈姆达德大学的祈祷室
2 哈姆达德大学的图书馆
3 墙上挂着哈姆达德大学创始人哈希姆·萨义德及其女儿的肖像
4 哈姆达德大学的女学生

贾赫拉尼

和平环境利发展

是的，我们去了巴基斯坦

3月6日，在穆凯什的带领下，我们采访了巴基斯坦原卫生部部长和体育部部长贾赫拉尼。

现年52岁的贾赫拉尼是穆凯什的老乡，都来自信德省中部城市雅各布阿巴德，是当地的大地主和部族长老。进入贾赫拉尼家中的办公室，最引人注目的是他身后的贝·布托画像。作为人民党党员，他的职业生涯随着人民党的起落而起伏。他曾连续17年代表雅各布阿巴德担任国会议员，其间入阁担任卫生部部长和体育部部长。2018年，他从国会退下来，但并未退休，现在他住在卡拉奇，担任信德省首席部长的顾问。

到了他所在的地方，我们看见门口停了很多辆车，感觉都是来找贾赫拉尼的。我们把车停在门口，穆凯什的司机不能进入院子，不过主人家给来访的司机在门外准备了凉棚，还有茶水伺候。我们则被请进院子，穿过一片草坪，被带到地下的一间接待室。接待室很大，大约有100平方米，摆了一圈欧式沙发，天花板贴着金箔。我们找了个地方坐下，仆人送上奶茶和饼干。

我以为一会儿就能进去，其实不然。原来每天到他家谈事的人很多，大家要排队。坐在我们旁边的是两名当地人，我们互相不认识，只点头打了个招呼,再无他话。接待室很安静,我对穆凯什感慨道:"感觉这里就像在医院候诊。"

又等了一会儿,贾赫拉尼的堂弟走出来,和我们一一握手,并坐在旁边陪我们等候。又等了半天,贾赫拉尼的侄子也出来和我们握手,显然,这个侄子的地位更高。他带着我们进入接待室的另一扇门,这就是贾赫拉尼的办公室。

与刚才气派的接待室不同,贾赫拉尼的办公室并不大,大约20平方米左右,背景墙上挂着贝·布托的画像。房间有两扇门,一扇通向接待室,一扇通向别的房间。我们没有进入另一扇门,只看到他的侄子频繁进出那扇门,不时给他递送文件。办公室还有个大玻璃窗,但窗帘紧闭,只能瞥到外面有人来回走动。我们进来的时候发现,院子里外都站着十几个保安。

从贾赫拉尼家出来,穆凯什对我说,他和贾赫拉尼认识很多年,在事业上他得到贾赫拉尼很多帮助。

对　话

问_ 你去过几次中国?中国给你留下什么印象?
贾赫拉尼_ 在担任体育部部长和卫生部部长期间,我曾两次到访中国。中国给我留下很深的印象,感觉中国人非常勤劳,中国的城市很漂亮,中国的经济很发达。我想,再过几年,中国会超过美国成为世界第一大经济体。

问 _ 你如何评价中巴两国从友好中受益？

贾赫拉尼 _ 巴中友谊让双方得到好处。目前双方在共同建设中巴经济走廊，比如中国开发瓜达尔港，这让巴中之间的货物运输变得更加便利。与此同时，俾路支省得到资本注入，促进了当地经济发展，将来便捷的交通会给双方经济带来活力。

问 _ 中巴经济走廊如何让民众受益？

贾赫拉尼 _ 中巴经济走廊促进经济发展，经济发展让民众更加富裕。比如，中巴经济走廊中有一个项目是从卡拉奇到木尔坦的高速公路。高速公路一开通，两地行车时间就将大大缩短，物流更方便，成本更低，这些都让民众受益。

问 _ 中巴经济走廊会受到什么挑战？

贾赫拉尼 _ 主要的挑战是恐怖主义，我们必须重视这个问题，保护好中巴经济走廊项目。同时，我们的外部环境并不好，我们要应对来自印度的敌意。我们希望和平，只有和平的内部与外部环境才能保证我国经济发展。

穆凯什·罗培塔

外号叫『总统先生』

是的，我们去了巴基斯坦

到了卡拉奇，我们继续"城市大使"项目。我们的爱彼迎房东一直在医院忙工作，始终没能见面，不过穆凯什很配合，他愿意就这个主题接受我的采访。

3月2日下午，穆凯什·罗培塔来了，我很兴奋，因为我们已经8年未见。穆凯什是我在美国读书时的同学，他总是乐呵呵的，喜欢开玩笑，有他在，永远不冷场。他走路、说话都很有派头，我的同屋、来自孟加拉国的阿劳丁就给他起了个外号——"总统先生"，后来就叫开了，连我们的美国教授比尔·斯考克也跟着叫他"总统先生"。他人随和，对这个外号也欣然接受。

他对领导力有自己的感悟。在美国，他还专门发表过专题演讲。他说："领导力并不是要成为领导，领导要带领大家，而大家要跟从。我就想做个跟从者，这同样是在发挥领导力。"他说到做到，凭借超高的情商和超强的社交能力，他总能让周围人心甘情愿地为他效劳，甚至在美国或在巴基斯坦被他称为"老板""领导"的人，也经常给他服务。比如，我们在美国读书的推荐信是请自己领导写的，而他的推荐信则是由时任总统扎尔达里写的。我在卡拉奇采访收获颇多，全因为有他的资源。

在巴基斯坦做记者本身就是一种挑战。在穆沙拉夫当政时期，穆凯什曾被捕入狱，为了营救他，穆凯什的朋友将此事告诉了国外记者，通过SPJ（美国职业记者协会）等国际组织的呼吁他最终得以释放。

2010年9月，我们一起参加了SPJ在拉斯韦加斯的年会。主持人向与会的1000多名美国记者说："我们很荣幸邀请到一位来自巴基斯坦的记者，他曾经因为报道真相而被捕入狱，在我们协会的呼吁下，他在被关押三个月后重获自由。女士们，先生们，他就是穆凯什·罗培塔！"

穆凯什事先并不知道有这个环节，但他一点都不怯场。他拿起麦克风说到在监狱时的无助心情，当时他不知道朋友们向包括SPJ在内的非政府组织求援，让他能活着走出监狱。他很荣幸能站在这里，并向SPJ和记者同行表示感谢。简短有力的发言结束，全场起立鼓掌。

命运对他并不公平。他出生在信德省中部沙漠里的一座小城——雅各布阿巴德。那里夏天高温达52℃，还经常发洪水。

穆凯什是印度教徒，这个身份有时会比较敏感。前几天在火车上，我正与巴基斯坦人热烈讨论印巴冲突时，接到他的电话，还叫了他的名字。挂了电话之后，我被旁边的年轻人质疑：

"哦？你还有印度朋友？"

"不是，他是我的同学，在卡拉奇。"

"那他是印度教徒？"

"你怎么知道？"

"穆凯什是印度教徒的名字。"

之后,我从新闻中了解到,一位印度教徒被人殴打。

穆凯什并不认命。平时乐呵呵的他有着特别的本领,他会察言观色,能参透大人物的心思,大人物也愿意视他为自己人。他成为巴基斯坦最大的私人电视台 GEO 新闻台高级记者和驻雅各布阿巴德的记者站站长,管理着一个 20 人的团队。在卡拉奇,他是政客家中的座上宾。有时政客之间互相不信任,还需要他从中调和。他一步步将工作重心从雅各布阿巴德迁到卡拉奇,还在市中心买了一套三居室,我们也参观了他还在装修中的房子。他说,他要装一个美式厨房,他和家人的生活重心也要移到此地。

现在,资源在他手中,他却不愿意让下一代走他的路,而是鼓励 4 个孩子全去学医,哪怕每人每年就读医学院的学费高达 1 万美元。他认为,医生靠技术吃饭,不用看别人脸色。而且,巴基斯坦的医疗体系属英制,他们学成之后可以出国,到英联邦国家行医。

他对于孩子的教育经费信心满满,但也说到最近的困难——他有几个月没有拿到工资了。这是因为大选后,政府投放的广告大幅减少,电视台遇到经营困难。现在,他的记者工作要继续做,同时也做房地产经纪人的兼职工作。这个工作能充分利用他的关系网,让他收入不菲。

对 话

问_ 卡拉奇最引人注目的是什么？

穆凯什_ 卡拉奇有 2000 万人口，既传统又现代，既独特又多元，它是一个国际化大都市。

问_ 卡拉奇最好的旅游季节是什么时候？

穆凯什_ 卡拉奇夏天会比较热，我推荐 10 月到第二年 3 月来，这段时间的气温会比较舒适。

问_ 卡拉奇的夜生活是什么样子的？

穆凯什_ 卡拉奇被誉为"光之城"。在餐厅、茶馆和冰激凌店，你会看到人们聚会聊天，很多场所营业到凌晨 4 点。

问_ 在卡拉奇饮酒有问题吗？

穆凯什_ 巴基斯坦法律规定，人们不能公开饮酒。如果被警察抓到，会被拘留 2~5 天。但法律不限制外国人买酒，买了酒在房间里喝没问题。

问_ 卡拉奇的美食有什么推荐？

穆凯什_ 我推荐 BBQ（烤鸡肉）。我们有 Tikka，这种美食是将一整只烤鸡切成 4 份，其中一份就是 Tikka，这一份或者是整个一只鸡腿，或

是的，我们去了巴基斯坦

1　穆凯什和他的儿子格里什
2　穆凯什的司机
3　穆凯什的司机给我看他中国继母的照片

者是一大块鸡胸加鸡翅。它烤的时间会比较长,所以烤得会比较透。

问_卡拉奇的购物场所有什么推荐?
穆凯什_我推荐多尔曼商城,就在克利夫顿海滩,里面购物环境舒适。卡拉奇还有很多这样的大商场,比如大洋百货。

问_卡拉奇值得去的地方有哪些?
穆凯什_我觉得克利夫顿海滩就很好。人们可以在那里散步,还可以骑马、骑骆驼,海滩旁边有很多餐厅。

女编辑艾莎·汗

丈夫若不会家务，我教他

第 6 站　卡拉奇：传统与现代交融

　　职业女性的话题很有意思，我们能通过比较看到中巴两国之间的异同。现在，在巴基斯坦的大城市，越来越多的女性出来工作。而在男性主导的社会中，她们又承受着来自社会和家庭的双重压力：薪水、生育、产假、教育、家务等问题都牵涉其中，且没有标准答案。

　　"三八"妇女节当天，我还采访到艾莎·汗。她是穆凯什好朋友的妹妹，现在是巴基斯坦最著名的英文报纸《国家报》的社交媒体编辑。她挣着白领的薪水，穿着入时的服装，有自己的汽车，善于独立思考。她说，她经济独立，生活不用靠男人。

对　话

问＿你如何看待女性权利？

艾莎＿以前女性没有受过教育，她们从小被教育，要服侍丈夫，要照顾孩子，要做家务、做饭。现在不一样了，女性受到教育，她们了解自己的权利，有了自己的想法，能够分辨出什么是正确的事情，不再需要别人告诉她们什么是正确的事情了。

问 _ 我在伊斯兰堡看到,很多餐厅甚至公交车都男女分开,你怎么评价男女分开这个现象?

艾莎 _ 我觉得分开好。我有一次经历,我们6个女孩去吃饭,总是被旁边一个男人死死地盯着,我们感觉很不舒服。如果男女不分开,一些女孩被骚扰该怎么办?如果我被骚扰了,只能自认倒霉。

穆凯什 _ 你应该报警,如果你不报警,警察又如何知道呢?

问 _ 为什么要自认倒霉?

艾莎 _ 我不知道对方是什么背景,如果来自有权有势的家庭,他可能会逃脱惩罚。即使他因为骚扰被关上三个月,被放出来之后,如果他想对我打击报复,我还是没有办法。

问 _ 我看到在卡拉奇,一些女性出来工作,同时我在白沙瓦看到街上的妇女穿着布卡。一位普什图族人告诉我,他们将女人视为私有财产,希望留在家中好好地保护,你怎么看?

艾莎 _ 受到文化的影响,在巴基斯坦一些地区和一些家庭,男人对待女人的态度较为保守。从积极的角度看那位普什图族人的观点,男人希望给女人最好的保护。我也在思考,即使是保守家庭,也该考虑让女孩走出家门,接受教育。在社会中,女性应该有更多担当。比如我去医院,还是希望有女医生给我看病。

问 _ 如果你未来的丈夫不愿意你去上班,你怎么想?

艾莎_ 我已经订婚,今年9月就要结婚了。我事先已经和未婚夫谈好,希望能继续我的事业,而未婚夫也明确说,工作不是为了赚钱,因为他完全养得起我。

问_ 在中国,很多双职工家庭要面对照顾孩子的问题,你怎么考虑这个问题?

艾莎_ 我觉得孩子小的时候需要母亲照顾,受教育程度高的母亲可以带好自己的孩子。我的确考虑过,如果生了孩子,我就会退出全职工作,转而做兼职,留出时间照顾孩子。等孩子上学了,我再开始全职工作。

问_ 你打算要几个孩子?

艾莎_ 一个。你知道,卡拉奇生活成本很高,教育好一个孩子付出会很多。

问_ 关于做家务,男人是该主动承担还是该袖手旁观?

艾莎_ 在巴基斯坦,一些男人会主动帮助妈妈、妻子做些家务。男人的意识中认为自己要出去挣钱养家,养家被认为是男人的主要工作。未来在我的家庭中,我和我的丈夫同时要出去工作,工作时间也都很长,我们觉得我们该一起做家务。如果他不会,我可以教他。

问_ 我参观卡拉奇记者俱乐部时,看到那里的女记者并不多,你怎么看?

艾莎_ 我在卡拉奇大学新闻系读书的时候,我们班52个同学中只有11个男生,我觉得将来女记者会更多。

是的，我们去了巴基斯坦

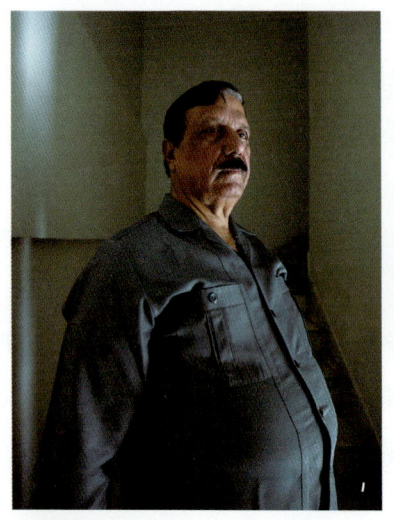

1　卡拉奇商人
2　卡拉奇的进城务工人员
3　卡拉奇老天主教堂花园里的读书人
4　卡拉奇的进城务工人员，他就露天睡在我们公寓楼下

第 6 站　卡拉奇：传统与现代交融

1　摩托车销售人员
2　赛百味店员
3　乌鸦喜欢卡拉奇的桥

291

第 7 站

瓜达尔港

中巴两国经济中的『网红』

گوادر بندرگاه

毋庸置疑，瓜达尔港在国内是一个热门话题。一些网站说，中国将向瓜达尔港投资数十亿美元。瓜达尔港究竟什么样？现在建设到什么程度？在好奇心的驱使下，采访瓜达尔港成为我此次"一带一路"探访巴基斯坦的主要目的之一，为此我提前一年就开始准备了。丹丹是我"志奋领奖学金"的学友，偶然的机会我和她提到要去巴基斯坦，想去采访瓜达尔港，丹丹很惊讶地说："我在瓜达尔港工作了一年多。"

接下来，丹丹帮了我很大的忙，帮我们安排好了在瓜达尔港的采访。在办理巴基斯坦签证过程中，新闻官阿里问我们为什么没有邀请函。我解释说，这是北京市委宣传部给我的资金，这次采访是我主动要去的，因此没有邀请函。然而我的理由在对方眼里站不住脚，我只得继续求助丹丹，丹丹那边很支持，第二天就开出了邀请函，这无疑加快了我们办签证的进程。

事情真是一波三折，就在我们买好从卡拉奇到瓜达尔港的往返机票后，印巴冲突爆发。2月27日，巴基斯坦政府宣布，无限期停飞所有商用航班。在国内的丹丹发给我们这条消息，这让我们接下来的几天都心神不宁。如果到了3月9日还不让飞，那么瓜达尔港的5天行程就必须要延迟了。而我们回北京的机票定在3月17日，即便能拖，

第 7 站　瓜达尔港：中巴两国经济中的"网红"

也只能拖两天，我们的机动性并不大。好在巴基斯坦政府于 3 月 7 日放开了航空管控，3 月 9 日我们如期抵达瓜达尔港。

螺旋桨飞机

3 月 9 日下午，我们到了真纳国际机场的停机坪。走近才发现，这是一架 ATR42 螺旋桨飞机。我仅有一次坐螺旋桨飞机的经历，那是 2005 年在美国采访的时候。李英武是第一次乘坐。我们都不知道螺旋桨飞机是否安全，当然也别无选择。后来我在网上搜索，了解到这是法国与意大利合资生产的一个机型，用于支线航空。

空中看卡拉奇，一片黄色。我这才发现，原来卡拉奇建在沙漠中。越往西飞，沙漠化越严重。一个小时多一点，我们到达瓜达尔机场。

瓜达尔机场是我去过的最小的机场。人们走下舷梯，没有摆渡车，也不需要摆渡车，顺着人流走一两百米就到了候机室。

候机室大字写着"Gwadar International"（瓜达尔国际），然而停机坪上只有一架飞机，不一会儿，要飞往卡拉奇的乘客拉着行李走向飞机，原来飞机当天就要飞回卡拉奇。

地勤人员告诉我们，需要拿托运行李的要在外面等。过了一会儿，地勤人员手拉着行李车走过来。没有传送带，看见是自己的行李提走就好。

在候机室等了一会儿，中国港控的徐孝山跟着车队过来了。徐孝山后来告诉我，出于安全考虑，除了去机场，他们平时很少出自由区，

是的，我们去了巴基斯坦

1 航拍沙漠中的瓜达尔
2 空中看瓜达尔港的榔头半岛

第 7 站　瓜达尔港：中巴两国经济中的"网红"

1　ATR42 螺旋桨飞机
2　瓜达尔国际机场的行李车

每次出去都要和陆军协调好,陆军军车一前一后护卫车队,同时在沿线路口布防。去瓜达尔港这一路,我们又体验了一回军车开道的阵势。

从车窗往外看,路两边都是沙漠。沿途的土地上有标志牌,看来很多土地都有主人。我突然想起在火车上见到的父子俩,他们说要到瓜达尔买地建厂。到了才知道,这里原来是一片荒漠啊!偶尔能看到有院墙的房子,也是孤零零地矗立在那里,看来瓜达尔的潜力蛮大的。

从机场出来,我们先要穿过瓜达尔城,然后来到瓜达尔半岛。当地人管半岛叫榔头(Hammer head)——从空中看的确像一个榔头伸入大海。在榔头的东北角就是瓜达尔港,中国港控的员工都集中在瓜达尔港区里。

瓜达尔城相当于中国一个乡镇的规模。我们看到沿海有渔船,据说当地人仍然以打鱼为生。

穿过瓜达尔城,我们来到瓜达尔港区。港区大门口首先有陆军岗哨,里面还有海军陆战队岗哨,中国港控还有自己的岗哨,戒备森严。

进入港区,感觉就不一样了。地上或铺着柏油路,或被绿植覆盖,外面黄土扬沙,港区内却一尘不染。我们入住商务中心的5层客房,打开房间的窗户,港区和深水港一览无余。

稍事休息后,我们去一楼用餐。徐孝山告诉我们,在这里的5天,一日三餐都在商务中心,我们很高兴又能在异国他乡吃上食堂的饭,而且全是可口的中餐。我观察了下周围,一共三十几个中国人在用餐,这些是中国港控和在自由区内中国公司的员工。

第 7 站　瓜达尔港：中巴两国经济中的"网红"

1　瓜达尔港的陆军护卫
2　军车护送穿过瓜达尔城

是的，我们去了巴基斯坦

1　港区的围墙
2　陆军哨所

第 7 站　瓜达尔港：中巴两国经济中的"网红"

1　从珍珠洲际酒店俯瞰瓜达尔城
2　在岗楼守护的海军陆战队士兵

301

徐孝山和我们商量了这5天的安排,内容很丰富,我们不仅可以参观港区,还可以采访中国港控的中巴员工。在董事长张保中的关照下,我们还可以出港区,到中国路桥东湾快速路的施工现场采访,以及到中国港控出资援建的法曲尔学校、中国红十字援外医疗队和保护港区的海军陆战队进行采访。

算算瓜达尔港的家底

3月10日一早9点,我们就开始了采访。虽然是周日,但中方员工为我们放弃了休息。徐孝山先带着我们参观了港区。

去瓜达尔港之前,我上网做了些功课。

瓜达尔,中文译名为"风之门",是巴基斯坦的重要港口。瓜达尔自1792年属阿曼王国,当时,巴基斯坦西部的卡拉特汗国将瓜达尔周边约800平方公里的土地赠予前来避难的阿曼王子。1958年,巴基斯坦以300万英镑的价格自阿曼购回了瓜达尔地区。中国政府应时任总统穆沙拉夫的请求为该港口建设提供资金和技术援助。该港口于2002年3月开工兴建,2015年2月瓜达尔港基本竣工。

也就是说,瓜达尔港已经建成了,这次主要采访目前的运营情况和将来的规划。

第 7 站 瓜达尔港：中巴两国经济中的"网红"

回到商务中心，中国港控已经为我们准备了介绍会，主讲人逐渐谈到我很关心的未来计划——这里要建一座新机场，还要修建连接起步区和北区的东湾快速路，以及 300 兆瓦的燃煤电厂。

还有一个我比较感兴趣的是总投资额和未来投资计划。主讲人介绍，目前码头已投资 5000 万美元，在 25 公顷自由区起步区已投资 2.5 亿美元，预计在 898 公顷的自由区北区再投资 50 亿元。

据介绍，目前在港区工作的员工有 1000 人，其中中方雇员 15 人。

应该说，对于瓜达尔港现状及未来的规划，我有了大致了解。

第一，瓜达尔港的港口部分已经建设完成，今后将根据运营情况再决定是否扩大港口规模。目前，中国港控已经为扩大港口规模预留了土地。如果说自由区起步区和北区以及配套基础设施建设也算在港口建设中，那么港口的确还在建设。当天下午，我们就要去中国路桥承建的连接自由区起步区和北区的东湾快速路工地现场看看。

第二，码头和自由区起步区的投资额大约 3 亿美元，而将来在北区的投资大约 50 亿元人民币。

第三，目前中国港控还是在投入阶段，各方都看好这里的发展潜力。

总结来说，中国港控瓜达尔港正在做两件事情：一是经营码头，二是类似于一级土地开发商，在面积大约 9 平方公里的自由区进行"七通一平"的工程。同时，公司要为瓜达尔港造势，比如举办展销会。2019 年 3 月 28 日，第二届瓜达尔国际商品展销会在自由区起步区正式开幕。展销会吸引了从国内慕名前来的 149 位中国投资商，中巴投资商以及政界、商界和当地名流上万人再次汇聚瓜达尔港，巴基斯坦总理伊姆兰·汗也专程出席了这次活动。

安全形势

上午马不停蹄，会后，我采访了商务中心总经理助理刘航和码头公司总经理助理王万超。下午还要去中国路桥驻地看看。

下午4点，我们来到修建东湾快速路的中国路桥项目驻地。驻地由一排排简易住房组成，包括办公室、食堂和宿舍。当时刮起大风，沙尘漫天，感觉这里住宿条件不太好。负责人说话很幽默，他说："如果半年前你们来，我们都是住在集装箱里，每个集装箱有个小窗户，还上了铁栅栏，就像监狱一样。现在好点了，能住进简易房里了。"

中国路桥东湾快速路项目公司的安全经理陶满军向我们介绍了这里的安全形势。半年来这里出现了一些情况，所幸没有人员伤亡，但不能掉以轻心。

就在2019年2月14日，"俾路支解放阵线"（BLF）声称对在瓜达尔针对"一带一路"项目的袭击事件负责。我还记得，当时我们正在伊斯兰堡采访，同学发过来中国大使馆领事提醒，当时感觉消息并没说太清楚，只是说俾路支省安全形势紧张，提醒中国人注意安全。我直觉认为说的是首府奎达，原来恐怖袭击事件发生在瓜达尔。此前的2018年12月，军方还在瓜达尔港中国营地10公里外发现了一处恐怖分子的军火库，并抓捕了三名恐怖分子，军方因此对"一带一路"

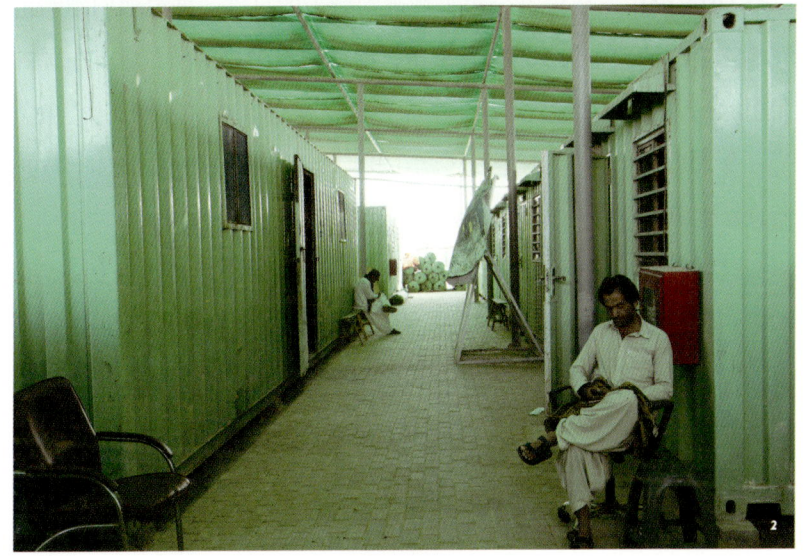

第 7 站　瓜达尔港：中巴两国经济中的"网红"

1　东湾快速路项目驻地，用集装箱改建的员工宿舍（一）
2　东湾快速路项目驻地，用集装箱改建的员工宿舍（二）

项目的安保层级调至最高。

我们5天行程中没有遇到恐怖袭击,但在我们离开瓜达尔港仅三个月,离自由区起步区直线距离不到200米的珍珠洲际酒店就发生了恐怖袭击事件,造成三名巴基斯坦人员死亡。好在中方人员驻地有四道岗,并及时躲进了安全屋,没有出现意外。

陶满军带我去看了营地的陆军值班室。值班室墙上挂着反政府武装头目的照片,他们属于"俾路支解放阵线"(BLF)和"俾路支解放军"(BLA),军方在通缉他们,据说一个脑袋价值数百万卢比。

正在采访的时候,我们还得到消息,昨天晚上(3月9日)在卡拉奇DHA五区发生中资公司车辆遭到袭击的事件。据说他们刚刚出驻地三分钟就被一伙不明武装袭击,前座司机中枪受伤,后座中国人无恙。

令人后怕的是,DHA五区就在我们当时住的DHA六区的旁边,而且发生枪击事件时,我们刚刚离开卡拉奇。

这样看来,出行有陆军护卫还是很有必要的。然而到晚上6点我们采访完,要回自由区起步区的商务中心时,我们却迟迟不见陆军护卫。按规定,他们不来护卫,我们就走不了。一个小时过后仍然没有消息,徐孝山很生气,因为他和对方早就说好了时间、地点,现在对方打电话、发短信都不理。

一位负责安全工作的巴基斯坦人出来解释。他提到军方的困难,比如,东湾快速路施工,每天出工有100人左右,要去施工道路沿线46处工地,陆军必须在每处工地布防,等收工的时候,又要把每个人

第 7 站　瓜达尔港：中巴两国经济中的"网红"

1　东湾快速路项目驻地门口
2　东湾快速路项目驻地门口，工人们在这里洗脚休息

是的，我们去了巴基斯坦

1 在东湾快速路项目驻地工作的巴基斯坦工人
2 东湾快速路项目驻地门口
3 东湾快速路项目驻地，此时起风了

第 7 站 瓜达尔港：中巴两国经济中的"网红"

一一接回，如果有一组中国人晚了，后面的人就都要等。军方的护卫工作每天如此，这需要很多安保力量，更需要很多协调工作。

我在旁边插了一句："能理解，但既然长官答应来接我们，怎么也得信守承诺不是？"这句话似乎刺激了对方，一些巴基斯坦人好面子，最怕别人说他们说话不算数。

"我们巴基斯坦军人最守诚信。那位军官又接到了新的任务，军人就要执行命令啊！"

"理解，但起码应该提前和我们说一下啊。"

后来这位巴基斯坦人说了什么我也记不清楚了，总之大约到晚上7点30分，陆军护卫车队终于来了。后来说到原因，还是双方沟通环节出了问题。

与中国路桥在阿伯塔巴德项目公司遇到的问题类似，中国公司和巴基斯坦军方因为安保问题会产生一些小矛盾。巴基斯坦军方负责中国公司安全，因此只要中国公司出驻地，就要有军队全程护送，他们需要中国公司提前打招呼，否则到时没有护送就无法出行；而中国公司有业务要求，需要经常出驻地，他们需要自由便利。双方的关注点不一致，如果协调跟不上，互相埋怨会时有发生。不过安全形势不乐观，双方必须协作顺畅，不出事才是根本。

客观地说，在巴基斯坦陆军、海军陆战队、警察等力量的保护下，中国港控采取了融物防、技防、军防、民防为一体的防控手段，各项安全措施得到有效落实。公司经营 5 年来，事故率为 0，伤亡率为 0，犯罪率为 0。

参观法曲尔学校

3月11日，我们参观了瓜达尔地区的中巴法曲尔学校。瓜达尔地区教育资源缺乏，辖区内的法曲尔区居住着6000多名居民，之前竟然没有一所公立小学。为了上学，当地孩子不得不去10公里外的一个镇子。得知这种情况，中国和平发展基金会联合中国港控决定帮助当地建一所小学。消息传出，一位名叫穆罕默德·艾哈迈德的老人主动将一块土地捐给了政府。经过13个月的考察建设，2016年8月26日，中巴法曲尔学校正式运营，121名学生先期入学。

中巴法曲尔学校的校长尤纳斯带我们参观了学校。学校有两层楼，班级设置覆盖了从学前班到八年级，共有500多名学生在这里上课。在五年级教室，我们看到墙上贴着中文格言，有孔子的"己所不欲，勿施于人"，老子的"千里之行，始于足下"，这是老师照着网上资料一笔一画写下来的，她希望以此鼓励学生好好学习。我想问学生几个问题，学生回答都很踊跃，有三个学生还赢得了我从中国带来的小熊玩偶。他们每个人都有梦想，有的想当医生，有的想当将军。

在中国港控的帮助下，学校软硬件设施达到当地最高水平。经过两年积累，学校教学成果显著，学生成绩在瓜达尔地区甚至在整个俾路支省都名列前茅。学校声名远扬，很多家长都希望把孩子送到这里，这也引发了新的问题。本来规划容纳150名学生，现在却要容纳527名学生，而尤纳斯手里还有厚厚一叠申请表。学校的入学原则是"先到先得"，那些没有进来的孩子只好等待。尤纳斯说："现在地方不够

第 7 站　瓜达尔港：中巴两国经济中的"网红"

1　法曲尔学校的孩子（一）
2　法曲尔学校的孩子（二）
3　法曲尔学校的孩子（三）

是的，我们去了巴基斯坦

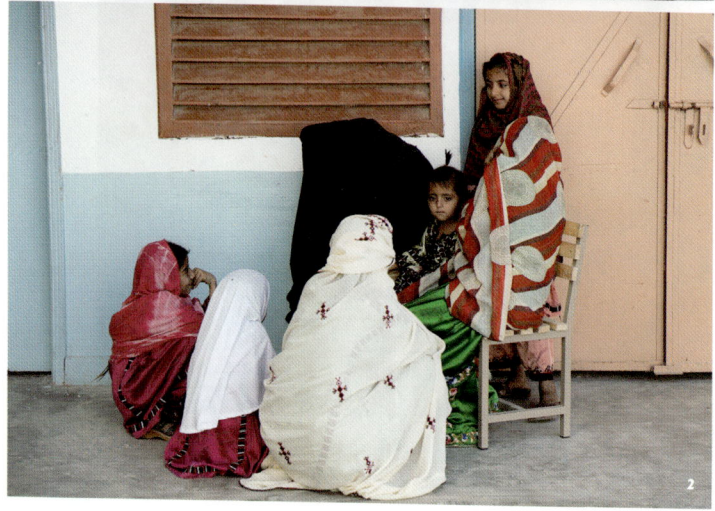

1　法曲尔学校的孩子（四）
2　法曲尔学校的孩子（五）

第 7 站 瓜达尔港：中巴两国经济中的"网红"

1　法曲尔学校的孩子在上课
2　尤纳斯校长和学生们

是的，我们去了巴基斯坦

1 法曲尔学校的老师
2 法曲尔学校的老师在给孩子们上课

用了，有两个班的学生只能坐在走廊的地上上课。政府说要为我们扩建学校，估计今年（2019年）会有消息。"

学校建成之后，中国港控持续参与学校的管理经营，张保中还成为学校名誉校长。学校运转当中遇到什么问题，中国港控都会想办法解决。学校需要校服、课桌椅、娱乐设施和校车等，中国港控就给予支持；学校没水、没电，公司负责解决。公职教师由当地政府聘用，公司还为学校招聘了志愿者。学生取得好成绩，公司发奖学金，还给老师发奖金，鼓励他们把课教好。

2018年中国大使馆的国庆招待会上，来宾们看到一群小朋友唱着中巴两国国歌。徐孝山告诉我，这些孩子就来自这所学校。中国港控资助了23名学生去伊斯兰堡，很多孩子是第一次去首都，第一次坐飞机。

尤纳斯说："在中国人的帮助下，我们的孩子有了好学校，我们的生活得到改善。教育非常重要，它能让人们自己看明白这些。"

瓜达尔港的中国小伙子

3月11日下午，我们见到山东小伙子孙大龙。这次采访的目的是希望了解中巴员工一起工作生活的感受，没想到从他这里遇到了"彩蛋"。

孙大龙是山东某企业驻瓜达尔负责人，今年31岁，淄博人，2018年9月来到瓜达尔港。这家山东公司在自由区起步区有一个1.45万平方米的大展厅，3月28—29日，第二届瓜达尔国际商品展销会就在这里设展区。现在展厅是空的，只在角落里摆着几台大型建筑机械设备，下星期将进行布展工作。

采访中，我随口问了他一句住在哪里，没想到孙大龙竟然有自己的"专属"营地。几年前，山东公司曾经派来全套建筑团队，他们在起步区的小山坡上建起了自己的营地。

我坐上他的车，开车不到两分钟就到了。营地有40多间房，设施包括电视、KTV、台球、健身器材、乒乓球，卧室有贵宾房，也有普通标准间。现在这个营地就住着孙大龙一个中国人和三名当地雇员，孙大龙挑了其中一间大床房。

虽然人少地方大，但孙大龙尽量让营地有一些生活气息。他在营地中央建了一块菜园，三位巴方员工在这里种菜。有一天，他看到他们蹲在地上背着身吃哈密瓜，他也凑过去吃。营地用的是中国港控的淡化水，估算下来，一个哈密瓜成本得有500元人民币，一共结了4个哈密瓜，巴方员工吃了仨，他发现后吃了最后一个。他们还养了三只鸡，可惜的是，前几天都被野狗咬死了。

我们在他的会客厅喝茶聊天。这是他的小天地，巴基斯坦朋友和中国港控的员工都喜欢到他这里来，大家一起吃火锅，他还有从国内带来的冷冻肉。

孙大龙给我看了他的库存，有从山东带过来的酒，他自己不太喝，有时招待客户会开一瓶。除了酒，还有空调、冰箱。这些货物都是山东公司从国内运到这里的，已经放在库房一两年，没卖出去太多。

第 7 站　瓜达尔港：中巴两国经济中的"网红"

1　孙大龙
2　孙大龙过节时挂的大红灯笼
3　山东企业的展厅

317

过春节，虽然只是他自己在这里，但也要有点仪式感，他就带着巴方员工给营地挂上大红灯笼。顿时，营地张灯结彩，有了过节的气氛。

感觉像是鲁滨逊的世界！

孙大龙说，虽然自己还年轻，但一个人在这里，生活节奏也慢了下来。他努力找些事情做，比如去中国港控搞清楚海关通关程序，为将来进出口货物做准备。自己在营地虽然有办公室，但中国港控给他安排了一间办公室，他每天都去，也方便见中国港控的客户，丰富自己的业务关系。

通过采访孙大龙，我亲眼见到了中国公司和中国人走出去的艰辛。新闻报道中很常见的是中国公司扬帆出海的成功故事，但在这背后，还有更多公司发现现实不如预期，只能被迫放慢步伐等待机会。就如这家山东公司，大规模建设的营地没有派上用场，大批货物运到此地却长期趴在库房，现在只留下孙大龙一人"看家"。这也说明，短期效益和长期效益是一对矛盾的统一体。

对于孙大龙，他来到巴基斯坦之前希望能在国外打拼出一番事业，但现在，他必须踏实地待在此地。只是到了该成家的年龄，却连见到合适女生的机会都很少。好在孙大龙心态好，他能把孤身一人的海外生活过得有滋有味，他的乐观和幽默感还感染着身边的人。

巴基斯坦员工看当地变化

从孙大龙的营地出来，我们去中国港控的办公室采访巴方员工

第7站 瓜达尔港：中巴两国经济中的"网红"

达龙。

达龙给我的第一印象是，他与其他巴基斯坦人随意递名片不同，他是双手捧着名片弯腰低头递给我，就像中国小老板的样子。我当时忍不住笑起来，他还有点纳闷，当明白我笑的原因后，达龙说："我喜欢中国文化，这是我从中国人那里学到的礼仪。"

达龙是瓜达尔本地人，今年41岁，比我小几个月，我们几乎同一时间上小学，同一时间高中毕业。他从小学习成绩优异，但瓜达尔没有大学，读到十二年级后考到了外地。2002年大学毕业后，他应聘到中兴通讯的工作，还去过两次深圳。后来他在当地电信运营商Ufone工作，又去深圳参观了华为，并在华为大学接受培训。几次到访中国给他留下了深刻印象。他引用先知穆罕默德的话："学问，虽远在中国，亦当求之。"他认为，中国在高速发展，巴基斯坦人应该去学习。

2004年，他的父亲突发心脏病去世，当时他已经申请了澳大利亚的通信硕士项目，还申请到丹麦移民，但由于他是家中唯一的男人，他最终选择回到家乡。

当时家乡主业还是渔业，他这样的大学生很难找到合适的工作。所幸当时瓜达尔港开始开发建设了。凭借他的高学历和在外企的工作经验，达龙顺利地找到了瓜达尔港的工作。他开始是给新加坡公司工作，后来瓜达尔港转给中国公司，他就为中国公司服务。

他很感谢中国港控为当地做出的贡献。他说，他很自豪能参与中国港控及三个下属公司的招聘面试环节。其中70多人因此找到了工作，这意味着70多个家庭都有了固定收入来源。

谈到变化,达龙还记得,小时候瓜达尔很落后。20世纪80年代早期,这是一座很小的城市,饮用水是咸的,停电是家常便饭。要知道瓜达尔地处沙漠地区,我们三月初在瓜达尔,白天气温都在30℃以上,据说夏天气温高达53℃。

现在,随着经济的发展,特别是中国公司的进入,他亲身感受到瓜达尔的巨变。该地教育状况在明显改变,除了示范学校法曲尔学校,中国公司还援建了一所职业学校,当地人可以在此学习专业技能。现在瓜达尔水量充足,已经解决了吃水难的问题;虽然现在仍然会停电,但只是在白天每隔两个小时停一次电,晚上不会停电了。

达龙说,瓜达尔人口在迅猛增长。瓜达尔城在20世纪80年代的人口只有7000~10000人,2017年瓜达尔城已达到9万人,整个瓜达尔地区的人口达到26.2万人。与此同时,瓜达尔的地价涨了20倍,他已经买了三块地。

达龙回忆道,2013年中国公司进入。之前,来自中国的建筑公司已在这里开始修建瓜达尔港了。当时安全状况比较好,中国人可以去市场买蔬菜和海鲜,他们还和当地人踢足球。中国港控进入后,与当地人交流更多。中国公司雇了很多当地人;中国的海水淡化厂为当地人供应饮用水;瓜达尔的年轻人拿到中国奖学金,去中国大学学习深造;中国医疗队来到这里为当地人看病。

中国公司的进入让很多人心存感激,不过因为安全原因,陆军每天都要查路人身份证,这给当地人带来了一定的不便。

说到自己给中国公司工作,达龙说,他在当地很出名,很多人怕

第 7 站　瓜达尔港：中巴两国经济中的"网红"

达龙

他成为袭击目标。但达龙说，目前没有受到威胁，有好心人提醒他注意安全，晚上别一个人出来，但他不怕，他说："我是穆斯林，信仰给我勇气，我不怕他们。"

关于信仰与发展的关系，达龙有自己的见解："可能恐怖分子希望回到过去物质匮乏的时代。但是，一次祷告只需要 5 分钟，5 次祷告只需要 25 分钟，剩下的时间要关心物质问题，信仰并不是生活的全部。即使自己不想改变，自己的孩子也要接受世界在变这个现实。改变是潮流，孩子必须接受更好的教育去迎接改变。"

参观海军陆战队

3 月 13 日是我们在瓜达尔港的最后一整天，第二天一早，我们就要坐飞机回卡拉奇了。我们今天要采访负责守护港区的海军陆战队负责人。

瓜达尔港是中巴经济走廊最重要的建设项目，因此也就不奇怪为什么这里会有重兵把守了。我们在自由区起步区看到，起步区和港口四周都有围墙，而墙角还有军队的 24 小时岗楼。进入港区，要经过三道岗哨，而进入其中的生活区，还要经过第四道岗哨。每座建筑大门外都配有保安。

接待我们的是一位不愿意透露姓名的海军上尉，他的英语很好，后来得知，他曾在澳大利亚国立大学留学，获得了防务硕士学位。

他谦和地说："中国公司是我的客户。"他想以此类比他与中国公

第 7 站 瓜达尔港：中巴两国经济中的"网红"

司的关系。实际上，他只听令于他的上级。不过徐孝山和中国港控安全官许少隆都说，和海军陆战队是邻居，打交道机会多，所以互相很熟悉，合作很愉快。

这名海军上尉介绍说，2003 年，当瓜达尔港开始兴建时，海军陆战队就在这里负责保卫工作。海军陆战队隶属海军，可两栖作战，因此港口和附近海域都是他们的巡逻范围。

原本，瓜达尔港一片平静，但 2006 年 8 月 26 日，俾路支省布格蒂部落的领导人纳瓦卜·阿克巴尔·布格蒂被杀之后，局势开始出现不稳定。

我在网上看到《俾路支斯坦时报》记者萨吉德·哈桑的报道，阿克巴尔·布格蒂，1926 年出生在俾路支省布格蒂部落长老世家，年仅 12 岁即成为部落长老，他曾担任过俾路支省首席部长职务。2005 年，因为一起发生在俾路支省的涉及军官的强奸案，导致他与时任总统穆沙拉夫产生不和。2006 年他被炸身亡，终年 79 岁。

上尉说，随着瓜达尔港口和自由区的开发逐步深入，当地会需要更多的士兵来保卫区内公司和员工。据介绍，大约有 400 名海军陆战队官兵日夜守护着港口和自由区。上尉说："中国人来这里投资，如果真出了意外，那是我们的巨大耻辱。"这个想法是海军陆战队官兵的共识，因此他们一丝不苟地执行保卫任务。

与上尉聊完，他带我们参观了官兵陆战队小学。令人惊讶的是，这个海军陆战队营地会自办小学，官兵子弟和附近人家都可以把孩子送过来，上尉的两个女儿就在这里读书。我们参观小学的时候，正好

1 海军陆战队小学门口
2 海军陆战队军营

第 7 站　瓜达尔港：中巴两国经济中的"网红"

1　海军陆战队小卖部
2　海军陆战队小学的小卖部

看见教室外面站着两位男同学，另一个高个子的男同学在门口负责看管。原来，外面站着的两位男同学上课不守纪律，因此被叫出来罚站，而那个高个子的男同学是他们班班长。这个场面把我逗乐了：怎么那么像中国的小学校。看我乐起来，班长也乐起来，罚站的两个孩子也乐起来，本来一件严肃的事情全都笑了场。

探访中国红十字援外医疗队

  3月13日下午，我们探访了驻守在瓜达尔港的中国红十字援外医疗队。

  接待我们的是红十字基金会的闫一兵。他先带我们参观了中巴博爱医疗急救中心。2017年5月，中巴博爱医疗急救中心落成。这是一片平房，包括接待区、候诊区、门诊室和治疗室。他说，他们8个人于2019年1月16日抵达巴基斯坦，到4月还有一位成员过来，他们计划在瓜达尔港工作6个月。

  闫一兵说，他们是第三批红十字援外医疗队，全部来自国内最好的医疗单位。他们看到了生活条件的改善。第一批队员普遍出现腹泻症状，现在他们能用到放心水了；第二批队员遇到了卡拉奇恐怖袭击，中巴博爱医疗急救中心被迫停诊。

  2月8日，春节休息了4天之后，中巴博爱医疗急救中心在胡承恩队长的带领下重新开诊。到我们采访时已经运行了一个多月，每天都接待大量病人，其中3月11日的门诊量就达到96人。

第7站 瓜达尔港：中巴两国经济中的"网红"

中巴博爱医疗急救中心位于自由区起步区第二道岗哨的外面，是最接近外界的有中国人工作的单位。这样的安排是因为医院的服务对象不仅有港区工作人员，还有瓜达尔当地居民，设在第二道岗外面会给来自由区看病的病人提供便利。但由于安全形势的需要，他们对医院进行了改造。以前医院大门正对着诊室，现在闫一兵负责在大院远端修了一个小门，还设置了安检通道。这样如果遇到恐怖袭击，诊室会稍微安全一些。

后来回到国内，我才发现这些安全措施很有必要。在离开瓜达尔港三个月后，在医院旁边的山顶上、离他们直线距离不到200米的珍珠洲际酒店遭到恐怖袭击，我立即和胡承恩队长通过微信取得了联系。幸运的是，他们都及时躲进了安全屋。

给巴基斯坦人看病，需要适应当地文化。有的年轻男士来体检，女护士给量血压，男士不自觉地会紧张，血压会升高。女护士请他到外面休息20分钟，再量，还是高。后来换成男士量血压就正常了。有的当地女士过来看病，他们按照风俗，要安排女大夫接诊。

政委王滢介绍，她已经来到瓜达尔港两个月了，说到下班后最想做的事情，就是想出去看看。但因为规章制度，他们不准出港区，因此只能做自己的事情：学英语，写论文，看电影，晚上跑步。

王滢的孩子今年上初一，他们用微信联系。然而这里信号时好时坏，几次下来她也摸清楚了规律：早上7点的时候信号最好，这是她与国内联系的时间。

说到当地人的常见病，胡承恩介绍，可能是水质不好，这里患肾

是的，我们去了巴基斯坦

1　中国红十字援外医疗队
2　中巴博爱医疗急救中心接诊台

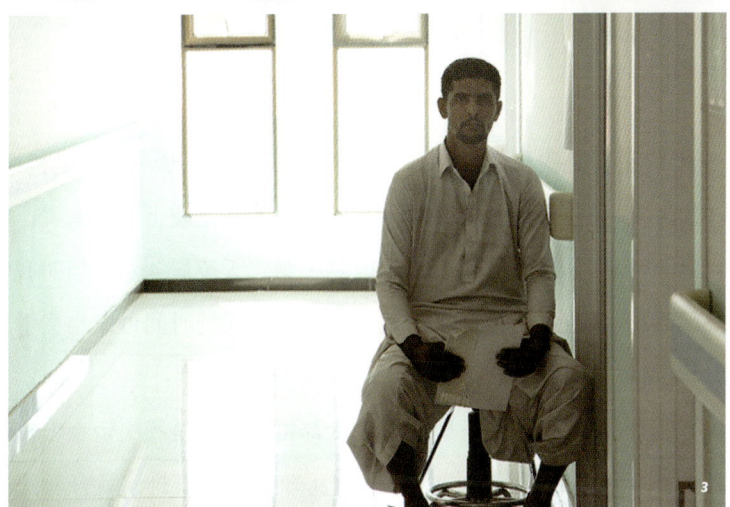

第 7 站 瓜达尔港：中巴两国经济中的"网红"

1 中巴博爱医疗急救中心的保安
2 在中巴博爱医疗急救中心门口负责保卫的海军陆战队士兵
3 中巴博爱医疗急救中心的病人

结石的病人不少。不过病人有个共同特点,就是他们以前很少用消炎药,因此一旦用上消炎药,疗效就很明显。有一次一个工人遇到很严重的脚外伤,竟然只打了三天吊瓶就好了。

除了治病救人,中巴博爱医疗急救中心还制作了视频,宣传良好的卫生习惯,比如不要共用水杯喝水,要勤洗手。

胡承恩说,他们还联系了当地最好的医院,希望到那里去义诊。当然,由于两国医疗体系不接轨,他们无法直接行医,但他们会想出解决方案。胡队长说:"我们为病人服务,哪里病人多,我们就去哪里。"

归　途

3月17日,是我和李英武回京的日子。之前我们俩分别订的机票,他转道迪拜,我在伊斯兰堡转机。我的飞机本来是晚上7点起飞,没想到巴基斯坦国际航空公司将机票改到了第二天凌晨4点。当时我特别羡慕李英武,他不仅是白天出发,还有大半天的时间可以出去看看迪拜,而我必须要坐红眼航班。

好在房东很好说话,答应我多晚走都可以,于是我决定在公寓待到晚上11点,然后打车去机场。塔萨瓦知道我的安排,就开车过来陪我。我们先在公寓里喝薄荷茶,他又开车到DHA五区(前不久刚发生袭击中国人那个住宅区),请我到当地著名的"红苹果餐厅"吃烧烤。

第 7 站 瓜达尔港：中巴两国经济中的"网红"

到了旅程的结尾，我在朋友圈写下感言：

自 2 月 8 日开启的"一带一路"探访巴基斯坦之旅，历经一个多月，终于告一个段落了。

这是一段艰苦的旅程，由于水土不服，一瓶黄连素吃到见了底，我们也坐了难以入睡的火车和小型螺旋桨飞机，其间还赶上了一触即发的印巴冲突。而后怕的是，针对中国人的一次恐怖袭击就发生在我们居住的社区，好在事发当天我们到了下一站。

但我们收获更多。我们见到了久违的同学，结识了更多的巴基斯坦朋友；我们看到了既保守又开放的多元的巴基斯坦，也看到了合作共赢给两国带来的发展机会。

纳塞姆
我的中国缘

第 7 站　瓜达尔港：中巴两国经济中的"网红"

3月12日上午，纳塞姆在商务中心接受我的采访。他说话轻柔，很懂礼貌，看得出来自有教养的家庭。

纳塞姆今年26岁，俾路支大学教育专业毕业后，回家乡成为小学老师。他找到机会去中国学习中文，现在是中国港控的外联官。

对　话

问_ 我来巴基斯坦前就听说，为建设中巴法曲尔学校，你父亲捐献了自己的土地。想了解一下，你父亲是地主吗？

纳塞姆_ 不是，他是农民。他在阿联酋的农场当农民，后来成了农场的经理。回到瓜达尔，他开了个小商店。当时他买了几块地，2000年时买了现在法曲尔学校那块地。后来他听说中国公司在找地建小学，就找到他们，主动把土地捐了出来。

问_ 我听说法曲尔区有6000多人口，为什么这么多居民却没有一所公立学校？

纳塞姆_ 现在应该不止6000人了，能达到15000~20000人。这是瓜达尔城的新区，它离市中心 5 公里，以前是沙漠。随着城市规模的扩大，大量人口进入，而教育配套一直没有跟上。

问_ 你去中国留学，中国给你什么印象？

纳塞姆_ 第一次去中国是因为中国港控为答谢我的父亲捐出土地，邀请他去中国看看。父亲说年纪大了，希望由我代表他去。当时我大学毕业，正在瓜达尔一所小学当老师。那次中国之行，我被中国的发达水平震撼了。我向中国港控领导表达了希望来中国学习的愿望，后来很幸运，我获得了去中国留学的奖学金。

我在位于郑州的河南科技大学学习了 9 个月，那里是我的第二故乡，我特别喜欢吃当地的羊肉烩面，我在郑州结交了很多朋友。

问_ 在体会两国文化异同上，你有什么体会？

纳塞姆_ 有一次，我们三个巴基斯坦同学去食堂吃饭，点了爱吃的饭菜，就下意识地用手抓着吃起来。吃着吃着突然发现，周围人都停下来盯着我们。后来我们才知道，中国人不太习惯看到有人抓饭吃，而我们也入乡随俗，逐渐学会了使用筷子。

我还发现，中国的同学非常勤奋。我上大学时平时只上半天课，剩下的时间自己安排。中国的同学却是从早学到晚，晚上九十点钟才回到宿舍。而且，中国的老师也很勤奋。巴基斯坦的老师对学生不错，但老师都注重私人时间，学生只能在办公时间和老师约时间，但中国老师却能随时与学生交流。

第 7 站 瓜达尔港：中巴两国经济中的"网红"

我还觉得，中国人对巴基斯坦人很友好。我去商场买东西，售货员问我来自哪个国家，我说来自巴基斯坦，售货员会兴奋地说："巴基斯坦人是我们的兄弟！"他还给我打折。

问_你有没有想过，他们可能是在跟你套近乎？
纳塞姆_如果遇到个例可能有这个怀疑，但我在郑州，几乎每家商店的售货员都对我表示友好。

问_在与中国文化进行比较的时候，你觉得在哪方面对巴基斯坦的文化感到自豪？
纳塞姆_我看到很多中国家庭的规模很小，我喜欢大家庭。我们一大家子人住在一起，哥哥结婚生孩子，我们仍然在一起，我们共用一个厨房，关系紧密。另外，我对我的信仰感到自豪。我们每日五祷，恪守斋戒。

许少隆

《红海行动》原型

第 7 站　瓜达尔港：中巴两国经济中的"网红"

在"一带一路"探访巴基斯坦之行中,我遇到一位帅气的小伙子,他叫许少隆,是中国港控安全官。特种兵出身的许少隆已经在海外工作了近 7 年,曾参与"也门撤侨"行动。他很荣幸自己能参与"一带一路"建设。

近些年,随着"一带一路"倡议逐步落地,越来越多的中国人来到海外创业。但由于缺乏安全意识,缺少必要的安全保护,一些国人在海外的伤亡报告屡见报端。面临退役的特种兵许少隆选择了加入从事海外安保业务的德威公司,他说:"去国外有危险,当然收入会更多。我希望把我学到的技能用到实处,而且出去也能见见世面。进了德威之后我就努力学习各种出国必备的技能和知识,最后被德威选为首批出国的海外安全官。"

此后 6 年,许少隆被派往阿尔及利亚、苏丹、也门等国负责中资企业的安全事务,很多地方都给他留下了难忘的记忆。

对　话

问_你对巴基斯坦的感受是什么?

许少隆_我很喜欢巴基斯坦，巴基斯坦是一个幸福指数很高的国家。虽然这个国家还不发达，经济各方面都需要发展，但是当地人很淳朴，对中国人特别友好。

问_你在瓜达尔港做了哪些安保方面的工作？

许少隆_一年多前，我来到瓜达尔港，担任安全官。来到这里，我首先想到的是建立一套安防体系。这包括建立紧急避难所，修建港区四周的围墙和围墙四角的两层楼高的岗楼。海军陆战队士兵24小时驻守并观察周围情况。我们会观测附近渔港的动向，如果看到有船只行动可疑，我们就会提高警惕。

大约400名海军陆战队官兵在负责瓜达尔港的安保，中国港控也雇请了一支保安队伍，负责巡视和保卫港口设施和港区人员的安全。我的工作还包括管理这几十名保安。

问_你如何管理这支保安队伍？

许少隆_保安好与差，主要看两点。首先是形象，形象上要有震慑力，要让人们看出他们对工作尽职尽责。其次要有警惕性和反应能力。从军事角度讲，我希望这些保安拿枪就能射击，而且射击要精准。但当地保安队伍素质参差不齐，大多数人都没有碰过枪，很少人有当兵的经历，我需要带着保安反复训练。

在训练中，我教他们擒拿格斗术，提高他们的反应能力。比如，如果有人冲卡，最开始的反应并不是用身体去拦车，而是应该及时报告,并通知下一个关卡立即做出反制措施,如放出阻车钉等。而且在冲卡前,可疑车辆就应该被识别。每日训练让这支保安队伍逐渐成熟起来。

问_ 在瓜达尔港,感觉最大的挑战是什么?

许少隆_ 最大的挑战首先还是语言。在海外的工作语言是英语。我与很多中国人一样,开始还是哑巴英语。记得第一次出国在机场中转时,肚子饿了,却无法表达自己的想法,只能拿着手机找图片,一个单词一个单词地蹦,手口并用,很费劲。后来我想出一个办法,没事的时候就跟保安聊天。只有敢于开口,敢于对话,不管语法语病,时间久了,口语才会越来越好。

其次就是当地的民风民俗。各个国家的风俗习惯均有不同,比如伊斯兰国家,不用左手与别人握手,不吃猪肉不喝酒。我觉得在没完全了解他们的风俗习惯之前,要多问问题,慢慢接触他们,跟他们一起工作生活。这样不仅能慢慢了解对方文化,还能收获友谊。

番 外

吃在巴基斯坦

我觉得了解一国文化，首先要从吃开始。

我对吃的热衷从来不减，巴基斯坦的美食很多，我们又在那里待了一个半月，因此希望把有特色的食物尝个遍。

巴基斯坦美食的味道很令人难忘。我喜欢冒着热气的抓饭、酥脆可口的芝麻馕、入口即化的锅子羊肉、唇齿留香的菠菜奶酪蔬菜泥，这绝不是想当然地认为全是撒上咖喱那样简单。

巴基斯坦的饮食文化特色鲜明。不论我们去哪里做客，一杯浓香奶茶先端到你面前。到了伊斯兰堡或拉合尔，来一锅旁遮普人最爱的辣味锅子羊肉，你要撕下一块馕，裹上羊肉和汤放入嘴中——全程要用一只手完成，而且只能是右手。

对于饭点，中巴两国人的习惯不太一样。千万不要觉得中午12点去拜访人家会失礼，因为巴基斯坦人常常是下午2点用餐。如果你约好下午2点去拜访，人家会为你准备丰盛的午餐；你若在中午12点时吃饱了，那人家会不高兴的。当然，如果说和巴基斯坦人一起吃晚饭，又没说好时间，我劝你最好事先吃一点。有几次巴基斯坦朋友请我们吃晚饭，到了晚上8点我们肚子已经咕咕叫了，人家也不开饭，还在和你聊天；有两次过了夜里12点才正式吃上晚饭。这些都是很独特的经历。后来我总结出一个规律，虽然中国和巴基斯坦两国时差有三个小时，但一日三餐却是同时在吃，所以去巴基斯坦，吃饭的时候请切换回中国时区就适应饭点节奏了。

抓饭：巴基斯坦的招牌菜

2月10日，我们在国家纪念碑附近的微风餐馆（Breeze）吃饭。我点了现烤三文鱼和鸡腿抓饭。李英武当时肠胃刚好一点，不敢吃得太杂，三文鱼是现烤的，应该没有问题，而抓饭主要是米饭，也是现做的。

抓饭是我的最爱。它和新疆抓饭做法差不多，都是焖出来的。区别是新疆抓饭油比较大，巴基斯坦的抓饭香料比较多，而且多选用印巴地区的长粒米。巴基斯坦主要是羊肉抓饭和鸡肉抓饭。巴基斯坦人从南到北都喜欢抓饭，南方人偏辣口，北方人喜清淡。

可以说，Briyani（抓饭）是我学会的第一个乌尔都语单词。2010年我在美国上学的时候，同学阿弗雷迪就常做抓饭。当时正值斋月，他们白天不吃不喝，就等着太阳落山大吃一顿。我白天照吃照喝，等到太阳落山，敲门进去和他再吃一顿。阿弗雷迪是家里的少爷，家里几十个仆人，他从不干家务活，但到美国很难吃到家乡美食，他只好自己动手做。他从巴基斯坦带来香料，夫人通过视频指导他，很快就成了厨艺高手。我和室友阿劳丁一起去当食客，他每次都热情接待，有时还主动问:"想吃抓饭了吗?"后来在白沙瓦,阿弗雷迪请我们在他家又吃了一次抓饭。

抓饭是巴基斯坦的国菜,之所以说它是国菜,是因为它好吃易做,而且便宜,穷人也吃得起。在拉合尔我们见到一种像中国的瓮一样的容器,后来我们知道,这个容器叫 palao,里面装的就是抓饭,一个 palao 可供 70 个人吃。我们在卡拉奇市中心的阿卜杜拉·沙·伽兹神庙也看到了 palao。有钱人向清真寺捐钱买米,清真寺负责用 palao 做成大锅抓饭,一做就是几十口 palao,可供数百人来此免费用餐。虽然没有肉、蔬菜和水果,但来这里,穷苦人起码不会饿肚子。

刚来伊斯兰堡,我对抓饭喜爱有加,希望多吃几次能比较出不同。2 月 10 日在伊斯兰堡,我通过猫途鹰找到一家专做抓饭的菜馆——Savour Foods。到这里的时间是下午 5 点,我们不太饿,就先进餐厅上了个卫生间。我发现,餐厅都是长条桌,虽然还没到饭点,但就餐的人很多,服务员手里同时端着四五盘抓饭,顾客只埋头吃,很少看见有边吃边聊的,而且他们都吃得狼吞虎咽。我很纳闷,这里的顾客竟然全是男士,卫生间也只有男士卫生间。等我出去再看,原来,Savour Foods 很大,一层是专门向男士开放的,门口镂金招牌上写着"Gents"(男士)。我们转到另外一扇门,再上半层台阶,又看到门口镂金招牌上写着"Family"(家庭),这层专门面向家庭开放。

后来才知道,单身男士不允许到家庭区用餐,即使成了家,女性家人不在身边,也不能去,这是巴基斯坦餐厅的一大特点——分区用餐。分区用餐与公共汽车的女士专座、一些大学教室的前排女生区域

番　外　吃在巴基斯坦

1　在阿弗雷迪家吃抓饭
2　饭后甜点和水果
3　足够 70 个人吃的 palao（一）
4　足够 70 个人吃的 palao（二）

都属于巴基斯坦公共场合的一个传统——男女隔离。

在男士用餐区用餐感觉有些搞笑，一帮老爷们儿一起用餐，不说话，只埋头吃，也没有酒水提供。感觉这样下馆子只为果腹，缺少了感觉。

奶茶：巴基斯坦人的国饮

我发现，在巴基斯坦不论去谁家做客，不论年龄、职业和政治倾向，宾主落座之后，茶水男仆就端着茶具给宾主上奶茶。

第一次喝奶茶是在巴基斯坦驻华大使馆。新闻官赫娜介绍说，奶茶是英国殖民者留下的为数不多的好传统。在白沙瓦，我们体验了房东伊姆兰·汗在自家花园草坪上为我们准备的正宗的下午茶。

奶茶原料很简单，就是红茶、牛奶和糖。一般做法是把茶包泡进盛开水的茶杯里，稍等片刻，用勺把茶包捞出，再加上牛奶和糖。讲究一点的会把水烧开，再把茶叶倒进去煮，煮好了端上来，再放入牛奶和糖。更讲究的是直接用牛奶煮茶，煮的时候放上大量的糖，一边煮一边搅拌，这样可以提升奶茶的黏稠度，在茶杯里会有一层奶皮覆盖。

巴基斯坦的茶文化可谓深入人心。从部长家接待室、五星级酒店到普通人家和路边茶水摊，到处都能看到 Dupadi Chai（乌尔都语"奶茶"的意思），人们从早到晚都喝奶茶。可能一开始中国人会觉得有些甜，我起初喝奶茶不加糖，这让他们很诧异。但喝了加糖的奶茶不出

番 外　吃在巴基斯坦

1　巴基斯坦奶茶
2　一杯加入薄荷和香料的绿茶
3　街边奶茶店

是的，我们去了巴基斯坦

巴基斯坦新闻台遇到的茶水男仆

三杯,人就会上瘾。

在拉合尔老城,奶茶店伙计煮奶茶时颇为讲究。他舀出一勺奶茶,举过头顶,再倒下去,刚好又回到锅里,顾客无不为他的花样搅拌技艺折服,而且他家的奶茶更浓。在卡拉奇,穆凯什请我去了当地著名的"苍蝇馆"Chai Pani 餐厅用早茶。穆凯什说,别看这里卫生条件不太好,但店主做茶一丝不苟。一杯加糖奶茶加上一个巴基斯坦鸡蛋灌饼,简单一顿,到下午四五点都不觉得饿。

我见过很多茶水男仆,就像门童一样,有的是男孩,有的是成年仆人,有的还留着花白胡子。我在卡拉奇的巴基斯坦新闻台参观时,见到一个十三四岁男孩做茶水男仆,不禁心生怜悯。那是个英俊少年,他端着托盘和茶具走进来,很老练地给每位客人摆好茶杯,倒上茶,然后轻轻地离开。看他的肤色长相像是普什图族人,看衣着还不是普通衣料,我因此猜测这是电视台总经理贾迈利的小仆人。采访完出来,我在邻近的茶店又看到这位少年,原来他在这家普什图族人开的茶店里工作。

馕:巴基斯坦的国民干粮

馕,是巴基斯坦人的重要主食。在乌尔都语中,馕的发音是"Naan",和我们的发音非常相似,而且烤制方法与新疆烤馕如出一辙。

2月11日早晨,我们在楼下闲逛,闻着味就找到了一家烤馕铺子。店里两个小伙子配合着,一个负责揉面和收钱,一个负责在馕胚上撒

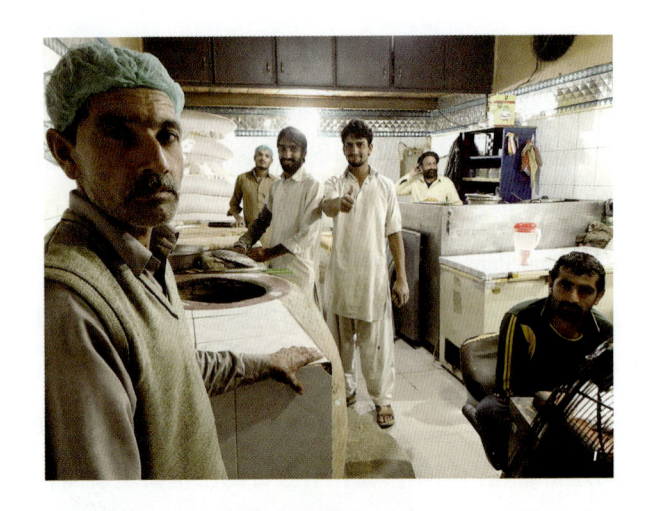

1 拉合尔的馕坑
2 拉瓦尔品第的炸油饼

番　外　吃在巴基斯坦

1　在白沙瓦民宿别墅草坪上吃巴餐
2　软饼鲁提

芝麻，然后放入馕坑中。闻着很香，我们想买两个尝尝。

可我们有顾虑。李英武肠胃刚刚好，不知道吃馕会不会复发。毕竟我们看到，一个小伙子是一边擀面，一边收钱；另一个小伙子在馕烤好后拿通火铁钩子钩出馕，直接扔在馕坑边的台子上，再用报纸包一下放进塑料袋里。馕很烫，不知道塑料袋是否经受得住，报纸的油墨会不会把馕污染，这些细节都是我们看后认为不卫生的地方。

我们忐忑地接过馕。第一口就感觉面粉香味满满，很快我们就各自吃完了一整张馕，又给了他们50卢比（2.5元人民币），买两个准备在路上吃。

慢慢地，我们吃出了名堂。馕刚烤出来是硬的、脆的，还有一种馕烤出来是软的发面饼，它叫"鲁提"（Roti），用来捏菜吃。在白沙瓦，仆人哈米德每天早上去市场给我们买的就是这种软饼，我们用它来捏中国带来的榨菜。

后来我们才发现，不管到哪里，不管烤馕铺子看上去有多么不卫生，只要馕是现烤的，吃了都没事。更可喜的是，烤馕铺子几乎到处都有，有的地方只卖10卢比（0.5元人民币）。

在伊斯兰堡享用阿富汗美食

2月14日晚上，汉弗莱同学达拉瓦尔·江请我们吃了阿富汗特色菜馆——喀布尔餐厅。这里很像新疆餐厅，门口有小伙子正在烤串，老远都能闻到大风扇吹来的烤肉香味，估计很多人是闻着香味过来的。

番 外　吃在巴基斯坦

1　伊斯兰堡"喀布尔餐厅"的丰盛佳肴
2　喀布尔餐厅门外的烧烤

中国人一般分不出巴基斯坦和阿富汗美食的差别。达拉瓦尔·江向我们介绍，以抓饭为例，阿富汗抓饭不太会放很多香料，我尝了一盘，果然不辣，油多一点，里面放了些果脯，口感更接近新疆抓饭。

烤串是阿富汗美食的一大特色，有牛肉串和羊肉串。这边的烤串像新疆饭馆的红柳烤串，肉块很大。怎么能让大肉块外焦里嫩、里外通熟，烤串师傅的手艺是关键。我们很有口福，吃到的烤串很地道。达拉瓦尔·江还点了鲁提软饼，我们把饼撕成小块捏着烤肉吃。李英武觉得喀布尔餐厅的抓饭最合他的口味。2月15日，我们再次去了喀布尔餐厅。

说到这里的特色，除了美食，还有服务员。他们是阿富汗人，皮肤白，相貌英俊。之前我们说过，巴基斯坦有数百万阿富汗难民，不过在巴基斯坦，会普什图语和波斯语的阿富汗难民还需要学会乌尔都语。因为大量阿富汗人融入巴基斯坦社会，两种文化也在融合。白沙瓦大学新闻学院主任法祖拉·江告诉我，现在巴基斯坦人很喜欢阿富汗美食。

品尝我见过的最大羊肉串

2月18日下午，我们来到阿弗雷迪的老家奘格里村。事先不知道，他让他的堂弟为我们准备了当地特色——羊肉串。

不见不知道，见了真吓一跳，烤串师傅正在用砖搭的土灶上烤肉串。吱吱响的烤肉香气扑鼻，男人围坐在一起聊着天，谁也不怕身上

番　外　吃在巴基斯坦

1　泛出烤肉香味的大羊肉串（一）
2　泛出烤肉香味的大羊肉串（二）

是的，我们去了巴基斯坦

―――――
大羊肉串端上来，我们席地而坐开吃

留下炭火味儿。最引人注目的是肉串，一串足有半米长，每块肉都有拳头那么大。我立即发了朋友圈，朋友们很是羡慕，问这一串是不是够一家子吃了？

我们很兴奋。看着师傅不停地给肉串翻面，用木棍拍打，还不断撒上孜然等各种香料。等肉变得焦黄，我以为要分给我们一人一串，只见师傅把肉取下后，全都放在一个罐子里，再用生面把罐子封好。这是肉串的最后一道工序，要焖20分钟，好让肉更入味。

我问阿弗雷迪："这么多羊肉得花多少钱？"阿弗雷迪说："这是今天上午刚杀的羊，专门请了师傅，一共花了大约200美元。"他坦言这不是平时吃的羊肉，而是为迎接贵客准备的。

终于开饭了！仆人铺好毯子，摆上事先拌好的蔬菜和烤好的馕，再摆上饮料，羊肉被分好放在盘中端过来，我们和主人一起席地而坐，用馕裹着羊肉、蔬菜，大口吃起来。肉块很大，开始还担心烤不熟，实际上羊肉外焦里嫩，用手抓着吃，满手流油。

在巴基斯坦吃早餐

2月14日一早，我们来巴基斯坦一个星期了，住民宿的时候，吃的都是用中国带来的小米熬的粥，自己做的自然干净卫生。但连着吃就有些腻了，今天打算出去吃早餐。出门的时候我收到朋友发的信息，说俾路支省局势紧张，但我们住的地方周围只有一家奎达人开的餐馆供应早餐。刚到巴基斯坦不久，总会担心安全问题，但我们看到店里有警察在吃早餐，想必很安全，卫生应该差不了，就准备进去。

这家店拿手的是印度抛饼和煎鸡蛋。在巴基斯坦当然不叫印度抛饼，但口感味道差不多。此外我还点了奶茶。后来在卡拉奇，穆凯什请我吃早餐，也是同样的食物。他说这是巴基斯坦人最爱吃的"三件套"。

餐馆老板对我们很好，看到店员把叉子直接放到桌上，怕我们觉得不卫生，就让店员拿回去洗了放到盘子里再端过来。我们两个人花了180卢比（9元人民币）吃了一顿早餐。

在拉合尔，我的邻居阿瑞布请我们去吃了早餐。26岁的阿瑞布来自卡拉奇，他希望向我介绍巴基斯坦食文化。他说，一般情况下，巴基斯坦家庭在周日不做早餐，全家去外面吃或派仆人去餐厅买早餐。

这一天是2月24日，赶上周日。我们去的餐厅门前站着几个人在买早餐。阿瑞布告诉我，这些都是仆人，他们替主人买早餐，主要是主食抛饼，然后回家煮奶茶——很多食客都在家等着，像我们这么勤劳的食客并不多。

周日早餐要分道上。首先是印度抛饼，它和中国油饼一样香脆，只是略微油大。其次是煎鸡蛋，阿瑞布还帮我们选了鹰嘴豆。鹰嘴豆在国内不常见，它是横跨西亚、北非、中亚、南亚的常见主食，盐水煮熟，入口绵软。再次上的是甜品，即甜米布丁。最后是奶茶。一顿早餐油不少，糖分不少，热量足够，中午饭可以少吃了。

番 外　吃在巴基斯坦

印度抛饼和煎鸡蛋

在巴基斯坦吃中餐

来巴基斯坦的目的是文化交流,吃巴餐感受当地人生活,开始会感觉新鲜,但离家久了,我们还是想吃家乡菜。

不过要有心理准备,在我们看来都是家常菜的中餐馆,价格却很高。在卡拉奇,我们住的公寓附近有一家中餐馆名叫龙城酒家,评价很高,于是慕名前来。中午 12 点是中国人的午餐时间,但对于巴基斯坦当地人来说还比较早。我们看着菜单点了一份炒菜和一大碗米饭,竟然要了 1800 卢比(90 元人民币),这个价格能吃到很丰盛的巴餐了。最让人不理解的是白米饭,在北京两元一碗,这边一大碗要 500 卢比

龙城酒家明档

（25 元人民币）。碗是那种盛汤用的大碗，量很大，不适合两个人吃，但店家又没有小碗。相比之下，500 卢比可以在中高档巴基斯坦餐馆买两份制作精良的鸡腿抓饭。

虽然价格不菲，但它并不能阻挡中国人和当地人来此用餐的热情。下午 1 点是用餐高峰，顾客接踵而至，轻车熟路般地上了二楼包间。

好吧，炒菜拌米饭，能解馋就好了。我们还算有口福，在中国路桥喀喇昆仑公路二期项目驻地和瓜达尔港商务中心实实在在地吃了几天食堂，食堂提供的都是中餐。

在巴基斯坦吃自助餐

2 月 9 日，当我们把钱换好，手机卡办好，已经是下午 2 点，怎么也该吃午饭了。我们选了猫途鹰评价的拉瓦尔品第最好的餐馆 Mei Kong。此时正好有午餐自助。

自助餐的种类不少，既有巴基斯坦的炖肉炖菜，也有当地风行的炸鱼炸虾，还有所谓中国菜——"左宗棠鸡"、中式炒米饭，最后还有冰激凌和甜点。其他菜品都不错，就是甜点太甜，中国人一般受不了。

在 Mei Kong 室内，手机没有信号，我们打算去庭院一边喝茶一边上网。我们拿起茶杯往外走，却被经理拦住了。我以为是不让我们出去，他没多说话，而是叫来旁边的服务员，要求由服务员把我们的茶杯、茶壶送到庭院。原来，餐厅经理看不了我们自己动手，要求服务员服务到家。

我们两个人用餐加小费一共 2000 卢比（100 元人民币）。

在巴基斯坦找酒喝

巴基斯坦是伊斯兰国家，喝到酒不是一件容易事。

2月8日大年初四，我们在首都机场2号航站楼等飞机。这是巴基斯坦国际航空公司的飞机，飞机上不提供酒水。如果想喝酒，候机厅旁边自动售货机里有听装青岛啤酒，6元一听，比超市贵了快一倍。但想着今后一个半月没有酒喝，我就买了4听。

看我喝着过瘾，李英武委婉地提醒我："会不会人家不让你上飞机？"对于本身不喝酒的李英武，喝不喝酒不算什么。但我想起美国作家比尔·波特写的《丝绸之路》一书，他这个酒鬼在中国可谓得意扬扬，一路有酒喝。当他预想巴基斯坦的日子不好过时，还偷偷带上了几瓶中国产的白兰地。他陆路过边境，生怕被巴方边防军人拦下，但还是没躲过边防军人的火眼金睛。不过巴基斯坦军人很通人情，他只是好奇这个美国老人身上的酒，看了看，闻了闻，最后还给了他，这让他高兴坏了。我没波特的酒瘾大，就不冒险带酒了，想着也许能借这个难得的机会把酒戒掉，至少能少喝点。

在巴基斯坦一路上果然没酒喝，直到去了卡拉奇。在卡拉奇，穆凯什带我们去了海景酒馆。穆凯什告诉我，巴基斯坦法律规定，公开售酒和公开饮酒都是非法的，因此我们都是买好酒回家喝的。

我比较喜欢当地产的啤酒，酒精度数比青岛啤酒高，甚至比"夺

番 外　吃在巴基斯坦

入夜，卡拉奇的时尚茶馆

命大乌苏"（产自新疆的啤酒）的度数还高，口感不错。穆凯什则喜欢喝威士忌加矿泉水。穆凯什介绍当地印度教徒的饮酒习惯：晚上8点开始，和朋友们边喝边聊天，这里没有人劝酒，想喝多少都可以，但喝的时间很长，会一直喝到12点，所以要慢慢喝；过了12点才开始吃晚餐，吃到大约凌晨2点才回家睡觉。这种马拉松式的喝法对于我来说颇具挑战性。穆凯什说，当地白天很热，直到晚上才舒适，晚上是朋友喝酒、聊天、聚会的时间。

我还参加过一个酒局，也是从晚上8点一直喝到凌晨1点。那次喝酒大约有10多个人，全是男人。大家喝高兴了就开始表演节目：和着宝莱坞舞曲的节拍，站起来扭动身体。舞蹈是我最不擅长的节目之一，而巴基斯坦人却天生都是舞蹈家。有两个跳得很性感的大胡子仆人拉着我们一起跳，跳得尽兴时大家还手拉手接起长龙。也许是酒精的作用，我当时感觉身体越来越飘，人越来越嗨。这种体验很特别，一辈子忘不了。

大使专访

巴中关系无与伦比

9月26日，巴基斯坦新任驻华大使纳格赫曼娜·哈什米女士接受我们的专访。

哈什米大使于7月12日抵京，刚到北京即马不停蹄地展开工作。她不仅走访了中央各部委、地方政府和大型企业，还在北京主持庆祝独立日、国防日招待会等活动。10月1日，她获邀出席了庆祝中华人民共和国成立70周年大会，并观看了盛大的阅兵式。

采访当天已经接近傍晚，工作了一整天，但在镜头前，哈什米大使并没有表现出疲惫，而是充满热情地认真回答每一个问题。

哈什米大使是资深外交家。1983年加入外交部。在外交部，她曾任美国事务助理秘书，政策规划、公共外交、伊斯兰会议组织司长，并在人力资源和职业规划、联合国和非洲事务、外交秘书办公室等部门担任不同职务。她熟练使用法语、英语、乌尔都语和旁遮普语，可以使用德语交流。她曾编著并出版多本著作，包括《壮美的巴基斯坦：

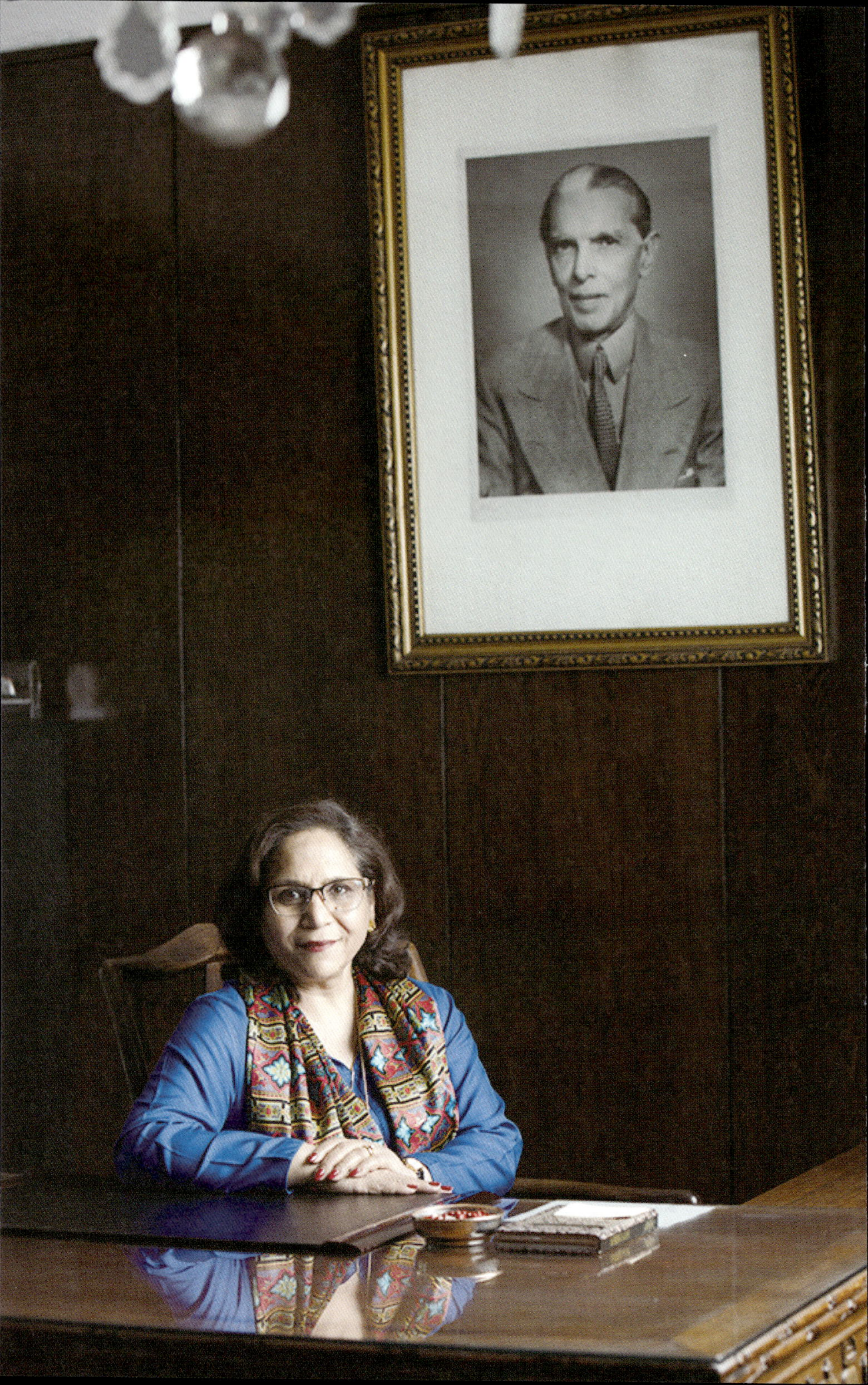

我们的苏菲传统》《巴中全天候伙伴关系》等，她也是《被遗忘的印度河城市》一书的副主编。

在就任驻华大使前，哈什米大使在布鲁塞尔任驻欧盟、比利时、卢森堡大使。这不是哈什米第一次常驻北京，她曾在2003—2007年任巴基斯坦驻华使馆副馆长。

双边关系无与伦比

问_请问，您如何整体评价中巴关系？

哈什米_这个问题很简单，但回答起来相当不容易，因为你要将巴中关系和其他关系相比较才能回答得出来，然而巴中关系无与伦比，我真没有找到在其他双边关系中，有与巴中关系类似的关系。巴中两国友谊不仅是在政治层面，更是巴中两国人民用彼此心灵凝结而成的。

巴中友谊与两国几代领导人的努力分不开，而今巴中友谊更进一步。的确，我们就像是相亲相爱的一家人。

回到你的问题，"如何整体评价中巴关系"，我觉得巴中关系无可比拟，真是很难评价。

问_中巴关系的机会和挑战在哪里？

哈什米_我不觉得巴中关系面临挑战。两国的交往基于共识，两国对和平、发展、繁荣有着强烈共识。

在共识下，两国在政治、经济、社会、文化等领域展开合作，两国人民自由交往，人员自由流动。再多说一句，巴中两国人民交往的历史可以追溯到人类文明的初期。当时，中国文明和在巴基斯坦境内的印度文明之间就已经彼此联系了。

"一带一路"带来发展

问＿如何评价"一带一路"倡议？

哈什米＿"一带一路"倡议既古老又现代，它的理念来源于古老的"丝

采访哈什米大使现场

绸之路"。"丝绸之路"是中国对外交往的体现。在"丝绸之路"上，各国人民进行货物贸易和思想交流。"一带一路"倡议以人民的需求为中心，沿线各国致力于发展经济，改善人民的生活。"一带一路"倡议是面向未来的，因此巴基斯坦支持"一带一路"倡议。

很荣幸，我们是"一带一路"倡议的主要合作伙伴。在巴基斯坦，我们称为中巴经济走廊，其规模和已取得的成就已被誉为"一带一路"的旗舰。目前我们将要完成中巴经济走廊第一阶段的建设，包括道路、电力在内的基础设施建设项目接近完工。货物和人员流通需要有连接巴中两国和巴基斯坦内部的道路，而发展经济要以充足的能源供应为基础。这些基础设施建设将在经济发展中扮演重要角色。第一阶段取得的成就让我们更有信心进行第二阶段的建设。

问 _ 您如何评价中巴经济走廊？

哈什米 _ 我曾经参观过正在建设当中的中巴经济走廊项目，也看到了媒体有关中巴经济走廊的报道。我自己曾沿着喀喇昆仑公路，从红其拉甫一路开车过去。我很想去瓜达尔港看看，可是过去5年我作为驻欧盟大使一直难以从工作中抽身。

现在，中巴经济走廊就要进入第二阶段建设，这将更值得期待。第二阶段的主题是建设中巴经济走廊经济特区，届时将有很多中国投资者入驻经济特区，这对两国经济的促进作用会更加明显。现在我看到有成千上万的巴基斯坦人投入中巴经济走廊的基础设施建设中，将来经济特区建成后，将有更多人找到工作。很多巴基斯坦家庭有了稳定的收入来源,而中国企业家从投资中获得收益,从而达到双赢。"一带一路"倡议是对未来的承诺,沿线各国展开合作,从而达到共赢。

问_ 当我在巴基斯坦采访时,人们表达了希望经济快速持续发展的迫切愿望。然而从中国的经验中我看到,如何平衡经济发展与环境保护是一个巨大挑战,您怎么看?

哈什米_ 中国经济取得了成就。前些天我们使馆组织参观中国国家博物馆,我们的很多工作人员都是带着家属,尤其是孩子一起参观的。我们需要弄明白,中国是怎么用几十年时间成长为世界强国的。

在经济发展的同时,中国政府很重视环境保护。我有一个切身体会。2003—2007 年,我曾常驻中国。当时我去八达岭长城游览,景色非常壮观,但山峦上见不到绿色。今年(2019 年)我再次去了八达岭长城,我很惊奇地发现,那里一眼望去全是绿色,这深深地打动了我。还有,我在河南看到了世界最大的人工造林计划,环境正在向好的方向转变。

我记得习主席于 2013 年 9 月 7 日在哈萨克斯坦纳扎巴耶夫大学发表演讲,谈到环境保护问题时说过:"绿水青山就是金山银山。"我深表赞同。与此同时,巴基斯坦政府也在致力于保护环境。总理伊姆兰·汗在竞选时宣誓,要带领民众为巴基斯坦植 10 亿棵树。现在,巴基斯坦人,不管是年长者还是年幼者,尤其是学生,都投入植树的活动中。

我觉得，发展经济和环境保护很多时候并不矛盾，人们可以找到一个平衡点，使二者相互支撑，向好发展。

文化交流与文明互鉴

问_中国和中国人给您什么印象？当您作为大使再次来到中国，哪些印象发生了改变？

哈什米_我和你谈谈我第一次常驻中国的感受。2003—2007年，我在中国常驻4年多。到北京的头三个月，我感觉自己就像是《爱丽丝梦游仙境》的主人公。我知道中国经济发展起来了，但没想到会看到那么惊人的成就。我很快就喜欢上了中国，喜欢上了中国的文化、中国的哲学。我发现中国人很勤劳。

2007年之后的13年，我虽然离开了中国，但经常会访问中国。这次被任命为大使再次来到中国，让我有机会再一次感受中国。我不免将现在的北京与我离开时的北京做比较。当时北京有很多塔吊，很多地方在施工；现在，北京已经建好了。当时北京交通很拥堵，现在车更多了，但政府治理得好，交通变得更有秩序了。

我还发现，中国人更开心、更聪明、更自信了。很多中国人走出国门，你能从他们脸上看到自信。自信于自己是中国人，自信于自己的文化。

这些变化不仅是中国领导人努力的结果，更是中国人民辛勤奋斗的结果。

问_怎样比较中国文化与巴基斯坦文化的相似与不同？

哈什米_和中国一样，巴基斯坦是一个多元的国家。我们每个省和地区都有自己的语言、文化和生活习惯，甚至在饮食、服饰等方面也有各自的特点。但同时，巴基斯坦作为整体，有着国民认同的文化。

中国和巴基斯坦是邻居，历史上双方交流不断，尤其是"丝绸之路"让我们的交流更加顺畅。因为，"丝绸之路"让我们彼此拥有了更多的相似性。比如在民族性格上，举例来说，中国人待客慷慨大方，愿意接受不同的文化；巴基斯坦人同样热情好客，也愿意接受不同的文化。唐朝玄奘法师曾到塔克西拉学习佛教，并将佛经带回中国，让佛教广为传播。又比如在服饰上，中国丝绸传到巴基斯坦，就成为巴基斯坦服饰文化的重要组成部分。在饮食上，中国菜来到巴基斯坦，无论是小城市还是大都市，你都能找到中餐馆，因为巴基斯坦人接受了中国菜。

双方文化交流的例子还有很多。比如在巴基斯坦，中国人将时尚服饰、发型介绍给我们；很多巴基斯坦年轻人正在学习中文；我很小就爱看中国杂技，中国杂技直到现在仍有巨大的观众群；我祖母最喜爱中国瓷器，特别是餐具，这些餐具成了我家日常生活的一部分。

文化认同与外界偏见

问_作为巴基斯坦人,您觉得在哪些方面对自己的文化感到自豪?在哪些方面您觉得外国人对巴基斯坦存在偏见?

哈什米_我很骄傲于我们巴基斯坦人的国民性格——开放、包容,不得不说,这方面同时也是一些外国人对我们的偏见。

你看印度河,它就是文化融合的象征。外国人来到此地,带来他们的文化、思想和哲学,这些外来文化很好地在本地生根发芽,成为巴基斯坦文化的一部分。

我很骄傲我们孕育了世界两大宗教——印度教和佛教。人们可能认为印度教起源于恒河流域,这是不正确的。印度教起源于印度河流域。2500年前,佛教在巴基斯坦这片土地上发展起来,并从这里传播到世界各地。我们还成功引入了两大宗教——伊斯兰教和基督教,这两大宗教在巴基斯坦这片土地上传播开来。

现在,我们是一个以穆斯林为主体的国家,但不同宗教信仰在此和睦共处。在军队、政府部门和其他地方,不同宗教信仰、不同民族的巴基斯坦人享有相同的权利,这也是巴基斯坦的韧性所在。我们的人民和平、谦逊、包容,我们的国家也更加开放。

女性打破"玻璃天花板"

问_我了解到,不仅是巴基斯坦和中国,女性权利应是全球性的问题,连希拉里·克林顿都励志打破"玻璃天花板"①。作为一位女大使,您有什么体会?

哈什米_ 我想说,巴基斯坦女性有着很高的社会地位。巴基斯坦是一个以农业人口为主的国家。在农村,女人和男人肩并肩一同劳作,从早干到晚,共同打造我们国家的经济基础。在城市,你会看到女作家、女科学家、女学者。我们有世界最大的女性官员群体,在教师和医生这些职业当中,女性占了大多数。在传统是男性的职业中,我们也看到了女性的身影,比如女飞行员、女大货车司机等。在现代生活中,女性也在从事很多新职业,比如潜水教练、空间技术工程师。在国际舞台上,你会看到很多巴基斯坦女维和官员,我们是最早选出女总理的国家之一,我们的大使馆有5位女外交官,还有一位女外交官即将加入。可以说,巴基斯坦女性正在各个领域打破"玻璃天花板"。

外国人可能对我们有偏见,认为巴基斯坦女性地位不高。如果来到巴基斯坦,请他不要奇怪,他坐的飞机可能是由女机长驾驶的;他也不用奇怪,他会在巴基斯坦看到大量职业女性。

巴基斯坦的"虎妈"

问_ 请您介绍一下自己的高光时刻。

---

① 玻璃天花板是对职业女性无形壁垒的一种描述。——编者注

哈什米_从职业上讲，我的高光时刻是两次被派驻到中国；从个人生活上讲，我的两个女儿完成学业，成为受过高等教育的负责任的年轻女性，我为她们取得的成绩感到骄傲。

问_谈到教育子女，中国"虎妈"世界闻名，你如何看待"虎妈"的教育方式？

哈什米_我想起我的祖母对我们三姐妹说的话。我们很幸运，祖母活着的时候见到了我们结婚成家。她对我们说，你可以给孩子更好的东西，但不能只给孩子物质而缺少管教，你必须像老虎一样紧盯着他们。母亲承担起教育孩子的重任，你要确保他们能成为负责任的公民，拥有伟大的人格和品质。

我的女儿们常说："爸爸很好，妈妈很不好！"（笑）为什么呢？因为我总是阻止她们做错误的事情。女儿们问我："你怎么发现的？"我说："因为我有8只眼睛。"

我很骄傲自己是"虎妈"。你刚才问两国文化的相似与不同，我觉得还有一点相似之处，那就是两国在教育子女问题上都认同"虎妈"的方式。

大使新书寄语

哈什米大使很高兴地知道我们要出版这次"一带一路"探访巴基斯坦的书。我们在旅程中采访了50多个人，李英武为这些人拍摄了肖

是的，我们去了巴基斯坦

像照，大使也为我们这本书录制了寄语：

我很高兴了解到杨晓和李英武先生在巴基斯坦采访到 50 个人，以此去了解巴基斯坦文化，以及人们对于中国和中巴经济走廊的印象。这本书很重要。巴中友谊是全天候的、"铁哥们儿"般的，如今两国合作更加紧密。中巴经济走廊已经在巴基斯坦社会经济中产生了巨大影响。通过这本书，中国人，尤其是年轻人有机会了解到巴基斯坦文化，了解当今两国开展的合作，进而对参与合作产生兴趣，为两国人民谋幸福。

我们与大使哈什米的合影（从左至右：杨晓、哈什米大使、李英武）

后记 文化冲突与文化交融

书写到这里，总有一些小感慨。"巴基斯坦人如何看待'一带一路'？""如何探究巴基斯坦文化？""'巴铁'有多铁？"我们带着问题开始了"一带一路"探访巴基斯坦之旅。经过一个半月的时间，我们从北到南遍访巴基斯坦，采访了学者、记者、政治家、企业主、农场主、工人、农民、仆人等，试图通过一个个访谈和沿途的观感找到答案。很幸运，我们不仅找到了答案，还将这段经历凝结成一本书。这本书让人感觉像是游记，也像是访谈录，或者兼而有之。但我希望这本书会是一面镜子，让我们了解对方，了解自己，了解彼此。

"巴铁"有多铁

一说到中巴关系，官方的说法是"全天候战略合作伙伴"关系，这既是历史遗产，也有利益考量。在民间，我们亲切地称巴基斯坦是

"巴铁"。网上还有很多"巴铁""铁"到什么程度的文章。这次有机会，我们有幸感受"巴铁"。的确，在伊斯兰堡的费萨尔清真寺和国家纪念碑，我们感受到当地群众的热情——一天握手几百次，合影无数，真有当明星的感受。

在拉合尔古城，我周围总有一些三两成群的青少年。当我对他们微笑时，几个大学生鼓起勇气上前问我，是否愿意和他们合影，接着是第二拨、第三拨。我这才发现，原来周围的男生都想与我合影。看着我总被请求合影，阿弗雷迪跟我说，巴基斯坦人并不只是喜欢和中国人合影，而是想和任何与他们长相不同的外国人合影。这些青少年是多么渴望了解外部世界啊！但外界对巴基斯坦有个思维定式，即恐怖主义威胁人身安全。这个外部形象亟待改变。

对中国，巴基斯坦人有着天然的好感。我的同学、真纳大学助理教授萨蒂亚告诉我，他们从小就学唱《中巴友谊万岁》。在街头，素不相识的人一听我们来自中国，最常说的一句话就是"请做我们的贵宾"，然后请你喝一杯奶茶，每到这个时候我们都觉得感动不已。我在不同的地方遇到的巴基斯坦知识分子，很多人都喜欢引用先知穆罕默德的话："学问，虽远在中国，亦当求之。"这句话是说人们对真才实学的追求，重点突出"远"，但巴基斯坦朋友相信这句话，他们认为重点在那里有"学问"。

中巴传统友谊牢不可破，而随着中巴经济走廊的建设，中巴之间的人员交流、货物贸易将更为方便快捷，中巴友谊进入历史新篇章。

不过我也发现，网络上的某些传言并非是真，比如，把"中巴友谊"写进了巴基斯坦宪法；又比如，听说是中国人，巴基斯坦的博物馆可以不用买票。我认为虚假传言不是赞美，而是在侮辱巴基斯坦，借此满足自己可怜的虚荣心和优越感。对于后一种传言，我有亲身体会。作为外国人，我支付的票价是当地人的10倍。当然我不是抱怨买了高价票，而是想说，中巴之间友谊长青，双方的关系不能超越正常的国与国之间的关系，两国交往要建立在平等和互相尊重的基础上。目前呈现的格局是，中巴高层交往多，民间交往少；经济交流多，文化交流少。中国人对巴基斯坦民族文化、风俗习惯不了解，巴基斯坦人对中国也了解有限，缺乏深层次的民间往来。经贸合作与民间交往能够支持双边关系向健康发展，以免一旦外部环境发生变化，就容易因缺乏深层次的支撑而坍塌。民间对对方不真实的描述而引发的不必要的期待，可能初衷是好的，但对两国关系发展会产生反作用。一个成熟的国家与国民，不应该去追求超越正常的双边关系，国家之间的友谊应建立在共同的长期或短期利益上。不切实际的过分亲密，不论对于个人还是国家都不恰当，而我深知，真实报道、亲身体会两国的友好关系是我们作为记者的使命。

陌生人的信任

在巴基斯坦，和陌生人之间的交往是我们这次行程难得的经历。我们住在拉合尔的民宿，遇到巴基斯坦青年学生阿瑞布。我们素不相识，他竟带我们去瓦加口岸，带我们去吃周日早茶，这样的事在巴基斯坦每天都会遇到。我还记得打车去卡拉奇机场，出租车司机跟我聊天，聊他天生失明的女儿，聊他虔诚的信仰，聊他这个仅能糊口的工作，但当他知道我特别喜欢喝奶茶，竟然提出请我做他的客人，到路边喝一壶奶茶再走。

这是我很少有的体验，即陌生人之间的信任感。请原谅，我的戒备心比较重，我曾经严肃拒绝过一位主动搭讪为我们指路的当地人，而他只是想帮助我们而已，这让我至今都有一些愧疚。但需要说明的是，这是我们从小受的教育："害人之心不可有，防人之心不可无"。我想很多中国人都会认同我的想法。在这里我不是说巴基斯坦就没有坑蒙拐骗甚至图财害命的坏人，我只是感慨，通常人们认为在发达地区，即物质丰富的地区，人们的善心会被激发出来，但我在巴基斯坦看到，虽然这里的经济发展水平不如中国，但陌生人之间的善意表达还是经常能被感受到。

偏见的形成与消除

我还发现，由于缺乏了解，不同文化之间容易形成偏见。比如白沙瓦大学新闻学院主任法祖拉·江就抱怨说，外界对普什图族人有偏见。印象一旦形成，很难再发生改变，这不免从反面印证了交流的重要意义。我们看到普什图族人迫切希望外资进入，希望发展本地经济，而他们首先要做的是消除人们对他们的误解。张开双臂迎接外部世界，其传统文化受到挑战，这似乎是一个顾此失彼的选择，但法祖拉·江斩钉截铁地说:"不用担心文化是否适应调整,因为一成不变的文化最终会消亡。"

文化冲突

我总是想起一件趣事,它让我体会到中巴两国友谊深厚,而双方民间却缺乏对彼此的了解。

俾路支人纳塞姆和我分享过他们三个留学生在河南科技大学食堂吃抓饭被围观的故事。后来纳塞姆知道了,在中国吃饭要用筷子。对于用手抓饭,中国人可能不太能接受,但巴基斯坦裔作家莫辛·哈米德说过:"几千年的进化已向我们证明,用皮肤接触食物会让我们胃口大开。"

入乡随俗,我努力适应手抓饭。在奘格里村左右开弓、大快朵颐的时候,同学阿弗雷迪也愣住了,问我:"你怎么了?""我不是在学你们抓饭吃吗?""杨,你可能没有注意到,我们只用一只手抓饭吃,而且必须是右手。"这时我才发现,当地人从撕饼到夹菜再到放入嘴中,竟然都是用一只手完成的。至于用右手,是因为他们认为左手是用来擦屁股的。我这才知道,原来抓饭时左右手还有分工。

从如何吃饭这一个细节,我们就看到了小小的文化冲突。但冲突并不是坏事,很可能还带着一些喜剧性效果。通过比较,我们发现,我们习以为常的事情,可能在对方眼里却是不好理解的。而如果身在异乡希望入乡随俗,有时会闹出笑话。

还有一个故事是因为一句话而让我感受到文化冲突。在巴基斯坦听到最多的一句话是"Inshallah"（英沙拉），意为"但凭安拉安排"。这句话来自阿拉伯语，巴基斯坦人经常会说。他们往往后缀到一句话的后面，比如第一个人问："那明天上午 11 点见面？"第二个人回答："Inshallah!"表示希望能够实现，但凭安拉安排。我觉得这句话特别有意思，因为当你听到对方说"Inshallah"之后，就看你如何理解了。比如第二天 11 点见面了，那是安拉安排的；如果没见着面，那也是安拉安排的。

这是巴基斯坦人的口头禅，他们常常把"Inshallah"挂在嘴边。开始的时候，我把这句话当作"Yes"（是的），结果屡受挫折；我有些抱怨，觉得对方在搪塞我，因为我认为用"Inshallah"回应，等于什么也没答应，感觉就像中国人常说的"看缘分"，甚至还觉得"Inshallah"有些类似"听天由命"，过分消极。

同学穆凯什向我解释，巴基斯坦人就是这样的想法，希望自己的主观愿望能实现，但凭安拉安排。

后来，我慢慢适应了巴基斯坦人的这种说话方式了，毕竟中国也有古语"谋事在人，成事在天"，只不过大多中国人对主观能动性的期望值比较高罢了。

文明互鉴

李希光等人在《中巴经济走廊》一书中写道，中巴关系是全天候战略合作伙伴，但问题也不容忽视。双方民间需要深入交流，要了解彼此的语言和文化，了解彼此的文化思维模式，以拉近感情。"民心相通"在"一带一路"中分量最重。

中巴两国有很多文化差异，在巴基斯坦的一个半月行程中，我只是略知一二。而与此同时，两国文化也有很多相通之处。同学萨蒂亚提到，巴中双方都重视家庭，都看重亲情；白沙瓦的房东伊姆兰·汗回忆自己高中毕业即将赴美留学的情景，尽管过去了40年，他仍记得母亲和姐妹们一起送他到机场，母亲痛哭流涕的场面；拉合尔的瓦西姆让我们看了正在发生的一幕——儿子儿媳从伦敦回国，全家人浩浩荡荡，分乘四五辆车陪他们一起逛街。这些场面似曾相识，尤其在中国乡村，我们仍能看到婚丧嫁娶时，乡亲们互相帮衬的场面。我们也看到，城市化的发展让大家庭的场面已经不多见了。

值得一提的是，小时候我们爱看《阿凡提》动画片，同学阿弗雷迪说，他们也有相同的故事，只不过主人公名字换成了"纳斯鲁丁"。纳斯鲁丁帮助贫苦农民收拾地主老爷，这是他儿时最喜欢读的故事。不经意间，我们分享了相同的道德观、审美观和价值观。

文化冲突激发文化交流，在交流中，人们不用俯视，也不用仰视，而只需彼此平视。因为"文明因交流而多彩，文明因互鉴而丰富"。我们要看到，无论新旧丝绸之路，都不仅仅是一条行走的路，而是思想的交流之路。

很荣幸能参与中巴文化交流当中，在交流中，我们认识到彼此的相似与不同，进而去理解和尊重对方，从而更好地审视自己和自己所拥有的文化。